Donau abwärts

Die Originalausgabe erschien 1991 unter dem Titel
»Hahn-Hahn grófnő pillantása« bei Magvető, Budapest

Satz: Rudolf Schaber GesmbH, Wels
Printed in Austria by Welsermühl, Wels
ISBN 3-7017-0761-8

PÉTER ESTERHÁZY

Donau abwärts

ROMAN

Aus dem Ungarischen
von Hans Skirecki

Residenz Verlag

1
»Schwatze nicht. Du steigerst das Chaos.«

Ich habe einen entfernten, phantastischen und geheimnisvollen Onkel gehabt, den alle nur Roberto nannten, als wäre er ein italienischer Strizzi, ausgenommen mein Vater, er nannte ihn überhaupt nicht, er »nahm seinen Namen nicht in den Mund«. Roberto war kein Blutsverwandter, eine Art Tante hatte ihn geheiratet und für kurze Zeit zum Mitglied der Familie gemacht, mütterlicherseits, und zwar dort, wo diese Linie spielerisch und schicksalhaft die väterliche Linie berührte — der Fluß ist eins, wie verzweigt er auch sei.

Irgendwie machte Roberto immer ein Fest aus sich; wenn er kam, besser gesagt: hereinschneite, wurde es Sonntag. Seine Frau, die Tante, hieß Ira (später fand ich mit meinen Brüdern auf dem Dachboden ein Aktbild von ihr, ein Ölgemälde, wir verehrten sie sehr deswegen), sie ging '49 plötzlich nach Brasilien. Roberto blieb. Aus der Ehe hatte er immerhin den sichtlichen Nutzen, daß er zu Beginn des Sommers '51 ebenfalls deportiert wurde, was ihm eigentlich nicht unbedingt zustand, er geriet in die Hortobágy, *verbannt* nach russischem Muster, wobei man vergaß, daß sich unser Land zur Verbannung nicht eignet, denn angenommen, jemand hat eine Puppe, die in Eger wohnt, dann kommt er an einem Tag hin und zurück.

Auch in dem kleinen nordungarischen Dorf, wo wir interniert waren, schaute er von Zeit zu Zeit herein, sogar Geschenke brachte er mit, als wäre er ein ausländischer, reicher Verwandter und nicht so ein Niemand wie wir.

Meine Mutter wurde richtig jung neben ihm, sie alberten wie die Kinder, sie waren wie Geschwister, so schien es wenigstens mir, ich sah ihnen sehnsuchtsvoll zu, der Pseudoschwester mit dem Pseudobruder, vermutlich auch, weil ich nie eine Schwester hatte und mir immer eine (die eine oder andere) wünschte.

Ich erinnere mich, eines Abends sagte Mutter, noch das Roberto-Fest des ganzen Tages im Gesicht, lachend zu Vater: So wäre ich gerne, immer so. Vater aber antwortete mürrisch: Schwatze nicht. Du steigerst das Chaos.

Du steigerst das Chaos, das war Vaters Lieblingsspruch, und das war der einzige Satz, den er an Roberto richtete, ich weiß auf den Tag genau, wann, am 28. Juni 1963. Das weiß ich, weil ich am Tag darauf verreiste, da war Peter und Paul, und ich fuhr nach Wien, Ferien machen, richtiger, Verwandte zur Lösung der Hausaufgabe mit der Überschrift »Gestaltung der Sommerferien durch den quasi-provinziellen Neffen« zu nötigen. Sie füllten mich immer mit Maggi-Würfelsuppen ab, von denen mir heute noch speiübel wird; ich würgte sie mit Brotklößchen runter oder minderte die Not durch heimliches Gießen der Topfpflanzen — dann, hops, steckten sie mich in ein Caritas-Lager irgendwo im Salzkammergut. Damals wußte ich nicht, wie sehr mir das bekam.

»Hallo, Murkel«, grüßte mich am 29. im Zug ein lächelnder junger Mann.

Ich siezte damals sogar meine Eltern, Roberto war der einzige Erwachsene, den ich duzte. »Alter Knabe!« Ich sprang auf und errötete auf der Stelle.

»Du weißt alles?« fragte er.

Ich wußte, meinte zu wissen. Am vorangegangenen Abend, in der Nacht, hatte Vater ihn rausgeschmissen. Ich erwachte vom Lärm der Balgerei. Vater schubste Roberto, der sich kaum ernsthaft wehrte, aus der Wohnung, na aber, na aber, sagte Roberto immer wieder, Mutter schwieg, sie sah nur zu, wie ich. »Du steigerst das Chaos.« Roberto lachte immer. Lachend antwortete er Vater, was denn der Unterschied zwischen dem Chaos und der nicht erkannten komplizierten Ordnung sei. »Raus!« An Sätze kann ich mich sehr gut erinnern. Roberto zündete sich eine Zigarette an, zwinkerte dem Schild *Rauchen verboten!* zu und wartete meine eventuelle Antwort nicht ab, sondern erzählte, er habe am Abend mit meinem Vater besprochen, und das wisse ich ja wohl, daß wir gemeinsam reisen werden, wir werden Reisende, wir reisen die ganze Donau ab undsoweiter, ich habe die solide Fürsorge der Tanten sowieso satt undsoweiter. »Na, Murkel.«

»Ist in Ordnung.« Ich nickte, als hätte ich selbst und jetzt entschieden. Was ich durch den Türspalt gesehen hatte, darüber schwieg ich.

2
In Nellys Niederungen

Seinen Namen konnte ich mir nie merken, Franz oder Joseph oder Thomas, jedenfalls wartete er am Westbahnhof schon auf uns, in grauer Chauffeursuniform, die Tellermütze zwischen den Händen drehend. Ich wußte, daß es müßig war, mit ihm zu streiten, also gab ich ihm mein Gepäck gleich hin. Er war nie irgendwie gelaunt, auch nicht schlecht, ich würde ihn am ehesten »maschinenartig« nennen. Ob die Herrschaften eine gute Reise hatten. Gewiß. Und der Herr Graf warte bestimmt sehr auf die wohlverdienten Ferien. Der Herr Graf, das war ich, und damals, dreizehnjährig, fand ich die Anrede völlig in Ordnung. Ich stützte mich auf meine Lektüren. Gelaunt war der Chauffeur also nicht, aber Spannung steckte in ihm, jetzt würde ich sagen, eine jahrhundertelange Spannung. Im dunkelblauen, großen Citroën glitten wir die Mariahilfer Straße entlang, meine ans Grau gewöhnten Augen konnten sich nicht sattsehen an den bunten Reklamen. Roberto redete mit keinem von uns.

Vor einigen Jahren hatte ich im, wie man zu sagen pflegt, altangestammten Adlerhorst der Familie zu tun (Name unwichtig), im Schloß *versteckte sich* eine wertvolle Bibliothek, unzugänglich für die Öffentlichkeit, und ich hoffte dort etwas zu finden, das ich benötigen könnte (ich fand nichts, höchstens das Nicht-Finden, das heißt *dieses*), der Verwandte gab mir die Erlaubnis, und ich sollte mich am vereinbarten Vormittag im Büro »melden«. Ich parkte im Halteverbot, und als ich hinauf zum Haus blickte, sah ich vor dem Wort Platz meinen eigenen Namen. Den Geist der Französischen Revolution außer acht lassend, zog ich daraus den falschen Schluß, wer mich hier zu bestrafen wage, müsse ein Zauberer sein. (Der Zauberer in Gestalt eines jungenhaften Polizisten taxierte die europäische Emanzipation auf 150 Schilling.)

Die *Kanzlei* sah aus, wie es die Romane über die Monarchie vorschreiben. Vier langweilige, graue, alterslose Männer großspurig über die Tische gebeugt, mit Ärmelschützern, wie sich's gehört. Auf meinen Gruß rührten sie sich nicht, sie bellten irgendwas. Ich sagte, ich suche Oberjägermeister Nabucco. Der Jüngste musterte mich. Ach so, Nabucco? Den Oberjägermeister. Mit weniger sei ich wohl nicht zufrieden. So ungefähr sah er mich an (ein Augenarzt hätte da zu tun gehabt). Der Oberjägermeister erwarte mich, sagte ich.

Bei dem Wort »warten« schlug er zu. »Warten Sie bitte!« schrie er.

»Gut.« Ich nickte. Ich stand in einem Kafka-Roman mit vom Verleger garantiertem Happy-End, in einem *ziemlich* scheußlichen also. Nach einer kleinen Weile begann ich, mich zu räuspern, zu husten. Jetzt hob ein anderer den Kopf. Von seinem Gesicht staubte es auf die Papiere. Er fragte nichts, er zog nur die Augenbrauen hoch. Er mochte älter sein als der erste, aber jünger als ich. (Bis ich fünfunddreißig war, sah ich mir danach die Leute an, älter, jünger, wenn jünger, dann wie welcher meiner jüngeren Brüder.)

»Wie ich schon erwähnte ...«

»Von vorn!« brüllte er jäh.

»Pardon?«

Beamte sind hochmütig und feige. Dieser war nun letzteres. Worauf und auf wen ich denn zu warten beliebe. Mich langweilte die fingerfertige Paraphrase. Aber sie kamen gerade erst in Fahrt. Launisch mit Belehrung, Drohung und Überdruß operierend, schubsten sie mich hin und her. Und waren sogar ein bißchen dankbar, daß sie sich so amüsieren durften.

»Wenn Sie mich bitte anmelden wollen!«

Sie sahen mich enttäuscht an. »Wen, bitte? Wen sollen wir anmelden? Gnädiger Herr, wen, um Himmels willen?« Sie setzten mich darüber in Kenntnis, daß es mich nicht gab, daß es nur gibt, was sie namhaft machen, und so weit waren wir noch nicht. Mir war ihr geschwätziger österreichischer Dialekt zuwider. (Dabei mochte ich ursprünglich das Deutsch der Deutschen nicht, denn sie waren es, über die sich mein Vater immer lustig machte. Meer — rettich — tunke und so, und deshalb hielt ich das Österreichische für *menschlicher.* Aber später, als ich Politiker sprechen hörte, klang es nur noch *schlampig.* Und dann sage ich gewöhnlich noch: Das schönste Deutsch wird in Prag gesprochen. Das sage ich, als ob ich es beurteilen könnte. Ich habe ein paar solche Vater-Sätze. Abgelegte Sachen, von der Herrschaft ...)

Leise sagte ich nun meinen Namen.

So etwas hatte ich noch nie erlebt. Alle vier, wie von der Tarantel gestochen, sprangen auf, schlugen die Hakken zusammen wie in einem Farbfilm und gafften mich, das Kinn leicht angehoben, an. Ihre Gesichter vermochten den Ereignissen nicht zu folgen, einen Augenblick lang behielten sie noch die vorangegangene Mimik, Ärger, Langeweile, Dünkel. Aber die *verbitterte Unterwürfigkeit,* ja, die jahrhundertelange Spannung haben schnell die Herrschaft übernommen. Um nicht lachen zu müssen, sagte ich zum Jüngsten schnell etwas wie: Faß dich, Kleiner, scheiß drauf, ich bin privat hier — aber da flitzte er schon, und auf einmal flitzten alle, mich zerrten sie auf einen Stuhl, und der Dienstälteste, Tränen in den Augen, wiederholte in einem fort: »Lieber gnädiger Herr!« Und strich mir über den Kopf.

Den Chauffeur hatte uns Tante Nelly geschickt. Nellylein war eine Prinzeß, eine altjüngferliche Prinzeß und sehr klug. Ich bin so alt wie das Jahrhundert, sagte sie gerne. Sie spielte sehr gut Schach, noch voriges Jahr hat sie, eigentlich schon im Sterbebett, mich glatt besiegt, selbst schon besiegt vom Schlaganfall, sie hatte eine schwere Zunge, und der Speichel lief ihr. Im Prinzip war ich auch klug, so hieß es jedenfalls, als ich noch ein Kind war, und das hatte uns zusammengeführt, zwei Krüppel, die zueinander paßten, »laß dich anschauen«, sagte sie bei unserer ersten Begegnung, als hätte sie auf mich gewartet, auf meinen Verstand. Kein großer Fang.

Als sie so alt war wie ich damals, spielte sie regelmäßig mit Katharina Schratt, der berühmt-berüchtigten Schauspielerin und Vertrauten Franz Josephs. Ach, die Schratt!

»Gescheit hat sie gespielt«, erzählte sie. »Glaub mir, ganz gescheit. Sie war ungebildet, die Schachliteratur kannte sie nicht, aber sie hat gefühlvoll gespielt.«

»Gefühlvoll?« Ich grinste.

»Mit Gefühl, meine ich. Und so hat sie sich auch mit Seiner Majestät oft die Zeit vertrieben. Der wiederum war ein großer Stümper, sie hat mir ein paar Partien gezeigt. Lächerlich. Langeweile und Strebertum. Wir sind viel im Volksgarten gesessen.« Sie wollte weitersprechen und auch nicht. »Die Sonne schien uns in die Augen, wir mußten blinzeln, sie zog sich den Hut ganz ins Gesicht, damit man sie nicht erkannte, aber natürlich hat sie jeder, wirklich jeder erkannt, wenngleich alle taktvoll so taten, als säße da nur eine schöne Frau mit einem Mädelchen, wir legten mein kleines Elfenbeinschach auf ihre Schenkel und spielten. Das Brett rutschte hin und her. Schach, sagte ich, aha, sagte sie, der König ist in Gefahr! Darauf ich: und der Kaiser! Darüber haben wir dann gelacht. Der Volksgarten ... Ach, der Volksgarten ...«

Nellylein war der Sproß einer altehrwürdigen Familie,

die in aufsteigender Linie Ungarn viel Not und Ärger gebracht hat, zuweilen Hand in Hand mit meiner aufsteigenden Linie. Für mich ist alles Familiengeschichte. Nelly selbst ähnelte der Monarchie, alldieweil sie aus unterschiedlichen und widersprüchlichen Teilen zusammengesetzt war: ein Trampel, ein Schrank, so groß!, jedoch die kleinen, feingliedrigen Hände leicht und seidig anzufühlen, üppige, geradezu männliche Augenbrauen, im Auf und Ab wie ein Pinsel, einem Schnurrbart vergleichbar beziehungsweise zweien am falschen Platz, *fesche* Schnurrbärte, die Augen von einem wilden Blau wie bei einem Star aus einem Italo-Western, und der scharfe, forschende Blick zeigte ihre Klugheit, eine Klugheit, die — vom Schachspiel abgesehen — keinen Gegenstand hatte, da ihr Leben ohne Gegenstand war, denn sie selbst war es bestimmt nicht. Ich glaube, sie hatte auch einen Kropf, vom Kinn führte ein gerader, ein fleischiger Weg zu ihrem Busen, der bar aller Fraulichkeit war. Sie ging in sündhaft teuren, sehr geschmacklosen Kleidern.

Sie hat nie im Leben gearbeitet, hat nie etwas gewollt, war nicht einmal feige, höchstens insoweit, als sie nicht einmal ins Kloster gehen wollte. Ich glaubte *das alles* zu verstehen.

Nellylein war der einzige Mensch auf der Welt, der an mir mehr Freude fand als an Roberto. An Roberto konnte man wahrhaftig viel Freude haben. Die Maggisuppe stand schon auf dem Tisch. Würg-würg, Brot, Blumentopf. Die Augenbrauen sprungbereit, aber Nelly löffelte taktvoll weiter.

»Hat die Ernte begonnen?« Das ließ sie nie aus. Sie wollte wissen, was im Land geschah, eine disziplinierte Patriotin. »Wie geht es deinem Vater?« fragte sie mich. Ich nickte, ganz gut, er steigert das Chaos. Das Mädchen brachte die Schüssel, stellte sie auf Nellys Wink hin. Wir aßen. Roberto und ich schnitten einander Grimassen. Er berichtete von dem Plan für die Donaureise.

»Deine Eltern hätten Bescheid sagen können«, brummte sie, dann warf sie einen forschenden Blick auf Roberto. Er war jetzt besonders schön, besenartige lange Wimpern wie bei einer Italienerin, die braune Haut in der Wärme ölig glänzend, das schwarze Haar straff nach hinten gekämmt. Er sah aus, als wäre er gerade aus der Badewanne gestiegen. Zu seiner Eleganz gehörte Unordentlichkeit. »Sag, Roberto, du verschweigst doch nichts Wichtiges?«

»I wo, liebe Tante.«

»Großartig«, antwortete die betagte Dame streng und klingelte, man könne den Gugelhupf bringen, von dem wir wußten, daß er wie Sägemehl sein würde. Mein Gott, dachte ich später, nach Jahren und Köchen, wieviel Aufmerksamkeit und Mühe ist nötig, um immer so zuverlässig und solide beschissen zu kochen.

3
Ein Wintermärchen

Das Problem der Probleme ist meistens sein Sein, sein Sein oder Nichtsein, das heißt, es ist uns nicht möglich, es zu erkennen, wir wissen nicht, daß wir uns auf dünnem Eis bewegen und unter uns zornig der gekränkte Fluß grummelt. Die fehlenden Fragen — das ist die Metasorge. Recht hat deshalb der tapfere Wittgenstein — wenngleich er das Wort immer so wendet, so *verwendet,* daß, wenn überhaupt jemand, dann er recht hat, und wenn es schiefgeht, und es geht schief, verstummt er, und die Stille schreiben wir dann gerührt seiner Wahrheit zu —, recht hat er, wenn er sagt, *das Rätsel* gibt es nicht, wenn sich eine Frage überhaupt stellen läßt, so *kann* sie auch beantwortet werden. Skeptizismus ist (also) *nicht* unwiderleglich, sondern offenbar unsinnig, wenn er bezweifeln will, wo nicht gefragt werden kann. Denn Zweifel kann nur bestehen, wo eine Frage besteht; eine Frage nur, wo eine Antwort besteht, und diese nur, wo etwas *gesagt* werden *kann.* Wir fühlen, daß selbst wenn alle *möglichen* wissenschaftlichen Fragen beantwortet sind, unsere Lebensprobleme noch gar nicht berührt sind. Freilich bleibt dann eben keine Frage mehr; und eben dies ist die Antwort. Die Lösung des Problems des Lebens merkt man am Verschwinden dieses Problems.

Aber so weit sind wir noch nicht (und außerdem hat *dieser* Wittgenstein später auch anders geredet).

Heine, dieser »unangenehme Kopf« (ein bissiger Ausdruck Engels', nicht frei von Eifersucht), wendet sich unter Berührung von Aachen und dann Köln nach Norden, rechtens, denn er will zu seinem guten Hoffmann nach Hamburg. Warum also sollten wir den Bericht über Donaueschingen als fehlend vermerken? Was es nicht gibt, ist noch kein Fehlen. Warum *bestünde* die Frage? Der Dichter war vermutlich nicht in Donaueschingen, wie er auch in New York nicht war und zur Entwicklung der Kunstdüngerproduktion nicht wesentlich beitrug und so weiter. Das eine gibt es, das andere nicht.

Der Zufall ist der Gott der Dummen, pflegen unsere Altvordern zu sagen, wenn wir uns, nachdem wir ein vorletztes, unbedeutendes Stück des Familienporzellans zerbrochen haben, zum Schutz »des Zufalls schrille Maske« vors Gesicht ziehen. Ungeschick, möchten unsere Väter hören und uns noch vor Ort durch die Kugel verzeihen. Das machen sie immer.

Heines epochale Arbeit *Deutschland. Ein Wintermärchen* bekam ich in einer Ausgabe mit einem ausgezeichneten Anmerkungsapparat in die Finger, herausgegeben vom Zentralen Friedensrat in der Reihe Kleine Bibliothek der Friedenskomitees im Februar 1956, mit Holzschnitten des sowjetischen Künstlers G. Etschejstow. Nicht daß es mir besonders aufgefallen wäre, ich bemerkte nur, daß Heine eine gewisse, in Kenntnis des Späteren möchte ich sagen: verdächtig lange Zeit zwischen Aachen und Köln verbringt, so Anfang Oktober '43 (zwischen dem 4. und dem 10.) und auf der Rückreise (von Hamburg nach Paris) im Dezember (zwischen dem 8. und dem 14.), ähnlich auch im Sommer '44 (fast eine volle Woche). *Zufällig* blätterte ich ein kleines philologisches Meisterwerk von Miklós Várhegyi auf, das zwei Heine-Sätze? -Aphorismen? unter die Lupe nimmt. (Was mich betrifft, so ängstigen mich Aphorismen, mich ängstigen Sätze mit dem erkennbaren Ehrgeiz, die Wahrheit zu enthalten.) Várhegyi stieß auf den Heine-Abfall in der *Ehe bei Tageslicht*.

Da hob ich doch den Kopf. Denn dieses Periodikum, kurzlebig und von abenteuerlichem Schicksal, war nichts anderes als die literarische Donaueschinger Exkursion oder Kapriole Wolfgang Menzels (drei Nummern, Jahreszahl 1827 beziehungsweise 1828)! Wer wollte behaupten, es sei nichts Unerwartetes, Heine — der fürwahr nicht »a grave man« (Romeo und Julia, III. Aufzug) war — in Menzels Blatt zu finden, jenes Menzel, den reaktionär zu nennen keine Übertreibung ist, der sich gegen Goethe stellte und der heftige Angriffe gegen die politische und literarische Bewegung des »Jungen Deutschland«, den darin zur Geltung kommenden »französischen Einfluß« und, neben Ludwig Börne natürlich, Heine persönlich richtete. Welcher lieber seinem Onkel etwas schuldete als einem Fremden und Menzel 1837 in einer Flugschrift attackierte, die den Titel *Über den Denunzianten* trug.

Wie sich herausstellte, war das Skandälchen, das ich witterte, an der echten Entdeckung gemessen eine Nichtigkeit. Zwei junge Leute zusammen, dann jeder für sich. (Wie oft sieht man derlei heutzutage, nachdem die äußere Kraft, die die Menschen aneinanderpreßte, nicht mehr wirkt. Unser Freund, dachten wir, dabei war es nur ein Flüchtender. Und was den schweren Atem betrifft, den wir am Hals verspürten: wir befanden uns im Irrtum!)

Klug bemerkt Várhegyi: Etwas werden, das ist nur eine Frage des *Entschlusses. Diesen* Entschluß können wir auf frischer Tat ertappen auf der Brücke zwischen den beiden gefundenen Sätzen. Der Sache nach geht es um die Wahl zwischen Donau und Rhein, und an diesem Punkt ist Heine: Deutscher. Einzig und allein Deutscher. Was — das heißt, überhaupt etwas zu sein — ja wohl eine Parodie ist. (Vgl. den Brief an Marx.) Aber wer bräuchte denn Paris auch dringender als ein Deutscher! Denn Paris, der Franzose, der Nicht-Deutsche hat dann und nur dann eine Bedeutung, wenn der Deutsche eine hat! Je lauter er seine schimpfliche Nation beschimpft, um so lieber hat er sie! Und das werfen wir ihm zwar nicht vor, doch versäumen wir auch nicht, die Enge des Horizonts festzustellen, und mag es noch so absonderlich klingen, stand doch Heine im Ruf eines mutigen Mannes, wir können Spuren der Einschüchterung durch die eigene Nation erkennen, wenngleich diese großzügig und von hoher Qualität sind. Vielleicht wäre es mißverständlich, hier, um anzudeuten, was uns fehlt, auf Hölderlin zu verweisen (dessen Gedicht *Der Gott* so endet: Doch was er tut, der Strom, niemand weiß es), deshalb stellen wir noch Goethe dazu, den Verfasser der Farbenlehre, welche Lehre vom Anfang bis zum Ende ein Blödsinn ist, steigernd, was nicht steigerbar ist: Goethe.

Doch hören wir hinein in die Heine-Deutschland-Musik, und wir vernehmen einen großen Patrioten:

Das ist ja meine Heimatluft!
Die glühende Wange empfand es!
Und dieser Landstraßenkot, er ist
Der Dreck meines Vaterlandes!

Die Pferde wedelten mit dem Schwanz
So traulich wie alte Bekannte,
Und ihre Mistküchlein dünkten mir schön
Wie die Äpfel der Atalante!

Nun zurück zu unseren Ermittlungen.

Várhegyis erster Fund (aus der ersten Zeitschriftennummer): »*Zwischen Donaueschingen und Brăila: dies ist die einzige bedeutungsvolle Definition des gegenwärtigen Augenblicks.*« Der Anfang! Großmäuligkeit eines jungen Menschen; aber sein Glaube, seine Aufgeschlossenheit, seine Unentschiedenheit! Wieviel resignierter spricht er ein halbes Jahr später (aus der dritten Zeitschriftennummer), gewappnet mit der Wehmut des Wissens und, ohne Übertreibung, erschrocken ob der Zwangsmäßigkeit der Entscheidung: *»Was wäre der Rhein (die Donau) ohne die Donau (den Rhein)? — Oder wird mir gerade von einer solchen Frage speiübel?«*

Nein, nein! Uns wird nicht speiübel, unsere Segel möge der Wind schwellen! Rührt die problematische Orientierung des mitteleuropäischen Raums auf das Deutsche nicht daher, von der *Wahl* Donau — Rhein? Denn mag die Donau an den Anfängen deutsch (auch deutsch) sein, ein Ulmer sieht nur bis Regensburg, ein Regensburger bis Passau, und die Passauer sind blind. Diese Hydrographie, ist sie nicht die Geschichte der letzten hundert Jahre? (Samt einem kleinen Abstecher zum Don beziehungsweise zur Spree mit etlichen Millionen Toten ...)

Daß wir nicht in die Luft reden, beweist ein von Walther Victor veröffentlichter Brief (Marx und Heine, Henschel, Berlin 1953); der Brief spricht für sich, dennoch möchten wir das paradigmatische Hin- und Hertrippeln hervorheben, das für Heine an der Brigachquelle so charakteristisch war, die gesamteuropäische Ungelöstheit — ich würde sie nicht als Dilemma, sondern als *Ambivalenz* bezeichnen —, die diese kleinen Schritte an jener Wasserscheide bedeuteten (selbst dann noch, wenn wir von Marxens momentanem Prestigeverlust absehen ...). Den auf Engels zielenden Seitenhieb im Brief lassen wir weg. (Die Gründe haben wir schon erwähnt.) Heine erkannte deutlich, worum es ging, es ist kein Werk des Zufalls, daß das Erlebnis noch aus der Perspektive von siebzehn Jahren so lebhaft und lebendig ist. Das war der Augenblick der Menschwerdung Heines, der großen Niederlage. Nun der Brief:

Liebster Marx!

Ich leide wieder an meinem fatalen Augenübel, jeden Morgen tröpfele ich — es ist, als nähme ich ein Sturzbad, aber vielleicht gelangt etwas auch in meine halbblinden Augen. Entschuldigen Sie also mein verworrenes Gekritzel. Ich kann nicht überlesen, was ich geschrieben — doch damit wir einander verstehen, bedarf es ja nur weniger Zeichen.

Mein junger Freund! Ich sage nicht, Ihr Vorwurf sei unberechtigt, und ich bitte auch nicht um Pardon. Aber Sie sollten wissen, ich bin ich, folglich gehe ich, wohin ich kann. (Herr Goethe geht, wohin er will ...) Sie *wollen* vergebens etwas von mir. Etwas will jeder. Ich gestatte Ihnen, aus mir auszuwählen, und wenn Sie nicht können, dann müssen Sie halt mit den Schultern zucken.

Ihre Bemerkungen bezüglich der Donau sind in ihrer großartigen Dimension beinahe schon furchterregend. Doch jetzt sprechen Sie mit einem, der vor siebzehn Jahren zum ersten Male und seither demütigend oft am Brigirain spazieren (nein: auf und ab) ging, die Anfänge nicht suchend, sondern nur in Augenschein nehmend. Gott habe dieses Dunkel geradewegs für mich erschaffen? Dem mag so sein. Vergessen Sie aber nicht, ich bin kein Zyniker, ich war es nie. Ich bin ein betagter Dichter und ein bißchen blind. Oh, wie jammervoll, etwas zu sein! Und ich bin; ich weiß es.

Das Durcheinander, wie dieser Fluß beginnt, *interessiert* mich also nicht, es steht mir nur nahe; nicht im geringsten überrascht es mich, wie es den Fluß stetig begleitet, denken Sie nur an die Juden.

Aber ich will daran nicht denken. Es ist zuviel für mich. Eine leicht vertretbare These wäre es wohl, die Donau gebe es gar nicht, es gebe nur Breg und Brigach! So gesehen, ist die Donau eine Fiktion. Spaziere ich hundert Meter hinauf, macht sich dort die kleine Elz auf den Weg zum Rhein, zu Vater Rhein. Die Donau ist ein Sonett, eine Sprechart, ein Diskurs. Ich betrachte die Elz, das gestehe ich Ihnen jetzt.

Wenn ich kann, komme ich hierher, zu den vielen Tümpeln, und spreche böse kleine Sätze in den Wind. Glauben Sie nicht, ich sei sentimental. Wer wohl vermag das *in einem* zu sehen? Jeden binden die Fischereivorschriften. Ich weiß nicht mehr, wer auf Seite 28 der deutschen Ausgabe seines Buches erwähnt, daß Dielhelm von einem Gasthaus an der Straße nach Freiburg spricht, von dessen Dach die eine Traufe das Wasser in den Rhein und die andere in die Donau abführen läßt. Nun, ich bin diese Traufe nicht.

Ich bin froh, daß ich fortkomme. Meine Frau hab ich schon vorher nach Frankreich zu ihrer Mutter geschickt, die am Tode darniederliegt.

Leben Sie wohl, theurer Freund.

Herzinnigst H. Heine

PS. Wenn es die Donau als großen Integrator nicht gibt, wo sind dann die Habsburger? Nirgends. Aber ich *wage* nicht zu sagen, daß auch Europa nirgends ist. Und ich akzeptiere nicht, daß die Geschichte zu Ende sei. Oder tot sei.

Vergessen Sie nicht: Der Unterschied zwischen Wasser und Fluß ist der, daß letzter eine Erinnerung hat, eine Vergangenheit, Geschichte. Es gibt keine Entwicklung. Es gibt kein Geschehen. Aber Schicksal gibt es.

Schreiben Sie an Hess. Den Sonderdruck wird Campe schicken. Seien Sie nicht ungeduldig. Altern Sie ein wenig. Allmählich werde ich so wie eine Schriftstellerin. Sie kennen sie?! Ein Auge aufs Papier gerichtet, das andere immer auf einen Mann. Ausnahme: Gräfin Hahn-Hahn, die einäugig ist.

Ihr H. H.

Was könnten wir noch auf diese Sandbank tun? Schließen wir mit einem schrillen Seufzer Várhegyis: Es ist lächerlichstes und vergeblichstes Bemühen, wenn das Geschöpf Chaos schöpfen möchte … Gott — pars pro toto …

4
»Oh, Roberto, das sind sehr harte Worte!«

Ich sah, daß es unserem Gastgeber gar nicht schmeckte, wie Roberto redete. Mein Onkel ließ sich darüber aus, daß er am Nachmittag dort oben gewesen sei, wo die Breg beginnt (kein Wort davon war wahr, er hatte geschlafen, im Zimmer, neben mir, der ich nicht zu mucksen wagte, ab und zu stieß er einen Schnarcher aus, und er war so müde, daß ich Angst bekam), bitte schön, er, Roberto habe mit *jener* Frau gesprochen, in deren dunkler, säuerlicher Küche die, sagen wir so, Donau *entspringt,* obzwar es nicht ausgeschlossen sei, daß das aus der niedrigen Traufe herabrinnende Wasser die Quelle speist, aus der die Traufe ihr Wasser bezieht, so daß sich hier also gleich ein endloser Zyklus ergibt, der dem schönen Ehrgeiz und der verheimlichten Schwäche des deutschen Geistes für das Chaos (vgl. den Ausdruck »verzweifelt deutsch« beim älteren Mann!) sehr gelegen kommt, bitte schön, diese Frau sei eine *Hexe,* worauf er jetzt aus gewissen Gründen nicht näher eingehen wolle, und er deutete lächelnd auf mich.

In diesem Augenblick ähnelte Roberto sehr meinem Vater, von seinem Schnurrbart abgesehen, wenngleich von dem nicht abzusehen war, eine volle, dichte Quaste, charakteristischster Teil des Gesichtes, und diese Hervorhebung bringt sofort auch in Verlegenheit, als behauptete man von einer Maske, sie sei das Nonplusultra des Gesichtes. Er hatte einen Schnurrbart wie János Megyik — falls das jemandem etwas sagt. Stets umgab ihn ein sehr guter Geruch: nach Tabak, nach Parfüm. Er roch ausländisch. Das sage ich so, weil man auch typisch ungarisch riechen kann. Es wäre grob und undankbar, im letzteren Fall von stinken zu sprechen, obwohl wir in diesem Stimmengewirr durchaus auch selbstbewußt bekennen könnten: stinken?! — genau!, wenn die es so empfinden, was uns Trost ist, uns schwergeprüftem kleinen Land, und vermutlich hängt es auch mit der Qualität der Seifen und Sprays zusammen sowie mit dem Kunststoffanteil der in Gebrauch befindlichen Hemden, der nie zu lösen ist von der großen Politik. Wäschst du dich mit Wiener Seifenschaum / Wird dein Geruch aller Männer Traum.

Beim Schlendern auf der Mariahilfer Straße sieht man von weitem, wer woher stammt, eine verkrüppelte Schuhsohle, ein harmonikaartiger Hosenteil, ein hervorlugendes Etikett »Textilfabrik Roter Oktober« oder ein nagelneuer Jeansanzug sind zwar hilfreiche und verräterische Zeichen wie der Schnurrbart Megyiks oder die Traufe der Breg, doch letztlich ist es das *Ganze,* das Auskunft gibt, der Habitus, die Atmosphäre des Ganzen, der Geist des Ortes, diese dramatische und schlampige, schäbige und aggressive, müde und draufgängerische Kleidung, die sofort ins Auge fällt — es genügt, wenn ich in ein Schaufenster sehe, in den Spiegel.

Noch in Wien gingen wir zu einem Schneider. »Na, Murkel! Was sind wir? Reisende sind wir. Was also machen wir?«

»Wir reisen.«

»Ach wo. *Travelling uniforms* lassen also machen wir. Das heißt? Das heißt, wir suchen den großen Gigi auf.«

Gigi war wie die Wahrheit, »ihn fand nur, wer ihn kannte«. Und Roberto kannte jeden. Ich gewann den Eindruck, er wisse alles, er könne alles erledigen. Das dachte ich auch von meinem Vater, nur mußte ich bei ihm bemerken, daß er nicht alles erledigen konnte, das heißt, er war mir ähnlicher, stand mir näher, während Roberto meinem Vater näherstand.

Manchmal nahm ich seine Hand, dann ließ ich sie los, dann nahm er meine, und wir lachten uns zu. Wir bogen vom Hohen Markt ab, da drückte ich ihn unvermittelt an die Mauer und duckte mich auch selbst, aus Spielerei, als würden wir verfolgt. Lachend wollte ich weitergehen. Robertos braunes Gesicht war schneeweiß. Wenn es einen Sinn gehabt hätte, hätte ich gedacht, er sei erschrocken. Ob ich jemand gesehen habe? Wen hätte ich sehen sollen? Jetzt frage er. Damals dachte ich, er spielt mit, *paßt zurück*.

Ein bescheidenes Messingschildchen verkündete, im zweiten Stock gehe ein Herrenschneider mit italienischem Namen seinem Gewerbe nach. Eine attraktive Dame empfing uns, groß, duftig, in Nylonstrümpfen, die einen Schrei ausstieß und errötete, als sie Roberto erblickte. Ich sah gleich, daß sie ihn liebte. »Nicht vor dem Kind«, sagte ich schnell, um dem Schauspiel vorzubeugen. Die weiße Flügeltür öffnete sich, und hervor trat ein winziges Mütterchen, die Haut wie geschrumpft, in Hose und Weste, Rouge auf den Lippen, unter den Augen leicht geschminkt, das war Gigi. Ich sah auch, daß die schöne Frau nicht mehr lächelte. Die beiden Männer verschwanden im hinteren Zimmer. Die Frau meinte aus irgendeinem Grund, sie müsse mir Gesellschaft leisten, und erzählte eine Menge Stuß.

Mir schwindelte, als wir unten wieder aus der Haustür traten, Judengasse, jetzt ist es mir eingefallen. Die ganze Anprobe war wie ein Tanz, ich wußte gar nicht, was wir kaufen wollten, was ich gerade anprobierte, manchmal griff mir der Meister an den Schenkel, er hatte unerwartet eine tiefe Brummstimme, so wie István Kormos — falls das jemandem etwas sagt —, Stoffe flogen durch das

Zimmer, Socken, hundertprozentige Wollschmetterlinge, und manchmal forderten sie mich auf, anzufassen, wie fein das sei, dort brach der Überfluß über mich herein, davon wurde mir schwindlig, zwischendurch kam die Sekretärin, sie lachte mit den Männern, man trank auch, dann bekommst du jetzt ein Tweedsakko, fuhr mich der Meister an, aber nicht daß du herauswächst!, darüber wieherten sie wieder, die Frau besonders laut, aber schlecht war es nicht, ach, ich bin ja so durcheinander, sagte sie immer wieder, oder mir tut der Kopf weh, das sagte sie immer zusammen, ich bin ja so durcheinander, oder mir tut der Kopf weh, und sie war überhaupt nicht durcheinander, aber der Kopf tat ihr vielleicht wirklich weh, der Ärmsten. Immerfort veränderte sich ihr Gesicht, Frau von Welt, dann kleines Mädchen, dann strenge Angestellte, alles veränderte sich an ihr, andauernd, sogar ihr Körper, mal wurde auch der streng, dann wieder zuckte er oder wurde in den Hintergrund gedrängt, drängte sich in den Hintergrund, beständig blieben nur die Augen, rätselhafte Edelsteine, ungleiche Katzenaugen, Tigerblick. Noch nie hatte ich mir eine Frau so sehr angesehen. Ich hatte nicht gedacht, daß jemand so viel sein kann.

Wir gingen zu dritt weiter, weiterhin in diesem frischgebackenen Rausch, nun in dem des Kaufens, wir erstanden Krawatten und Krawattennadeln, einen Kaschmirschal, an so etwas hatte ich nie teilgehabt, ich hatte nicht gewußt, und seither habe ich es wieder vergessen, daß man sich mit Einkaufen betrinken kann, wie mit dem Glücksspiel, in das man immer tiefer hineinsinkt, man schaut immer weniger hinaus, keinerlei *äußere* Logik gilt mehr, nur die Gesetze des Rausches, die Gesetze des Tanzes, auf diese Drehung diesen Stampfschritt, und laß mich nicht los!

Nein, wir ließen uns nicht los, zum Smoking Schuhe,

zu den Schuhen die Socken, zu den Socken eine Hose, zur Hose ein Hemd, zum Hemd ein Sakko, zum Sakko einen Mantel, zum Mantel eine Tasche, zur Tasche einen Koffer und zum Koffer einen Smoking, jetzt also einen weißen, dazu Schuhe, Pause!, Eisessen am Schwedenplatz, Herumstehen am Donaukanal, siehst du, Murkel, das ist sie!, dann aber sofort weiter, zurück zur Kärntner Straße, ein Necessaire, die Scheren dazu separat, dann Rasierzeug, mir wächst aber noch kein Bart!, oh, junger Mann, die Zeit vergeht!, Deodorants, Cremen, Handcreme, Körpercreme, Gesichtscreme, Gesichtswasser, Rasiercreme und -wasser, ich habe heute noch ein kleines Azzaro-Parfümfläschchen, das man uns als Geschenk hinterherwarf, ein Geschenk des Hauses, und einen hübschen Straß-Schmetterling mit ausgebreiteten Flügeln, ich erinnere mich, eine 99 war daraufgeschrieben, später sah ich, Dollar und nicht Schilling, und damals gab man 25 Schilling für einen Dollar.

Plötzlich, als wir aus dem Steffl kamen (wo wir *natürlich* nichts kauften), sprach mein Onkel: »Ich muß jetzt hier hinein«, und er senkte den Kopf. Die Frau stutzte und stellte sich geradezu unter Roberto, stellte sich mit den Brüsten unter ihn und stützte seinen Kopf, den sie dann in die Hände nahm, fast grob, aber eher leidenschaftslos, wie eine Wassermelone, sodann, allem entsprechend und widersprechend, verlegte sie sich aufs Flehen.

»Nicht, bitte, nicht. Ich bitte Sie, Roberto.« Sie sprachen deutsch, und mich ärgerte sehr, daß ich überhaupt nicht verstand, was los war, nichts! (Als ich später einmal, am 1. August 1976, als die Wiener Reichsbrücke einstürzte, den ganzen Vormittag über hörte, die Reichsbrücke sei eingestürzt, und weil ich mit Roberto oft im toten Donauarm gebadet hatte, am Gänsehäufel, wußte ich bestens, die Reichsbrücke ist nicht etwas, das einfach so einstürzen kann, gereizt grübelte ich also, was diese Wiener wohl sagen mochten, daß ich es so verstand, als wäre die Reichsbrücke eingestürzt. Als ich am selben Tag auch noch hörte, Niki Lauda habe lebensgefährliche Verbrennungen erlitten, nickte ich: das ist halt so ein Tag, heute funktioniert die deutsche Sprache so in mir.) »Sie wissen, daß ich das besser kenne. Du weißt ... Gehen Sie nicht dorthin.«

Wir standen vor dem ungarischen Reisebüro. Roberto ging hinein. Und die Frau murmelte diesen Satz vor sich hin: »Oh, Roberto, das sind sehr harte Worte.« Sie hob den Blick und sah mich an, und ich dachte bei mir, diesen Blick wirst du nie vergessen, aber ich vergaß ihn. Bestimmt vergesse ich nur Sätze nicht, oh, Roberto, das sind sehr harte Worte.

5
Flehen um einen Satz

Ausformulieren, sagt Pilinszky. Schreiben wird auf dem Papier geboren, nicht im Kopf; Reisen auf der Reise. Ich konnte also nicht umhin, den Gegenstand pedantisch, gewissermaßen von Biegung zu Biegung, von Tümpel zu Tümpel, durch Strudel und Sümpfe, über Barren und Buhnen, abzuschreiten, vom »engen Tal der stromernden Donau« bis zur Nehrung des Sulinaarms und den Tausenden *picole tole*. Ich veränderte mich, würde ich sagen, wenn das mit breiterem Interesse rechnen könnte.

Zweimal verpaßte ich die Abfahrt, aber letztlich ist Donaueschingen ja kein Ort, den man nicht finden könnte. Ich war müde, es hatte plötzlich abgekühlt, fröstelnd und grollend sah ich auf die Stadt, ob sie etwas »sagte«. Die Kleinstadt schwieg wie alle Kleinstädte. Gewohnheitsmäßig überlegte ich, was wäre, wenn ich hier lebte; es machte mich schauern. Dann schon lieber Ludwigshafen!, sagte ich laut. (Warum ausgerechnet Ludwigshafen? Ich weiß es nicht.)

Ich hatte es als meine Pflicht empfunden, auf der Herreise dem Verlauf des Flusses zu folgen. Beim Blick auf die Karte hatte mich Erregung erfaßt. Diese Erregung blieb dann das einzige reale Ereignis von Budapest bis hierher. Dabei geschah nur, was geschehen konnte, die Autostraße folgte zwar der Donau, aber heimlich wie ein guter Detektiv, der Millimeter auf der Karte bedeutete etliche Kilometer; und wenn sie sich kreuzten, Straße und Fluß, dann hieß das, daß ich über eine Brücke rollte, hastig hinausäugte und nickte, aha, das bist du also, »Fürst aller europaeischen Flüsse« (vgl. Eine genaue Darstellung aller um und an der Donau gelegenen Königreiche ... An das Tageslicht gegeben von einem Liebhaber, Nürnberg 1688, Johan Hofman), und schon verließen wir uns wieder (unabhängig vom Liebhaber).

So jonglierte ich ungeschickt am Fluß entlang, ohne in seine Nähe zu kommen, nichtsdestoweniger mußte ich, hier angelangt, zugeben und konnte ich als Tatsache verbuchen, daß es sie gibt, die Donau. Kein großer Fang, aber fangen wir bescheiden an.

»Die Donau gibt es nicht, das ist sonnenklar. Die Donau ist nicht etwas, nicht ihr Wasser, nicht ihre Wassermoleküle, nicht die gefährlichen Strombettverhältnisse, die Donau ist das *Ganze,* die Donau ist die Form. Die Form, das ist kein Mantel, unter dem sich etwas versteckt, das wichtiger und seriöser wäre als sie. (In concreto: das Wasser ...) Was bedeutet es, daß die Form eines Buches die Donau ist? Wäre es eine Form wie das Sonett? Was sind hier die Vierzehn? Nicht Sonett, eher Roman? Da gibt es nicht einmal die Vierzehn; was ist der Roman? Das sagt, heutzutage, jeder Roman über sich selbst aus, das heißt, die Definitionen kehren in sich selbst zurück, aus der Quelle in die Traufe und zurück; sie sind zeitgleich, sie waren nicht und werden nicht sein, sie sind nur. Sein — zu spät. Wäre der Roman mit seinem eigenen Tod identisch? — Ich behaupte nicht, daß der Roman dann und nur dann tot ist, wenn Gott tot ist. Ich behaupte nicht, wenn Gott tot ist, dann ist der Roman tot. Ich behaupte nicht, wenn der Roman tot ist, dann ist Gott tot. Aber ich habe auf die Frage, ob tot usw., eine ganz entschiedene und konkrete Antwort: ICH WEISS ES NICHT.«

Das schrieb ich in mein Heft, dort, wo die beiden Flüßchen sich vereinigen, von wo an *die Sache* Donau genannt wird. Ich hatte mir vorgenommen, erst hierher zu kommen und danach den Freiherrn von C. aufzusuchen, bei dem ich, wie seinerzeit mit Roberto, wohnen würde. Ich lief das kurze, steile Ufer hinab und schlenderte bis zum Y. Dort saß ich dann und blickte auf das Wasser, wie es sich mischte, versuchte es auseinanderzunehmen, mit einiger Übertreibung: die Wassermoleküle zu erkennen, dies ist das der Breg, dies sicherlich das der Brigach, und dort!, das dort ist schon die Donau. Angeblich soll man — ich weiß nicht mehr, wo ich es gelesen habe — die Donauquelle finden, indem man einen Fluß sucht, der glaubwürdig die Donau ist, und dann am Ufer entlang geht und geht, ohne Unterlaß murmelnd: das ist die Donau, das ist die Donau.

»Wie werde ich sie zur Kenntnis nehmen? Wie kommt man ihr *nahe?* Gibt es eine Methode? Sichtlich allgemeine Fragen. Fragen der Liebe? — Auf den Tod komme ich noch zu sprechen.«

Ab und zu warf ich Blätter ins Wasser und brachte meine Hoffnung zum Ausdruck, daß sie nun bis ins Schwarze Meer schwimmen würden. Ich versuchte, die Geschwindigkeit des Wassers festzustellen. Suchte mir einen auf 3,5 Meter geschätzten Abschnitt, warf so weit wie möglich (Hauptströmung!) ein Blatt hinein und maß die Zeit, 10 Sekunden, das sind dann in 1 Minute, sagen wir, 20 Meter, in 1 Stunde also 1,2 Kilometer. Wenn der Fluß 2850 Kilometer lang ist, sind das circa 2400 Stunden, demnach 100 Tage. Quatsch.

Ich betrachtete das schmale, anmutige Silberband, wie es unschuldig durch das flache Eschinger Land eilte. Niemand weiß, was ihm bevorsteht. Die Sonnenkugel in ihrem hellgelben, aus Gold gewobenen Kleid sinkt tiefer und tiefer, während sie zum Abend ihr violettes Negligé anlegt. Da begriff ich, daß ich von diesem Fluß alles bekommen würde, Auskunft über Berge und Wasser, Geschichte, Volkskunde, Fremdenverkehr, samt Anekdoten, Hoffnungen und Toten, alles würde da sein, Vergangenheit, Gegenwart, Zukunft, Hochwasser und Dürre, Stromwirbel und Fischsuppe, und Menschen würden sein — nur eines nicht, das einzige, was ich wahrhaftig benötigen würde, davon wußte ich nicht, wie es sein würde, wie ich es finden würde, den Satz. »Und ich bat den Herrn unter echten Tränen …«

6
Roberto erzählt

»Unwissenheit schützt die Unschuld nicht!« krähte Roberto, entschlossen, doch keine Rücksicht auf mich zu nehmen und die Geschichte von der Hexe zu erzählen, deren Haus an der Donau-Breg-Quelle steht und die gelangweilt und ärgerlich wieder und wieder die Tonbandkassette einlegt, um die große und wahre Geschichte der Donau zu erzählen, und wenn sie sich vom Band Tulcea sagen hört, nur dann erhellt sich ihr Gesicht für eine kurze Weile. Diese Frau nun bringe Mißgeburten zur Welt, die sie für gutes Geld verkaufe, und das kam so, daß sie als junges Mädchen beim Heumachen, denn im Schwarzwald kann der Sommer recht heiß sein, geschwängert wurde, und damit man es nicht bemerkte, schnürte sie sich stark, wobei aber das Kind im Bauch zusammengedrückt wurde, für das die Zirkusleute dann gutes Geld boten. Das habe sie auf die Idee gebracht. Und später habe sie regelrecht auf Bestellung Mißgeburten in gewünschter Form in die Welt setzen können. Unser Gastgeber, der Freiherr, schüttelte unzufrieden den Kopf. Er tanzte gerade mit dem Gärtner den Walzer von der schönen blauen Donau.

Onkel Adalbert war ein merkwürdiger Mensch, ziemlich klein, quicklebendig, wie ein Damenfriseurmeister. Man zählte ihn zu den reichsten Männern Deutschlands, beziehungsweise es gehörte ihm eine der größten Besitzungen, hauptsächlich Forsten. Irgendwie bestand auch eine Verwandtschaft zwischen uns, nur insofern, als wir uns auf deutsch duzten; als ich zu Hause fragte, wie wir verwandt seien, antwortete mein Vater, dessen Interesse an der Genealogie gering ist (verständlich, denn im allgemeinen ist man *mit ihm* verwandt, allerdings besitzt er dafür auch die rechte Bescheidenheit, was dieser Satz jetzt nicht deutlich machen kann), antwortete er also schulterzuckend wie immer auf derartige Fragen: *man* sei in der Regel über die Liechtensteins verwandt, und er lauerte verschlagen, ob ich es ernst nähme.

Der Freiherr war achtzehn, als er, wie man sagt, den Dienst antrat, sein Vater und seine Mutter waren bei einem Verkehrsunfall auf der Fahrt zum alljährlichen Bayreuther Ring ums Leben gekommen. (Was der Ring ist, wußte ich damals nicht, und Bayreuth verstand ich als Beirut. Dementsprechend stellte ich interessierte, höfliche, standesgemäße Fragen, was einen bizarren Eindruck erwecken mochte.) Aus Onkel Adalbert versprach ein brillanter Atomphysiker zu werden, Dirac nannte ihn seinen Lieblingsschüler (»der Gescheiteste aus dieser Bande«), und nicht der Grundbesitz bereitete der Wissenschaft ein Ende, sondern daß ihn eine Zecke biß, wovon er eine Gehirnhautentzündung bekam, genau wie Charlotte Monspart — falls das jemandem etwas sagt. Wochenlang schwebte er zwischen Leben und Tod, kleine Muskelzuckungen durchrannen seinen Körper, wie wenn der Abendwind eine friedliche Donaubucht kräuselt, die Herztätigkeit verlangsamte sich stark. (Übrigens gibt es östliche und westliche Zecken [Ixodes ricinus], die Alpen bilden die Trennlinie, und die Folgen der östlichen Blutsaugerei können schwerwiegender sein. Die Ursachen sind wissenschaftlich noch nicht geklärt. In Ungarn, obgleich diesseits der Alpen, finden sich diese ebenso wie jene.) Als er genesen war, war sein Hirn nicht mehr fähig, systematisch und zuverlässig zu arbeiten. Sein Hirn glich einem wundervollen Brüsseler Tuch, in dem Mottenlöcher sind oder das angebrannt ist, rußige, schimmlige Teile wechseln mit unversehrten. Und man wußte nie, was er davon wußte, deshalb war der Umgang mit ihm schwierig. Natürlich nicht für ein Kind, das merkte ja, daß es mit einem Blöden zu tun hatte, der klüger als alle anderen war. Nach der Krankheit erfüllten zwei Dinge sein Leben: die Jagd und der Tanz.

»Langsamer Walzer!« Er deutete auf jemanden in der Gesellschaft, dessen Pflicht es daraufhin war, mit ihm zu tanzen, während sofort, wie durch ein Wunder, die Musik einsetzte. »Cha-Cha-Cha!« kreischte der Onkel während des Tanzes, und unverzüglich änderte sich die Musik. (Auf welche Weise? Ich habe es nie erfahren.) Onkel Adalbert tanzte leicht und hingebungsvoll, erhaben und glücklich kreiste sein Gesicht. Hin und wieder taumelte er, dann schob sich sogleich ein Sessel unter ihn, in dem er benommen versank. In der Stille ließ Tante Marie sofort Champagner öffnen. Etwas Großzügiges lag in dem ganzen Wahnsinn. Daß das hier gültig war.

Daß es Champagner war, was wir nachmittäglich tranken — Frühstück gab es nicht, zu Mittag aßen alle in ihrem Zimmer, am Nachmittag traf man sich zum erstenmal in einem der unteren Salons, Nachbarn, Gäste, immer acht bis zehn Leute, Erscheinen im Anzug, abends in einem Salon im oberen Geschoß beziehungsweise auf dem Dachgarten, Smoking — also, daß es Champagner war, wußte ich nicht, bei mir nannte ich ihn »komischen Wein«, als Wein war er nicht gut, er kitzelte und kratzte, aber als Kitzelndes war er gut. Sekt, sagten sie dazu.

»Laß dir nicht einfallen zu beten!« drohte mir Roberto beim Schlafengehen, unsere Zimmer waren miteinander verbunden. Wir paradierten mit unseren neuen Nachthemden und drehten uns, wie manche Engel, stolz im Kreis. Ich lachte über Roberto, damals war es noch so, daß ich nicht anders konnte, als zu beten. Ich glaube, er erriet den Sachverhalt, denn er strich mir über den Kopf, wir krochen ins Bett, er löschte das Licht. Wir schwiegen. Ich wartete. Stille. Ich gab auf.

»Erzählst du heute nicht?«

Er gab keine Antwort. Ich lief zu ihm hinüber und kroch in sein Bett. Es war schön warm. (Vaters Bett war immer kalt, Mutters immer warm. Kein Werturteil.) Er schwieg noch immer. Er lag auf dem Rücken, das Kinn nach oben, den Blick zur Decke gerichtet, die Hände auf dem Brustkorb gefaltet, wie bei einem Toten. Ich drehte mich auf die Seite, legte den Kopf auf seine Schulter, nistete mich neben ihm ein. Alles war auf einmal so ernst, und ich fürchtete mich, weil ich es nicht verstand.

»Warum sagst du nichts?« fragte er unvermittelt. »Du siehst doch, ich kann nicht sprechen, warum hilfst du mir nicht?« Da erschrak ich noch mehr, so redet man nicht mit einem kleinen Kind. »Für was für einen Menschen hältst du mich?« Sein Blick an der Decke. Hilfsbereit und verschreckt sagte ich: »Roberto, du bist blöd.«

Zum Gabelfrühstück erwachten wir früher, als wahre Liederlichkeit es verlangt hätte. Wir schielten, ob der andere schon munter sei, ob er nicht einmal das Minimum *herrschaftlichen Lebens* erfüllen, also abwarten könne, bis ihm die Sonne auf den Bauch scheint. Mein Kopf lag immer noch an seiner Schulter. Jeden Tag erzählte er mir etwas, mal am Abend, mal am Morgen, aber auch tagsüber, auf Ausflügen oder in Gesellschaft, er flüsterte mir einen Satz zu, so wie eine Gedichtzeile oder ein gewichtiges, lustiges Geheimnis, ein Märchen in Fortsetzungen. Das ist kein Märchen, plusterte ich mich sofort auf, es handelt doch von uns, denn es handelte von einem Reisenden, der an der Donau entlang reiste, »der den schläfrigen Blick wiederholt auf Donaueschingen richtete«. Was heißt: von uns?, und er machte eine Handbewegung, eher enttäuscht als erzürnt, von jedermann, jedermann!, was heißt: von uns?, und wenn ich jetzt an seine Geschichten zurückdenke, sehe ich nicht mich und auch nicht meinen erstaunlichen und niederträchtigen Onkel, sondern jemanden, den ich kenne, der aber nicht mit mir verwandt ist, der auch nicht Ungar ist, nicht Serbe und nicht Tscheche, überhaupt niemand, aber auch das ist nicht richtig, eher ist er mal dies, mal jenes, einer, von dem ich nicht ein bißchen habe, sondern nur das Ganze, einer, der nicht sympathisch und nicht unsympathisch ist, der hauptsächlich nur *ist* — obgleich ich Várhegyis Beobachtung teile, daß es unverzeihlicher Hochmut seitens des Menschen ist, wenn er *sieht,* daß »alles gut ist« — und den hauptsächlich dieses *Ist* erschuf, jemand (hochgestochen: der Jemand), den dieses verdammte Ist des 20. Jahrhunderts nach seinem Bild erschuf, den jemand zur Frage machte und in Frage stellte. Sie ähnelten den alten Märchen meiner Mutter, auch dort war zu sehen (*die Mutter erlaubte es dem Sohn*), woraus das Märchen des Tages entstand, und auch dort hatte ich die Frage gestellt, wer ist wer, und wer bin ich denn nun, das Ferkelchen Rumps oder die Muttersau Jolanthe?, das Krokodil?, oder bin ich die Luft? der Fluß?, und auch Mutter hatte mißlaunig genickt, es schien, *die* mochten dieses Who is Who nicht.

Reisender stellt sich vor

Reisender begann zu reisen. Er richtete den schläfrigen Blick auf Donaueschingen. Er war ein professioneller Reisender, das war sein Beruf. In jüngeren Jahren hatte er schriftstellerische Pläne geschmiedet, mit literarischen Versuchen hatte er sich in seinem Vaterland, das Ungarn heißt und von Ungarn bewohnt wird, die Ungarisch sprechen, genauer, die einander ungarische Wörter um die ungarischen Ohren hauen, die ungarisch essen, mit ungarischen Zähnen ungarisches Fleisch zerfetzen und ungarisch lieben, deren ungarische Hände auf ungarischen Schenkeln ruhen, die ungarisch geboren werden und ungarisch sterben, in die ungarische Wiege fällt ungarisches Licht beziehungsweise auf ungarische Särge ungarische Erde, auf ihre samtigen beziehungsweise welken Leiber, und ungarisch leben sie auch — in seinem Vaterland, diesem Schmuckkästchen, das einem Schmuckkästchen gleich im Schoße der Karpaten lag, hatte er sich mit literarischen Versuchen schon einen Namen gemacht, doch als sich dann herausstellte, daß er ein gottbegnadeter Reisender war, begann er zu reisen.

*

Er reiste im Auftrag, der eine oder andere erlauchte Herr oder das eine oder andere schäbige Land mietete ihn an, und er reiste.

*

Unter uns gesagt, das Reisen war ihm zuwider, am liebsten saß er in seinem Zimmer herum. Nein, das ist nicht wahr. Seine Seele war die eines Reisenden, alldieweil er mehrere Seelen hatte, beliebig viele, wie er in ehrsüchtigen Augenblicken vermeinte. Mag sein, daß eine mehr ist als mehrere, darüber dachte er nicht nach. Um offen zu sein, er dachte über den Tod nicht nach. In bezug auf den Tod war er nicht unbeleckt, er hatte schon am Sarg gestanden, schluchzend, stumm und wie gelähmt, er wußte, was Verwaistsein, was Weinen, was Schmerz, was Schwarz bedeutet, aber sein Leben stand nicht im Zeichen des Todes, wenngleich doch das Leben im Zeichen des Todes steht. Das alles ist zumindest paradox, eher jedoch amüsant zu nennen, stellten die Auftraggeber (Mieter) ihn doch gerade deswegen an, im Grunde genommen schickten sie ihn in den Tod. Reisender aber war unsterblich, alldieweil er sich dafür hielt.

Anhang zu Reisender stellt sich vor

»Ich schreibe diese Zeilen zu Weihnachten, und Weihnachten '89 ist in Mitteleuropa kein Fest der Liebe. Wenn ich dezent sein wollte, würde ich sagen, es ist ein Fest der Freiheit. Aber seit Tagen sitze ich wie am Fernsehen festgekettet und sehe zu, was aus meinem Schicksal wird; wie die Amerikaner seinerzeit den Zweiten Weltkrieg verfolgten; Schwarzwaldklinik. Schluchzende Gesichter, Schüsseknallen im Hintergrund, live übertragen. Ein Mann meines Alters aus Temesvár, er ging gerade an der Bega spazieren, das Kind an seinem Hals, als er das Schießen hörte. Ich konnte doch nicht denken, daß es uns galt, sagte er weinend. Sein Sohn erbebte leicht und fiel ihm vom Arm. Schon waren die Securitate-Mörder zur Stelle, das Kind warfen sie wie eine Katze ins Wasser, den Mann sperrten sie ein, aber dann vergaßen sie, ihn umzubringen. — Es ist Weihnachten, und ich muß immer wieder gegen meinen Haß ankämpfen. Wenigstens erreichen, daß ich mich schäme. Aber ich bin regungslos.

Ich konnte doch nicht denken, daß alles, was geschieht, auch mir gilt.«

Vater des Reisenden hilft

Als er den ersten Auftrag erhielt, von der Donau »auf seine überaus persönliche Weise eine mit ironischen Reflexionen verbrämte Reisebeschreibung vom Schwarzwald bis zum Schwarzen Meer« zu verfertigen, erinnerte er sich, daß sein Vater dazumal ausgerechnet eine Donaureise zum Abitur geschenkt bekommen hatte, er begab sich zu ihm, wartete, damit die Nachbarschaft keinen Wind von der Sache bekam, den Einbruch der Dunkelheit ab und band den in Ehren ergrauenden Mann rasch und gemein an einen jener drei Bäume, welche des Reisenden Mutter rund dreißig Jahre vorher gesetzt hatte, die drei Birken, die unter dem ständigen Nordwind schief gewachsen waren, sich schwerfällig vorbeugten wie drei entschlossene Wanderer im Gegenwind (Südwind!), fesselte ihn mit grobem Seil, streng, daß er nicht mucksen konnte, um dann besonnen, von Liebe und Dank erfüllt, mit nicht starken, eher flinken, wenn auch von Brutalität sinngemäß nicht freien Schlägen Geschichten über die Donau aus ihm herauszuprügeln.

Der Vater wollte nicht kapitulieren, denn er vertraute dem Sohn nicht wirklich. Der aber schlug und schlug ihn. Hernach wischte er seinen Vater mit dem Waschhandschuh ab, wusch ihn, rieb und rubbelte ihn, dann setzten sie sich an den Gartentisch und tranken sämtlichen Alkohol, den sie im Haus fanden, Wein, Bier, Schnaps, Unicum, Eierlikör, Gesichtswasser.

Beschreibung des Wirkungskreises des Reisenden

Reisender war anmietbar für kurze und lange Distanzen und Fristen, für Einzel- und Gruppenreisen, theoretisch und praktisch, auch Sonderangebote hatte er, zum Beispiel für Zeitreisen (»Schauen Sie mal nach dem Karlowitzer Frieden!«) — letzteres war die sogenannte Orlando-Step-Aktion. Das alles gab ein bescheidenes Täfelchen vor seinem Haus bekannt. Er ließ auch Handzettel verteilen.

Wollen Sie reisen? Fälschlicherweise glauben Sie, das kann man einfach so. Sie glauben, man geht in ein Reisebüro, und basta. Sie irren. Dieses Jahrhundert ist nichts für Reisende. Wir sind ein Jahrhundert des Tourismus. Der Tourist reist nicht, er wechselt den Ort. Er reist hin. (Wohin? wohin?, o gütiger Gott ...) Er ist der Reisekrüppel des Jahrhunderts, der feige in die Zukunft flieht. Und hat er in einem der überall gleichen Hotels ausgepackt und legt sich an den für derlei vorgesehenen Strand, so spricht er hochnäsig: »Hier kommen wir nächstes Jahr wieder her!« Und »Die wollen wir uns merken, diese Bodega!«

Gäben Sie sich damit zufrieden?
Eine Welt bräche in mir zusammen.

Genau diese Welt bringt der Mietreisende ins Haus, die große weite Welt. Die Großzügigkeit. Der Reisende erhebt und adelt. Identitätsprobleme? Mieten Sie einen Reisenden an! Er ist keine Lösung, wohl aber eine Möglichkeit. Ihr tragisches Existenzerlebnis wird nicht beschränkt, in seinem Zentrum werden Sie — um mit Van Cha zu sprechen — weiterhin nicht dem die Gegensätze aufhebenden Einen begegnen, sondern dem Chaos, dem Fehlen, der Abgrundartigkeit, der Unerfülltheit, der Spannung zwischen Entstehen und Vergehen … Alles hängt davon ab, was man mit dem Ich anfängt. Sie werden weiterhin nicht als überflüssiges Joch betrachten, was man besser vergäße, im Gegenteil, Sie werden Ihr Ich mit sich tragen, überallhin, in den Himmel, in die Hölle. Dann wundert sich der westliche Mensch, wenn sich das nicht wirklich unterscheidet. Diese Verwunderung beseitigt der angemietete Reisende. Ihnen wird es nicht ergehen wie einem Pilger, der ein Pianino auf dem Rücken trägt und die Welt als ein wenig unbequem empfindet … Der Reisende ist stets er selbst und als solcher unendlich! Mieten Sie einen Reisenden an, und Sie mieten das Unendliche! Spaziergang im weichen Schoß der Natur und sonstiger! Teilstreckenvergünstigungen! Zeitspiel — Raumspiel! Verschaffen Sie sich Erlebnisse! Seien Sie traditionell und zeitgemäß!

In Wirklichkeit war er ausschließlich Donaureisender; er könnte die Zahl nicht nennen, wie viele Male er droben bei Donaueschingen stand, sie kannten ihn schon, der Ungar ist da, wisperten sie sich zu. Sie warteten, wann er käme, sie erwarteten ihn wie den Frühling nach einem langen Winter.

Donaureisender zu sein bedeutet keine Beschränkung,

der Vertrag enthielt stets einen Punkt (in der Regel Punkt 8/Epsilon), in dem sich Reisender ausbedang: *Was die Donau ist, das bestimme ich.* Auftraggeber, die beim Einreichen von Rechnungen aus Los Angeles zögerten (oder auch nur das Gesicht verzogen), mochte er nicht. »Befinde mich an den Hügeln der Pacific Palisades. Suche betreffenden Fluß. Gute Nachricht: nicht auffindbar. STOP.« Ist das nicht beruhigender, als wenn er zwischen den dortigen Hügeln umherplätscherte und einen Weg in den Stillen Ozean fände? Reisender ist verpflichtet zu Wachsamkeit, Aufmerksamkeit, Feinfühligkeit — gegenüber dem Fluß. Jeder kann die Donau sein! (Beuys)

Es trifft auch zu, wie sich bald herausstellte: wenn alles (undsoweiter) die Donau sein kann, ist es am besten, wenn die Donau die Donau ist. Die raffinierte, subjektive (ja subjektivistische!), indirekte und subtile Zustimmung zu einem Konsens löst besondere Freude aus bei ... Nun, bei wem? Als ob wir statt einer rechten Kurve drei linke nähmen. Löst Freude aus beim Subjekt. Jede Reise ist eine innere Reise, das heißt, Reisender sucht sich selbst. Als ob es jemanden gäbe, den man suchen könnte. Reisender ist verpflichtet, nicht eine Persönlichkeit zu sein, irgend jemand zu sein, er hat also umherzuirren zwischen Jemand und Niemand, hat das Unendliche oder, scheinbar bescheidener, das Seiende zu sein, die Form zu sein, ein Kännchen zu sein, ein Köfferchen, ein Kittchen, darin mit Milch, mit Socken, mit Häftlingen.

7
Herzog Blaubarts Burg

Aber wir wollen — wie Balzac in Frauengesellschaft zu sagen pflegte — zur Wirklichkeit zurückkehren.

Das Herumsitzen dort, wo die beiden Flüßchen zusammentreffen (»sich ineinander ergießen«), war so romantisch, wie ich es nie für möglich gehalten hätte. Onkel Adalbert und die Seinen erwarteten mich bereits. An den Brüsseler Spitzen hatten weiter die Fäulnis oder die Motten genagt, der Onkel sprach nicht mehr. Aber er erkannte mich, er saß im Sessel, den Kopf auf der Brust, als ich eintrat, hob er ihn und lächelte mir zu. Er war noch kleiner, dünner und blasser geworden, nahezu überall sah man die Adern unter der Haut. (Er ähnelte Leslie Howard.) Er stand auf, trat zu mir, und wir tanzten Walzer.

Nur allmählich gewahrte ich den neuen Widerspruch, der das ganze Haus so ausfüllte wie das Donauhochwasser 1970 die Bootshäuser nördlich von Budapest. Alles war gealtert, das bemerkte ich. Onkel Adalbert sprach tatsächlich nicht, kein Wort, zuweilen sperrte er den Mund auf, dann winkte er ab, aber nicht zornig, eher heiter — doch solch totales Schweigen ist nun mal gespenstisch. Tante Marie hingegen sprach ohne Unterlaß, vom Onkel, von seinem Zustand, sprach stetig wie ein Sportreporter, erstattete Bericht, was ihr Mann jetzt dachte, was er fühlte, was er sah und hörte, sie berichtete in gehobenem Stil über alles, ähnlich wie, sagen wir, György Szepesi oder Mór Jókai, falls das jemandem etwas sagt. Dieses rasante, traumartige Reden erinnerte sie (oder sie beide) an das einzige Existierende: an die Vergangenheit. Genauer, noch etwas existierte. Dieser tatsächlichen, tatsachenartigen, in jedem Augenblick zur Geltung kommenden Welkheit stand, gleichfalls stetig in Erscheinung tretend, der Reichtum gegenüber. Das nicht aufdringliche, sondern hilflose Vorhandensein von Reichtum. Doch ein und dasselbe war im Welken und im Blühen begriffen, die unerträgliche, mechanische Euphorie der Tante war nicht zu trennen vom Troß aus Butler, Koch, Zimmermädchen, Diener und Chauffeur, die erbarmungswürdige Stille nicht vom »Bœuf« mit Trüffeln, überhaupt das Fehlen unserer Gegenwart nicht von der verbitternd natürlichen Gegenwart der Welt, die den Glanz unserer Gegenwart sicherte.

Marie plapperte mit dem alten, hilfsbedürftigen Mann wie mit einem Kind. Daß das falsch ist, daran erinnerte ich mich aus den Roberto-Zeiten. Der Onkel wußte vermutlich alles. Und noch mehr, wie sich bald zeigte. Die Tante zwinkerte mir zu, »ich bring ihn zu Bett und komme«. Ich gab Onkel Adalbert, mit dem mich nichts verband, die Hand, aber als ich seine kleine, zarte, seidige Hand hielt wie die eines Kindes, überflutete mich ein Gefühl der Wärme, vielleicht die gleiche Sentimentalität wie am Y von Breg und Brigach, und ich umarmte ihn. Der Onkel verfiel sofort in Tanzschritte, Marie trennte uns gereizt, wie Streithähne vom Fußballschiedsrichter getrennt werden, »schon gut, schon gut, jetzt reicht es *wirklich*«.

Ich wartete im oberen Salon. Die Hausbar war so dezent versteckt, daß ich Mühe hatte, sie zu finden, aber ich fand sie. Mit dem Kognakglas in der Hand schlenderte ich auf die Terrasse, ein großer, geschlossener Garten mit Fichten, Gebüsch und einem Bach, das ließe sich schön beschreiben. Wie üblich begann ich die Maler und Musiker zu beneiden.

Reisen ist Reisen. Es ist mehr und zugleich weniger als Worte über Wörter. Ich ging weg und kam wieder, inzwischen verrann ein wenig Zeit — »floß Wasser die Donau hinab« —, ich war hier und da gewesen, mir war dies und jenes passiert, obzwar ich nicht behaupten kann, ich wäre so und so gewesen, und nun wäre ich so und so! Ich nahm das hausinterne Telefonverzeichnis in die Hand. Eine runde Novelle, so, wie es ist. Nur ein guter Titel fehlt. Die unerträgliche Schwere des Seins. Die Struktur des Reichtums. Freiheit, Gleichheit, Brüderlichkeit. Heine versucht von seinem Onkel aus zu telefonieren.

Telefonverzeichnis (Haus)

Souterrain

Garagengang	51
Garage	52
Weinkeller	53
Luftschutzraum	54
Notausgang	55

Erdgeschoß

Schwimmbecken	44
Korridor	45
Gästezimmer 1	41
Gästezimmer 2	42
Gästezimmer 3	43
Butler	46
Köchin	47
Diener	48
Zimmermädchen	49
Fernsprechvermittlung	77
Tischtennisraum	78
Waschküche	79

Zwischengeschoß

Bildschirmregal	30
Geschlossener Garten	31
Büro (Chef)	32
Große Bibliothek	33
Kleine Bibliothek	34
Konferenzraum 1	35
Konferenzraum 2	36
Konferenzraum 3	37

Erstes Obergeschoß

Bildschirmregal	20
Wohnzimmer, kleines	21
Wohnzimmer, großes	22
Zimmer A.	23
Herren-Ankleideraum	26
Herren-Schrank	27
Zimmer M.	28
Damen-Schrank	29
Gästezimmer 4	24
Gästezimmer 5	25

Zweites Obergeschoß

Bildschirmregal	10
Salon	11
Terrasse	12
Portugiesisches Zimmer	13
Speisezimmer	14
Küche	15
Gästezimmer 6	16
Gästezimmer 7	17
Nische	18

»Er ist in die Heia gegangen«, schmunzelte Marie. Ich haßte sie für diesen Satz. Immer suchte sie diese Komplizenschaft, die aber vielleicht nicht ganz das bedeutete, was ich hinter ihr sah (kleinkarierten Verrat nämlich). Wir tranken ein bißchen, und sie redete immer natürlicher, ihr Gesicht wirkte immer müder und grauer, sie selbst dadurch immer liebenswerter.

Da öffnete sich plötzlich die Speisezimmertür, und in ihr stand verstört Onkel Adalbert, wir beide sprangen auf, aber länger als einen Augenblick konnten wir nicht annehmen, ihm sei etwas zugestoßen. Er musterte erst mich, dann seine Frau abschätzig, danach spie er uns ein Wort ins Gesicht, in so wildem, rasendem Zorn, daß ich die Augen schließen mußte.

Am Morgen reiste ich grußlos weiter, dabei war mir am Abend vor dem grauen Gesicht von Marie Holbeins Bild eingefallen, das hätte ich mir ansehen sollen, die sogenannte graue Passion, so ein Unsinn. Das verhaßte Wort, das das mehrjährige Schweigen durchbrach, war dieses: Roberto.

8
Ist was?

»Komm, Murkel.« Roberto stand angekleidet im morgendlichen Zwielicht an meinem Bett, er trug die travelling uniform. »Ich habe für dich eingepackt. Zieh dich schnell an«, flüsterte er.

»Ist was?« fragte ich mit der besorgten Stimme meiner Mutter.

Er zog die Augenbrauen hoch. »Was sollte sein?«

Obliegenheiten des Reisenden

Reisendem obliegt es, dem Auftraggeber (Mieter) regelmäßig über seine Reise zu berichten, und zwar in Form eines schriftlichen Berichtes. Der Bericht soll faktengemäß und lebendig sein, also belehren und Erlebnisse vermitteln. (Dieser Halbsatz wird neuerdings weggelassen.)

Die Niederschrift des Berichts bereitete dem Reisenden nicht das geringste, um nicht zu sagen: überhaupt kein Problem. Eine Winzigkeit an Problemen ergab sich für den Reisenden manchmal, gelegentlich, von Fall zu Fall, hin und wieder, ab und zu aus dem Reisen. Zu Recht vermerkt der akkurate Thomas Mann: Ein Reisender ist, wem das Reisen Sorgen bereitet. Es kam vor, daß er einfach nicht weiterkommen, weiterreisen konnte. Er kam nicht von der Stelle, wie die späte Kádár-Ära oder die Alte Donau, er stagnierte.

Reisendem obliegt es, die Launen des Auftraggebers (Mieters) zu erfüllen. Dem Reisenden sei nichts, was menschlich ist, fremd. Schönheit auch im blutigen Auswurf finden. Dem Reisenden obliegt es, ein erfahrener alter Fuchs zu sein, ein echter Mann von Welt, es obliegt ihm, das Wesen des Geldes zu kennen und zu wissen, daß seine Situation eine überaus schwanke ist, er reist als Herr und dient als Diener, zwar könnte er zur Kompensation heimlich Rache üben und den Auftraggebern (Mietern) einen ironischen Giftdolch in den Rücken jagen, doch wo bliebe dann »die Weite des Reisens, ihre unabhängige Würde, ihr schicksalhaftes Abenteuer«!

Auftraggeber (Mieter) ist hinsichtlich der finanziellen Bezüge zur Befriedigung seiner Wünsche nicht nur zu Großzügigkeit verpflichtet (und zwar im gleichen Maß wie Reisender zu Dienstbereitschaft), er darf diese Pflicht auch in »Notsituationen« (dieses Wort verwendet die Vertragsformel) nicht beziehungsweise nur bei Strafe umstoßen.

Das folgende Telegramm zeigt eine solche Situation, aber auch, daß Reisender oftmals genötigt war, seinen Bericht neu zu formulieren, was ihn aber, wie erwähnt, nickt juckte, kleine Fische für ihn!

Telegramm

Noch einmal! Gefühlvoller! Ich will wissen, was man an der Quelle fühlte! Überhaupt: es soll bitte endlich losgehen! Lassen Sie die Prahlereien weg, wie daß die Donau aus einer Traufe oder einem Regenwasserfaß entspringt! Ich bin darauf einfach nicht neugierig!!! Stehen Sie im Fürstenbergpark an der Marmortafel und seien Sie erschüttert, kleiden Sie das dann in Worte! Werfen Sie zehn Pfennig in die Pfütze und wünschen Sie sich alles Gute! Ich weiß, ich darf Sie nicht daran erinnern — gleichzeitig mit dem Telegramm gebe ich einen Scheck auf, als Pönale —, aber ich möchte Sie doch daran erinnern, daß immerhin ich es bin, der Sie bezahlt, und wahrhaftig nicht für Schaumschlägerei! — Auftraggeber (Mieter)

Telegramm

Entschuldigen Sie, daß ich mich so hinreißen ließ. Aber es ist vielleicht gut so — auch für Sie. Die Rolle der Frau, die Sie erwähnen, ist nicht klar. Wichtig oder nur ein kolorierendes Element? Was wollen Sie mit den Brüsten? Gut, daß nicht Arsch oder Hintern und Sterz! Ich verstehe schon Spaß! Hat sie mit der grauen Passion des alten Holbein zu tun? Wenn Sie auf ein Geheimnis stoßen, akzeptiere ich es, aber bitte keine Geheimnistuerei. — Auftraggeber (Mieter)

Bericht

Wie mein Land unter den Russen, so klagte und knirschte der Kies unter meinen Sohlen — und blieb. Du bist der und der, und auf diesen Kies baue ich und so weiter. Donaukies, scherzte ich bei mir. Das Schloß der Fürstenbergs gleicht èinem beleidigten, abendlichen Gesicht. An der Quelle wagte sich mein Blick langsam zu dem ernsten Schild: *Hier entspringt die Donau.* Also hier. Entspringt. Die Donau. Welch eine Sekunde! Der Anfang, Origo! Ob jeder Anfang rein ist? Oder … Aber ich wage es nicht auszusprechen. Ach, was machte es mir aus, daß das Wasser aussah wie in einer abgestandenen Schüssel, einer provinziellen Fontana di Trevi, wo man Kleingeld hineinschmeißt und dabei weder an seine Wünsche noch an Himmel und Erde denkt, sondern nur daran, wie die Deutsche Mark jetzt zum Dollar steht …

Ja, die Baar schickt ihre Tochter Donau auf den Weg. (Erst weiter unten heißt es: Don Au, Fürst des Schmerzes, wie geistreich und — eine nicht belanglose selbstironische Wendung — mit Schmerzen Berinkey-Farkas in seinem gründlichen Werk *Fischfutteruntersuchungen im Soroksá-*

rer Donauarm, Budapest 1956 — was für Zeiten! —, Akademie-Verlag, bemerkt.)

Da öffnete sich mit erschreckendem Gähnen das Schloßtor, in grauer, flatternder Pelerine sprang eine Frau heraus und rannte — als machte sie sich mit der Donau auf den Weg — los, schnurstracks auf mich zu. Nach einem Weilchen tauchten zwei Männer hinter ihr auf, zwei elegante Herren, wenngleich ich nicht behaupte, nicht vermute, nicht hoffe und nicht unterstelle, sie seien der alte Fürst und sein Sohn, allerdings auch nicht, sie seien das Ehepaar Rosenberg auf der Flucht vor den FBI-Bütteln, aber wer sie auch waren, der Fürst, Mr. Rosenberg oder die meiner Mutter zum Verwechseln ähnliche Königin von England, bei meinem Anblick stutzten sie, nickten mir, Freundlichkeit mimend, zu und schlossen mit eleganten, runden Bewegungen, wie wenn ein Schwan sich rücklings neigt, zwei tüchtige Lakaien, die Torflügel, so daß das Schloß zurücksank in die Einsamkeit; doch das als Gleichnis verwendete abendliche Gesicht rötete sich bereits vor Erregung und Empörung (während die gleichfalls als Metaphern verwendeten Schwäne elegant über die Brigach segelten).

Ich bin nicht au fait auf dem Gebiet der Repetierwaffen, aber ich meine, all die hochgeschleuderten, fliegenden Steinstücke, die dem Lauf der Frau folgten, ähnelten am ehesten dem Rattern einer Maschinenpistole. Die Pelerine und der breite Hut gemahnten mich an die Radikalität der Europäerinnen der zwanziger Jahre. Damals kündigten sie eine jahrhundertealte Rolle auf, der Enthusiasmus, der Zorn und das Vorgefühl der sicheren Niederlage ließen sie schön erscheinen. Korallenrot leuchtete die Bluse, eine frische Wunde. Im engen Rock wippten die langen, modischen Unterschenkel. Als sie mich erreichte, sprach ich sie an.

»Sternenauge, Strubbelkopf, Mädelein, so einsam!«

Sie bremste zischend wie die Katze in den Walt-Disney-Filmen. »Sind Sie des Wahnsinns?« fragte sie gleichmütig.

»Seien Sie nicht kindisch«, beruhigte ich sie, »Sie wissen sehr gut, daß ich mit Ihnen sprechen werde, und Sie mit mir sprechen werden … Bei mir bist du schen, ich muß es gestehn …«

Wild erbebten ihre Nasenflügel, dann glitt sie mit der Hand langsam über den harten, blutroten …

TELEGRAMM

Halten Sie mich nicht für blöd! Das soll ein VERKAPPTER ENTWICKLUNGSROMAN sein? KAMPF GEGEN DAS VERGESSEN? DAS HANDBUCH DER TOLERANZ? Etwa gar ein ANARCHISTISCHER REISEFÜHRER? Wünschen Sie sich nicht, daß ich Ihnen auf den Kopf zu zitiere: REISEN IST LÜGEN! Wie wollen Sie so die Selbstgefälligkeit der Postmodernen entmystifizieren? Wie wollen Sie die jenseits der den Schmerz teilenden Anteilnahme gärende zähe Lebenslust anklingen lassen? Antwort unnötig. — Auftraggeber (Mieter)

TELEGRAMM

Mein Engel, mein Herzchen! Kriegen Sie was raus über diesen Hindemith. Hören Sie sein Telefon ab, öffnen Sie mit Ihren Patschhändchen seine Briefe, unterwandern Sie, verdrehen Sie ihm den Kopf, entzünden Sie seine dreckige Leidenschaft und weisen Sie ihn darauf hin. Halten Sie ihn in der Hand. Keine Geschmacklosigkeiten! Korrektur: Der gute Geschmack soll Sie nicht beengen. Ist er dennoch unbescholten, soll er bescheltbar sein; ist er bescheltbar, soll es beweisbar sein; ist es beweisbar, soll es ausnutzbar sein; ist es ausnutzbar, dann nutzen Sie es aus. Angeblich Streichquartett, oder was?! — Auftraggeber (Mieter)

Telegramm
Sie Postmoderner!

Antworttelegramm
Du kannst mich mal.

9
Hindemiths große Liebe

Wie ein Mörder, übertrieben, ein schleichender Dieb, immer noch zu stark, ungezogen glitt ich aus dem Haus; anscheinend war es ein Haus, aus dem man nur weghuschen konnte, grußlos.

Ich durchquerte den Park und bog nach links in die Prinz-Fritzi-Allee ein. Ich war hungrig, auch fehlte mir der ungarische Kaffee, an den hiesigen kann ich mich nicht gewöhnen, und ich muß jedesmal drei oder vier trinken, damit mir *in den Sinn kommt,* es wäre besser gewesen, nicht erst damit anzufangen.

Die Alte, die vor mir einbog, hielt ich zuerst für ein kleines Mädchen. Alles an ihr war dünn und weiß, durchscheinend, körperlos, zum Fürchten, ich fürchtete, die Beine brächen ihr, das Gesicht schwer vom Puder, das kurze, seidige Haar schwebend wie ein Schleier, aber die dunklen Furchen unter den Augen ließen an einen Totenkopf denken, ihr Blick mal der eines Kindes, mal der einer Wahnsinnigen.

Freundlich nickte sie mir zu. »Servus, mein Lieber.« Sie ging weiter, ich rührte mich nicht. »Mein Gott, wie lange haben wir uns nicht gesehen.« Nun blieb sie stehen und musterte mich streng. An einer Schnur zog sie eine Schachtel hinter sich her. »Noch nie haben dir die Ohren so abgestanden. Noch nie so sanft, bizarr. So einsam.« Ihre Miene hellte sich auf. »Du wirst sterben! Freilich. Nicht bloß ich.«

»Genug jetzt!« fuhr sie aus der nahen Bude der Würstchenverkäufer müde an. Die Alte nickte so sanft wie ein Vögelchen, grüßte und trippelte weiter. »Seien Sie ihr nicht böse«, sagte der rotgesichtige Mann und zapfte von dem ekelhaften Senf, dem scharfen, »sie hat ein schweres Leben *gehabt*. Schwer, aber interessant. Die Cembalo-Barbara, wenn der Herr von ihr gehört hat ...«

Natürlich hatte ich von ihr gehört, die Barbara-Briefe, Hindemiths berühmt-berüchtigte Korrespondenz, vergleichbar mit der unseres Kelemen Mikes; es handelt sich hier um Briefe, die Hindemith aus Ankara an eine fiktive »Schwester« schrieb, 1935, glaube ich. Es gab sie also doch, seine Schwester? Eine Zeitlang hatte man geglaubt, die Briefe wären an Regner gerichtet, seinen ehemaligen Geigenlehrer, er war vielleicht der einzige, dem Hindemith Respekt zollte.

Der Würstchenverkäufer wollte sichtlich sein Wissen mit mir teilen, was mir widerstrebte. Er hob zu einem Kurzvortrag an, daß sich Hindemiths Kunst, wie mir sicherlich bekannt sei, durch souveräne Technik und handwerkliches Können auszeichne, daß im Schloßpark seit 1921 musiziert werde und daß die Hiesigen, auch er, der Würstchenverkäufer, stolz darauf seien, daß die Uraufführung des 2. Streichquartetts hier stattgefunden und Hindemith persönlich die Bratsche gespielt habe.

»Er hatte Bach viel zu verdanken«, sagte ich, damit er mich nicht für unhöflich hielt.

Er zuckte mit den Schultern. »Mein Herr! Da machte diese wahrhaft bedeutende Persönlichkeit in dem wahrhaftig bedeutenden Augenblick, als sie mit dem Bogen in der Hand auf dem kleinen Podest neben dem Brunnen stand ...«, seine Stimme versagte, »eine Bewegung, eine so abscheuliche und heimtückische Bewegung, daß ich sagen könnte, in dieser Bewegung faßte er den Schmutz von Jahrhunderten zusammen, den Schatten Europas, das andere Europa, das schreckliche Europa, das ja von diesem nicht zu trennen ist, er machte eine Bewegung, eine prahlerische, wie es die Gewohnheit der jungen Leute ist, jenseits gültiger Werte, diesseits der Tonalität, jenseits der Kindheit, diesseits des Mannesalters, noch bis zum Halse im Sieg. Das alles konnte man unmöglich mißverstehen und nicht zur Kenntnis nehmen, denn, bedenken Sie, dies ist eine Kleinstadt, eine kleine deutsche Stadt, was haben wir schon? Wir haben die Donau und diesen Hindemith. Alle schwiegen also. Mit einer Ausnahme.«

»Borbála«, flüsterte ich auf ungarisch.

»So ist es! Das Mädchen, damals kaum dreizehnjährig, eine Zierde der Städtischen Musikschule Freiburg, stand wie verzaubert auf, ihr Platz war in der ersten Reihe, nicht weit vom Fürsten, dessen Stipendium sie empfing, sie stand auf und nahm, ein Kind, sensibel und unschuldig und so weiter, das Entsetzliche, die metaphysische Last auf sich, vergessen Sie nicht, Sie sind in Deutschland, zu der sich das Publikum als unfähig erwies. Die Deutschen sind das Volk der Mitte. Bis sie taumelnd zu den Musikern gelangte, war ihr Haar so, wie Sie, mein Herr, es vorhin gesehen haben, wie Marienflachs, sie trat, energisch auch im taumeligen Gang, zu dem jungen Hindemith und sprach diese Worte ... Sie wissen ja, servus, mein Lieber ... Mein Gott, wie lange haben wir uns nicht gesehen ...«

Er verstummte. Ein roter Fleck kroch über seine Stirn, als wäre Gorbatschow tiefer gerutscht.

»Das weiß die ganze Stadt. Wir sprechen nicht darüber. Nur ich, ich bin die Ausnahme. Aber alle wissen es, servus, mein Lieber, mein Gott, wie lange haben wir uns nicht gesehen, noch nie haben dir die Ohren so abgestanden, noch nie so sanft, bizarr, so einsam, du wirst sterben, freilich, nicht bloß ich.«

Er leierte die Sätze mechanisch herunter, dennoch klang es, als sagte er sie zu mir.

»Das, mein Herr, geschah 1921. Es läßt sich ausrechnen, wie alt Hitler da war.«

Ich begann nicht zu rechnen. Ich bestellte einen Kaffee und fragte nach der Schachtel, die die unglückliche Frau hinter sich herzog.

»Das ist ihr Cembalo, sie hat in Freiburg Cembalo gelernt, von ihrem Cembalo trennt sie sich nicht. Cembalo! Nicht Cello«, betonte er noch. Wir hatten nichts füreinander übrig. Ich stellte ihm die Frage trotzdem.

»Warum sind Sie eine Ausnahme? Warum haben Sie mir die Barbara-Geschichte erzählt?«

»Danach bin ich noch nie gefragt worden.«

»Aber jetzt frage ich!« Und ich beobachtete starr die wandernde rote Insel.

Gleichmütig sagte er: »Warum ich? Das fragen Sie?« Ich manschte mit dem trockenen Brot im Senf, und plötzlich kamen mir die Tränen, der Senf war mir in die Nase gestiegen. Er zuckte die Schultern: »Sie *war* meine Mutter.«

Grußlos ging ich zu meinem Auto. Ich dachte an die Worte Canettis: Auf Reisen nimmt man alles hin, die Empörung bleibt zu Haus. Man schaut, man hört, man ist über das Furchtbarste begeistert, weil es neu ist. Gute Reisende sind herzlos. Ich rief zurück, wer ist dein Vater, ich duzte ihn, er schrie haßerfüllt, das gehe mich nichts an. Ich zuckte die Schultern, kehrte ihm den Rücken und wartete. Tatsächlich, lange mußte ich nicht warten; wie ein Stein ins Genick, ein sanfter, fast ein entschuldigender Stein:

»Sie wissen es doch. Ich werde dieses Jahr achtundsechzig.« — Das war 1990.

Donaueschinger Possenscherz

Reisender: Nennen Sie Ihre Quellen!

Donau: (zuckt die Schulter)

10
Kcüruz ruz Rutan …

Daß unser Boot *glitt,* ist nicht einmal eine Übertreibung, denn wenn wir Übertreibungen reduzieren, gelangen wir schließlich zu irgendeiner *Wirklichkeit.* Als torkelten wir mit Schußwunden, alle Kräfte hoffnungslos zusammennehmend, bis zu den Knien und dem Wundverband im Wasser, so bewegte sich unser muldenförmiger Kahn unsicher durch den vielleicht schönsten, sehenswertesten Abschnitt der Donau. So zumindest sprechen die Leute von dem »Durchbruch« zwischen Immendingen und Sigmaringen, von der »ersten schweren Prüfung« der jungen Donau, den »Jahrhunderten trotzenden Adlershorsten« (Entenburg, Kallenberg und Bronnen, die Ruinen, Heidenschloß). Roberto ruderte schweigend, er zeigte nur mit den Augen, Fels, Burg, Holzbrücke, Baumgreis.

Die Natur ist mir, wie man zu sagen pflegt, von Kindesbeinen an zuwider. Ich akzeptierte sie nicht, weil ich ihre Privilegierung nicht verstand. Berggipfel, Hochebenen, Felsen und Staubwüsten, die Nadelkurve eines Flusses, das läßt mich kalt, ich habe nie Ausflüge gemacht, und in den Romanen überspringe ich die Naturbeschreibungen (vgl. Verne, Der Donaulotse); und ich kann eine verborgene Stromschnelle am Eisernen Tor nicht als selbstverständlicher betrachten als eine literarische Fünf-Uhr-Jause in Wien, und wieso wären die gepuderten Gesichter alter Tanten lächerlicher als ein Pfad (horribile dictu, als ein Holzweg), oder warum wäre heimtückischer Tratsch demütigender als aufkommender Wind, der die Blätter der Pappel wendet, so daß ein silbriger, seidiger Glanz auf die behauchten Schattierungen des Grüns rundum fällt — wenn ich mich also an einem Ort befinde, wo kein Mensch und kaum die Spur eines Menschen ist (das nenne ich Natur), dann gehe ich, weil ich nichts habe, mich daran zu erinnern, weder die Vergangenheit noch einen Satz, ein ganz verblüffend direktes, ja plumpes Verhältnis mit diesem Ort ein. Da mir dafür die Worte fehlen, eigene Wörter, anthropomorphisiere ich meine Beziehung auf primitive Weise. (Das mache ich generell mit meinen Beziehungen ...) Durch die verrückte Reise mit Roberto hat sich das dahingehend verändert, daß ich alles mit der Donau vergleiche, auch die Donau, womit ich dort bin, wo die Ufer brechen, wie etwa zwischen Érd und Batta, da gibt es Hochufer zu sehen, die mit pannonischem Löß bedeckt sind.

Wir legten in Sigmaringen an, unmittelbar neben dem Hohenzollernschloß. Zwei Frauenzimmer beobachteten uns. »Ach, die jrine Beeme!« seufzte die eine schmachtend auf. Worauf die andere, ein junges Ding, mit naiver Verwunderung fragte: »Mutter, was gehen Ihnen die jrine Beeme an?«

Roberto ging sachkundig vor. Ich kippelte mit dem Kahn, wie es sich für ein Stadtkind gehört. Die Sicherheit, die Roberto ausstrahlte, hatte mit Konkretem kaum zu tun, wenngleich sie sich von solchem herleiten ließ, eher vielleicht noch vom Verhältnis zwischen konkreten Dingen, davon, daß ich eine Ordnung spürte, die ich aber nicht kannte. Ich fragte ihn, warum wir holterdiepolter Donaueschingen verlassen hatten. Später bin ich nur bei Verliebten (Frauen, Männern, mir, anderen) einem solchen Aufrichtigkeitsanfall begegnet, dessen einziger Zweck das Vertuschen ist. Die Wahrheit rollten wir vor uns her wie die Donau ihr Geröll, aus dem dann die Untiefen entstehen; in der Gegend von Rajka sind kindskopfgroße Steine nicht selten, bei Ásvány finden wir noch hühnereigroße, Gönyü ist die Heimstatt der Taubeneigröße, Paks die der Erbse, und weiter unten schwebt das Zeug.

Er lachte auf, und wieder war es, als sähe ich meinen Vater, einen entlasteten Vater, das heißt, einen nicht existierenden.

»Murkel! Wie hätten wir uns nicht beeilen sollen! Was heißt beeilen, abgezischt sind wir! Ausgerissen! Holterdiepolter, wie Sie zu sagen beliebten. Die Telefone haben mich eingeholt. Ich habe dich entführt. Deine Eltern haben eben erst erfahren, daß du bei mir bist. Ich hoffe, *wir* haben ihnen keinen Kummer bereitet. Wie?! So ist es echter, meinst du nicht? Wir machen uns über die Donau her, was auch kommen mag.«

Ich verstand nicht recht, was er sagte, aber es gefiel mir sehr. Mit einem Satz war er am Ufer. Der Fluß strömte, und er war von einem Braun, wie es vielleicht gar nicht existiert — die Trabants sind so verrückt braun, falls das jemandem etwas sagt. Im Wasser trieben Zweige, dazwischen klebte gelblicher Schaum.

»Murkel, warte hier auf mich!« krähte er, hakte sich bei den beiden Frauen ein, und sie tänzelten raunend, lachend, schäkernd, schwebend davon, auf den fürstlichen Wildpark zu, wo schön gelegen das Jagdschloß Josephslust steht.

11
Fernsehen in Biberach

Es regnete. Bei Tuttlingen verfuhr ich mich, und statt meinen Plänen entsprechend dem halbwüchsigen Fluß zu folgen und am Kloster von Beuron anzuhalten, bei den gelehrten Patres, die die Geheimnisse alter Pergamente erforschen, die bloßgekratzte, abgeweichte Schrift (wenn ich so will: auch dies ein Blick des blinden Auges der Gräfin Hahn-Hahn), oder an der trutzigen Burg Wildenstein emporzublicken, überhaupt, statt meiner Arbeit nachzugehen und an dem in die Knie gezwungenen Knopfmacherfelsen zu stehen oder zähneknirschend die sogenannten Schönheiten zu absolvieren, die im glatten Wasserspiegel sich spiegelnden »Gegenbäume« des Ufers, die unendliche Stille, die ins Wasser geneigten uralten Baumstämme, das Meer aus gelben Seerosen, das Seegras mit seinen Lanzettblättern und malvenfarbenen Blüten, all das Grün, das gelbliche, silbrige, giftige, olivene, schwärzliche, weißliche, die vom Kitsch nicht weit entfernte *Weite* der Landschaft, war ich auf einmal in Meßkirch. (Auf einmal ist man in Meßkirch, so beginnt eine schwäbische Anekdote, in der der liebe Gott versucht, hier die Donau anzuhalten, sie zu beendigen, sie zurückzudrängen. Warum, weiß man nicht. Und wenn er schon hier war, klopfte er, dem Erzähler zufolge, bei den Heideggers an.

»Guten Abend, Martin!«

Heidegger schweigt.

»Geht es einigermaßen?«

Heidegger schweigt.

»Unterwegs zur Vollkommenheit?«

»Hm.«

»Die vollständige Weisheit ist ohne Klugheit, die vollständige Wahrheit ist ohne Tatsachen, das vollständige Glück ist ohne Freude ... Ob ich etwa Jude bin, fragst du?«

Heidegger schweigt.

»Mütterlicherseits. Eine Bagatelle. Ich weiß, danach fragst du nicht ...«

Heidegger schweigt. Holt Fleisch. Beginnt allein zu essen.

»Du möchtest über die Sprache herfallen, was?«

Heidegger ißt.

»Du bist so beklemmend, Martin. Ich denke mit Ängsten an dich ... Weißt du, was dein Problem ist? Daß du antworten willst.«

Heidegger schweigt.

»Du stellst schöne Fragen und gibst tyrannische Antworten, denn die Antwort ist tyrannisch.«

Heidegger schweigt.

»Du hättest es wissen müssen, Martin.«

Heidegger schweigt.

So unterhielten sie sich gelangweilt, endet die schwäbische Anekdote, keiner konnte aus dem anderen etwas herausholen.)

Ich tobte. Vor allem ärgerte mich, daß ich überzeugt gewesen war, richtig zu fahren. Ich versuchte mich an die Wegweiser zu erinnern und zog auch meine Karte zu Rat, womit ich dann endgültig alles durcheinanderbrachte, Karte, Wirklichkeit, Plan, Erinnerung. Ich brodelte nur, außer mir war niemand da, auf den ich böse hätte sein können.

Es ist nicht gut, wenn ich schon jetzt, am oberen Abschnitt des Flusses, so haßerfüllt bin.

Ich beschloß, bis Sonnenuntergang zu rasen, immer *vorwärts* (was heißt vorwärts, ich entsprach doch nicht einmal den Mindestanforderungen an einen Reisenden!), und bog von der Straße nach Ulm ab, da ich an der Iller ein Landhotel mit guter Küche kannte (»und hierin verstehe ich keinen Spaß«), aber mein Scheibenwischer ging kaputt, genauer, er blieb stehen, und dann zuckte er hin und wieder, unberechenbar, wie ein abgerissenes Spinnenbein, das war reichlich ermüdend, ich machte halt in Biberach, mir gefiel der Name, unsere Mutter hatte uns, nach dem namhaften Intriganten, kleine Biberache genannt.

Ich verzichtete also auf die Illereichener Geschmackskavalkade, das »kulinarische Konzert zarter Töne« (wie die Fachpresse schreibt), ich wollte sofort und an einem Ort Unterkunft finden, wo sich im Zimmer ein Fernseher befände, denn am Abend wurde ein Fußballspiel übertragen (Holland — BRD), und ich bin unfähig, mir ein Fußballspiel nicht anzusehen. Das ist meine Schwäche. Angeberisch könnte ich sagen, ich bin ein ganzer Speicher von Schwächen.

Das stattliche, rotbäckige Mädchen am Tresen zuckte bei meiner Frage nach dem Fernseher nur die Schultern. Dann kam die Inhaberin — zusammengesetzt aus lauter Klischees, »eine starke Frau«, die »auf eigenen Beinen steht« und »sich nimmt, was sie braucht«, aber gut zusammengesetzt —, sie traf sofort ihre Anordnungen. Anni!, den Bürstenreisenden in das Balkonzimmer!, sie brüllte wie ein Wachtmeister, das ganze Hotel kam in Bewegung, und jetzt gehen Sie, mein Herr, hier hinein!, das Zimmer ist schöner gelegen, so, ja, und der Herr kommt hier herüber, hier herunter, hierher, Anni!, Laken! Bezug!, Frau Cevapsi!, Badezimmer! sofort! ... es war, als würfe sie in einem weichen Salon Katzen von einem Plüschkissen auf das andere.

Das Kätzchen Hahn-Hahn auf dem Plüschkissen, mit einem Auge beobachtete ich Van Basten, mit dem anderen las ich. Die Geheimnisse der Donau, das epochale Buch des brillanten Georges Tim Aar. Über den Ursprung der Donau berichtet er wie über einen Kriminalfall; daß bei Immendingen die Donau auf einmal verschwand und das karstige Bett des Flusses trocken blieb. Sie war einmal und ist nicht mehr, schreibt Aar, und das gleiche wiederholte sich bei Fridingen. Die Einheimischen zerbrachen sich den Kopf, nanu, was ist denn hier passiert? Wer ist der Dieb? fragten sie sich und begannen, einander schief anzusehen. Warst du es etwa?, oder du? Solche Zeiten sind schwere Zeiten. 1719 zog ein Prälat Bräuninger in Erwägung, die Schurkin flüchte unterirdisch zum Bodensee. Bewiesen wurde das erst gut einhundertfünfzig Jahre später. Um vier Uhr nachmittags goß man unter Leitung des Geologen A. Knop dort, wo sich der feige Fluß verdrückte, zwölf Doppelzentner Schieferteeröl ins Wasser. Und wartete. Sechzig Stunden später kam die Meldung, die 25 Kilometer entfernte Quelle der Aach rieche nach Öl. Die kleine Aach aber fließt in den Rhein! No comment, inklusive Heine. Jedenfalls wurde das verantwortungslose Gewässer 1971 in ein neues Bett geleitet. In den Geheimnissen der Donau ist mancherlei Interessantes nachzulesen; daß zum Beispiel die Donau in Jahren, die als gute Weinjahre gelten (1921, 1947, 1959), sich gerne versteckt, während sie in schwachen Weinjahren kaum verschwindet (1952, 1965). Daß sie in der Länge auf dem 21., im Einzugsgebiet auf dem 26. und in der Wasserführung auf dem 25. Platz steht. Daß der Nil und der Huangho zwar länger sind, bei ersterem jedoch die Wasserführung und bei letzterem das Einzugsgebiet geringer ist. Daß also die Donau ein Urviech ist. Und eine Elle 68 cm. Und daß diese Gegend von einem listigen, stolzen, wortkargen Volk bewohnt wird, wie die Normandie. Und daß sich düstere Wolken über dem Baltikum ballen. Und daß der Urin duftet, wenn man Terpentin trinkt.

Daheim in Ungarn spielten sich an diesem Tag wichtige Dinge ab, dort platzte die surrealistische, aber zentnerschwere Seifenblase des Sozialismus — wir haben das Gesicht jetzt noch voll mit der schmutzigen Seifenbrühe. (Jeder Vergleich, auch dieser, der den sog. Sozialismus als eine separierbare, von den Menschen, dem Land trennbare Sache betrachtet, ihn angeekelt zumeist als Pest und Geschwür ansieht, jeder solcher Vergleich trifft daneben, erinnert sich falsch, weicht der Verantwortung aus, und mag sie noch so gering gewesen sein, denn der Sozialismus war, wie der Dichter sagt, nicht Wasser, das die Gesellschaft wie ein Hund abgeschüttelt hat; denn niemand konnte wissen, wo das Wasser aufhörte und der Hund anfing ...)

In der dreißigminütigen Nachrichtensendung wurde an die sechsmal die ungarische Nationalhymne gespielt. Anfangs dachte ich, es sei ironisch gemeint, sie machten sich über mein armes Vaterland lustig. Aber während weiter trostlos der graue Regen von Biberach fiel und ich hin und wieder zum anderen Zimmer lauschte, wo Anni (?) zu packen oder zu putzen schien, stellte ich nachdenklich fest, daß diese sechs Nationalhymnen wohl eher ein Zeichen sachlicher Berichterstattung waren, da ja bei uns auch in die wichtigsten, unser Land und Sein berührenden Fragen in der Tat etwas Persönliches rutscht, und wenn es weiterrutscht, sogar etwas Gefühlvolles. Gewiß, gewiß, Verfassung; aber vorher die Hymne, Würde, durchgedrückter Rücken. Gewiß, ja: Recht, später. (Ich erinnere mich, bei einem netten kleinen Abendessen fragte ein junger österreichischer Journalist einmal, auf welcher Verfassung unsere Verfassung basiere. Wir führenden Intellektuellen verstanden die Frage kaum. Unsere Verfassung; sollte sie wirklich auf etwas basieren? Wir sahen uns ratlos an. Ich flüchtete mich gewohnheitsgemäß zur Crème caramel.)

Ich fasse zusammen: Ein *Westler* spricht vom Gegenstand, es gibt den Gegenstand, und er nimmt ihn in Augenschein, zuweilen höchstpersönlich; ein *(Mittel-, Zwischen-)Ostler* spricht von sich selber, es gibt ihn, und darüber spricht er, vermittelst eines Gegenstands.

Frage: ob das stimmt, und wenn es stimmt, ob es dann in meinem Interesse ist, es aufzudecken. Antwort: stimmt und auf Deibel komm raus abstreiten.

TELEGRAMM

Teurer, Sie fehlen mir so, Ihr Frätzchen und alles, daß mir der Bauch zwackt. Stop. Auftraggeber (Mieter)

ANTWORTTELEGRAMM

Pardon? Reisender

EIN ALTES TELEGRAMM

Reisender fühlte sich an jenem Abend in großer Sicherheit und Ruhe. Vielleicht, weil auf dem Tisch eine Halbliterflasche Chablis stand, was eigentlich als Rarität gilt. Reisender hatte viel gegessen, in seinem Bauch kollerte es, und die Frau, mit der er gegessen hatte, beugte sich ab und an darüber und lauschte. Und zog musikgeschichtliche Parallelen. Fast schlug die Uhr schon Mitternacht, als das Telegramm kam. Er las es und war so überrascht, daß ihn der Bauch zwackte. Später erhielt er mehrmals Anweisungen gleichen Inhalts, und allmählich gewöhnte er sich daran. Telegramme dieser Art erreichten ihn meistens in Ulm. »Reisender! Wiederholen Sie den gestrigen Tag!« Beim erstenmal zitterte er dort stundenlang in einer fremden Toilette.

Reisender und das Who's Who

Die frühen Jahre vergingen voller Poesie. Er wollte die Donau um jeden Preis personifizieren. Eine Frau, und dann in ihr zerschmelzen. Mütterchen Wolga und so. (Heines Vater Rhein, den Einwand übersah er.) Er stellte sich das Ziel, diese Frau kennenzulernen. Ein ehrgeiziger Plan, nicht sie unterwerfen, nicht sich unterwerfen: kennenlernen. *Ich werde allen Phrasen Genüge tun,* versprach er. Oder daß die Donau die Geschichte ist, der weise Fluß, der Fluß der Zeit, gar: das Leben selbst. Die Metaphern strudelten wie hinter dem Pfeiler der Margaretenbrücke das schmutzige Budapester Wasser.

*

Reisender reiste selten allein, wozu auch, denn der Reisende ist sowieso allein. Wieso wäre er deshalb einsam? (Falls das nicht die entschiedene Bitte des Auftraggebers [Mieters] ist. Seien Sie ein ausgesprochen vertriebener Hund. Werden Sie sauer von dieser Einsamkeit. Lungern Sie in Ulm herum. Haben Sie nicht mal Lust, die Unterhose zu wechseln.) Seine Einsamkeit teilte er hauptsächlich mit sogenannten Reisedamen. Die Wahrheit ist jedoch, daß ihm dies verübelt wurde — »das merke ich mir jetzt alles, und wenn wir uns am Samstag treffen, nehme ich es übel« —, nicht daß die betreffende Person eifersüchtig war, vielmehr nahm sie eine zierliche Pistole mit Perlmuttintarsien, schöne, alte Handwerksarbeit aus Regensburg, und drohte mit Selbstmord beziehungsweise stellte ihm kräftig geschminkt in Aussicht, sie werde ihn sitzen- und im Stich lassen wie der heilige Paul die Walachen, sie werde abhauen, alles hat seine Grenze, und die ist nicht unbedingt fließend, sie rackert sich nicht ab undsoweiter, damit andere in Novi Sad (Újvidék) die Ernte einfahren, sogar einen Brief schrieb sie, der übliche kurze Brief zum unendlichen Abschied: Reisender! Ich will jede

Reisedame sein. Frau Reisender. Reisender zuckte die Schultern und beugte sich einer besseren Einsicht. Frauen verschwinden, hatte er irgendwo gelesen, wie Atlantis.

*

Eines der modischsten und sinngemäß überspanntesten Angebote war die Blaubart-Konstruktion. Einer Feststellung des großen Széchenyi folgend — WASSER IST LINEAR —, teilte er den Fluß von oben nach unten in elf Abschnitte und bereiste jeden am Arm einer anderen Dame (Ira, Dóra, Elvira, Eleonóra, Flóra, Mira, Teodóra, Petra, Imre, Barbara, Sára). Neben dem Preisangebot, das ausnahmsweise keine Vergünstigungen enthielt, stand lediglich ein Gedicht, eins von Ferenc Szijj mit dem Titel *Ein längeres Fragment:*

Unter ihrem Schleier trägt mich eine Frau und füttert mich mit ihrem Speichel täglich, und was sich sammelt, aber nicht in mich hineinpaßt, rinnt ihr auf die Schulter,
trocknet an und reicht mir schon zum Knöchel. Durch des Schleiers Maschen seh ich alles, wohin wir gehen,
hier drinnen aber ist es dunkel, auch kenn ich ihr Gesicht nicht, und ahnen kann ich nur, daß an der andren Schulter sie einen andren füttert. Der nennt wohl Namen, währenddem ich zähle.

Ira gehörte der Abschnitt von der Quelle bis Schwabischwörth oder, wie es jetzt heißt, Donauwörth. Eines Morgens sprach Reisender zu ihr: Du mußt nicht so sorgfältig auf die Herausarbeitung deiner Mimik achten. Ich habe die Brille nicht auf. *Dóra* war bis Passau gültig. Schon an der Deggendorfer Werft wälzt sie sich auf ihn; nur so, niemand will was und wälzen auch nur, weil Jahre vorher einmal davon die Rede war. Ein großer, gemeinsamer Augenblick von Wunsch und Wunschlosigkeit. *Elviras*

Grenze ist das Tullner Feld, »dort, wo nach dem Nibelungenlied der Hunnenfürst Attila auf seine Verlobte Kriemhild wartete« (Georges Tim Aar). Könnten Sie mich lieben? fragte Reisender. Elvira antwortete schulterzuckend: Sprechen Sie mit meinem Mann. Bis Komárom, genauer, bis zum Bach Conco begleitete ihn *Eleonóra.* Ihr war er begegnet, als er mit den Kindern seines Freundes das *Capitaly* genannte Spiel spielte, das er sehr liebte, er hatte wieder eine überaus vorteilhafte Stellung, er besaß ein Hotel in der Vácer Gasse, ihm gehörte die Häuserzeile an der Andrássystraße und so weiter. Da trat ein rothaariges Mädchen mit Brille und Sommersprossen ins Zimmer, Klassenkameradin eines der Kinder, mit denen er spielte, man sah ihr an, daß sie nur jetzt häßlich war, noch ein, zwei Minuten, und sie würde ganz wunderschön sein, und als sie den Reisenden anblickte, hatte er das Gefühl, er könne alles verlieren, das Hotel in der Vácer Gasse, die Grundstücke an der Andrássystraße und so weiter. *Flóra* (Forsthaus Gemencer Aue) hatte er kennengelernt, indem er ihren Busen berührte und fragte: Budapest? Sie schüttelte heftig den Kopf. Reisender versuchte erneut, sich Flóras Persönlichkeit zu nähern: Budapest? Was wollen Sie andauernd mit diesem Budapest? rief sie gereizt, lächelte aber dabei. Er berührte der Reihe nach alles an ihr und fragte ganz Europa durch, Prag? die Hügel der Toscana? Stockholm? das Donaudelta? Am glühendsten war Neapel beziehungsweise das, was sich *dort* als Neapel zeigte. Seine Gefährtin bis zur Burg Galambóc war *Mira,* die ihn bekochte. Als wäre meine Mutter auferstanden, seufzte Reisender nach einem anderntags aufgewärmten Gulasch. Auch mit *Teodóra* futterte er viel, an verschiedenen Orten; einmal, im letzten Augenblick, also in Vidin, nicht weit von der Kossuth-Gedenktafel, in einem schattigen Garten, mitten in der Spargelsaison, aßen sie Kalbsnieren, und sie sagten, das war jener letzte

Augenblick, zueinander: Ich brauche dieses andere Wissen, das deines ist. Wie du die Käsesorten kennst, die Literatur, den Körper, Goethe, die griechischen Inseln, die Weine (Korkengeschmackgefahr!), den Computer, die Bank, also die Bankiers, die Kinder, deinen Vater, die jugoslawische Küste, die Nordsee, den Aralsee, die Donau, die Karsthöhlen, den Pilz Judasohr, Joseph Roth, deinen Schoß, meinen Schoß. Und sie hätten noch mehr gesagt, hätte nicht der Sturm des Verlangens sie hinweggefegt, Wellen peitschend auf der Donau, als wäre sie ein Meer, bis zu dem es dort aber noch weit war. Bis Nikopol dauerte *Petra,* aber in letzter Zeit begegneten sie sich nur in der Bibliothek, ihre Augen wurden immer schlechter, und Reisender befürchtete, sie werde erblinden, eines Tages werde ihn die Nachricht erwarten, sie sei blind, dann würde er sie suchen und leicht finden, denn entweder würde sie am Botew-Denkmal sein, hinter Lom, oder noch weiter abwärts, bei den Ruinen von Ulpius Escus, er würde sich ihr zu Füßen setzen, sich nicht von der Stelle rühren und ihr alles vorlesen, was sie benötigte. Zuletzt getraute er sich kaum noch in die Bibliothek, das Mädchen arbeitete nicht mehr dort, angeblich hatte sie sich mit einem aus der Dobrudscha zusammengetan, und sie trieben Landwirtschaft. *Imres* Hoheitsgewässer erstreckten sich bis zur Landesgrenze, praktisch bis Silistra. Von dort an ist das Ja wieder Ja und das Nein wieder Nein, was das Kopfnicken und Kopfschütteln betrifft. Vielleicht auch daher die Mißverständnisse (?). Jedenfalls, als er Imres Namen auf einer Ansichtskarte erblickte, die auf einem fremden Tisch lag — die Ansichtskarte zeigte die Kuppel einer dänischen Kirche bei Sonnenaufgang (Kitte Fennestad/Marmorkirken) —, legte sich wie eine dunkle Wolke (oder deren Schatten?) die Eifersucht auf sein Herz. Beziehungsweise die dunkle Wolke der Eifersucht warf einen Schatten auf sein Herz. Es schnürte ihm sein schattiges Herz zusammen. Dergleichen hatte er nicht oft empfunden. Jetzt würde er aber gleich zu diesem Wesen eilen, es wegzerren von, aus … wo es sich gerade befände, von der Staffelei, vom Schreibtisch, aus dem Bett, aus der Küche, noch besser, hinausschmeißen, ihm die Karte unter die Nase reiben, gar nicht abwarten, daß es sie läse, sollte es lieber in seinem Gesicht lesen, diesem krampfverzerrten, dunklen, bösen Sumpf, er würde ihm den Mund stopfen mit der Karte, da, du?! wie kommst du denn hierher? was? wie? was?, die dicke Ansichtskarte würde brechen, nicht knittern, die dänische Kuppel krumm wackeln und mit ihr ein gebrochenes Stück der aufgehenden Sonne. *Barbara* lag zu Tode darnieder, aber ihr gehörte alles bis Galaţ. Sie bittet den Reisenden, er möge sich in Höhe des Kopfkissens ans Bett stellen. Reisender tut es. Barbara keucht, fiebert, schwitzt. Im September will sie 64 werden. Sie sammelt Kräfte. Langt an seine Hose. Reisender schließt die Augen, Barbara nimmt ihn in den Mund und lutscht ein bißchen, wie ein Kind am Lutscher, dann tut sie ordnungsliebend alles zurück. Eine Hochseeschiffssirene ertönt. Reisender sitzt auf dem Bettrand, sie halten sich an den Händen. *Sára:* Sulina. Ich traue Ihnen nicht, seit Ismail traue ich Ihnen nicht … In Tulcea sind Sie nicht aufrichtig gewesen. Den ganzen Sankt-Georgs-Arm entlang sind Sie unaufrichtig gewesen. Und an den Barren sind Sie sich selber nicht aufrichtig geblieben. Ich mag kein Zwielicht, nehmen Sie das ein für allemal zur Kenntnis. Weil sie die Sonne nicht fanden, sahen die beiden den Leuchtturm an. Dem Reisenden kam die berühmte blonde Schauspielerin aus seiner Kindheit in den Sinn. Auch sie ist tot, dachte er, dabei hatte sie so große Brüste.

*

Wer bin ich? Das ist die Frage, die Reisender nicht stellt. Wohin will ich? Auch sie nicht. Was ist die Donau? Auch sie nicht mehr. Reisender *denkt* nichts. Die Donau ist der führende Fluß Mitteleuropas, Schwarzwald, Schwarzmeer, Informationen, fertig. Aber das hat nichts mit Stumpfheit zu tun, seine Arbeit verrichtete er mit Lust, nur tauten eben die Definitionen von ihm weg wie Ende *März* der spärliche Schnee von den Hügeln um Regensburg; ein Reisender ist ein Reisender, eine Reise ist eine Reise (eine Rose ... die kann mir mal einen Gefallen tun). Reisender fühlte sich zu Pascal hingezogen, zu einer empirischen Metaphysik also, die jedoch, entgegen den allgemeinen Mutmaßungen, nicht identisch mit der gutgläubigen Annahme ist, Gott wohne in den Einzelheiten. Denn dort wohnen auch der Satan, die Gerechtigkeit und die Liebe. Von alledem war zu lesen. Also dann hocken sie alle viere, Gott, Satan, die Gerechtigkeit und die Liebe, in den Einzelheiten wie in einer überbelegten soz.-surr. Moskauer Gemeinschaftswohnung, sie haben einen gemeinsamen Fernseher, der ständig läuft, die Liebe möchte sich live die gesellschaftlichen Diskussionen ansehen und wäre für Jelzin, der Satan das Eishockeyspiel auf Kanal zwei, darüber geraten sie sich fürchterlich in die Haare, die Gerechtigkeit schafft allerdings Gerechtigkeit und pfeift drauf, aber der Herr sperrt sich gegen die Parabolantenne, vergebens flehen die anderen ihn an. Nur bis zum nächsten Baum, sagte der Reisende, er weiß nicht mehr, nach wem.

Er widersetzte sich also dem Pathos, das die Donau umgibt, aber er konnte nicht so tun, als existiere es nicht oder als wisse er nichts davon, zumal er beunruhigt feststellen mußte, daß etwas daran war an all dem Kauderwelsch, der aufgebauschten Wichtigtuerei, dem modischen Rabatz. Die Donau als Gedächtnis. Wiederentdekkung des Faktors der Zusammengehörigkeit. Landstraße, die die Völker verbindet. Donau und Olt, sie haben eine Stimme. Die Donau als sine qua non Europas. Flüssiger Code der kulturellen Vielfarbigkeit. Schlagader des Kontinents. Geschichtsfluß. Zeitfluß. Kulturfluß. Liebesfluß. Fessel, die Völker verbindet. Freiheitsfessel.

Das alles fiel ihm schwer.

Sähe er jedoch oder nähme er zumindest an, es gebe etwas, das Ulm mit Wien und dieses mit Belgrad verbindet, und wollte er nicht sagen, dieses Etwas sei die Donau, dieses metaphysische Quatsch-Patsch, dieser imaginäre Strom, dann bliebe ihm, daß er es ist, der Ulm mit Belgrad verbindet, er, der Reisende. Sein schmuckes Schiff gleitet durch das unsichtbare Spalier der am Ufer *Stehenden.* Aber getragen wird das Schiff von der Donau und die Donau vom *Gewicht* gelebter Leben, dem unerträglich Schweren, das wir Reisende ertragen. Deshalb ist es so, daß die Donau vor ihm kommt. Und deshalb ist es so, daß er am Kai auf dem unteren Stein sitzt und zusieht, wie die Melonenschale wegschwimmt, falls das jemandem etwas sagt.

12
Barre und Strudel von Ulm

In Ulm blieben wir hängen. Ich dachte, wegen der beiden Frauen aus Sigmaringen, die mitgekommen waren. Laut Roberto waren wir müde. Und Müdigkeit, Murkel, gehört zum Reisen. Müde sein, ausgelaugt sein, enttäuscht, das gehört alles zu unseren Privilegien. Ein Tourist ist fit, ein Reisender lebt. Und das Leben ist wie die Donau: mal blau, mal grau, mal braun, mal steigend, mal fallend, Begegnung von Schleppern verboten.

Ich betete diesen lustigen Mann an. (Ich richte mich nach der Donau, der Széchenyischen Linearität — aber bei diesem Satz muß ich innehalten, es kam noch vielerlei hinzu, doch erst vor einem halben Jahr habe ich über Roberto das erfahren, was man die Wahrheit zu nennen pflegt, und sie ist so gewichtig und schrecklich, so *anders,* daß es dennoch nicht schwerfällt, beides für sich zu halten, auch der Inn hält sich bei Passau lange für sich. Hierher gehört noch, daß der Fluß unterhalb von Passau zwischen steile Hänge auf beiden Seiten gezwängt ist, und wenn man den sehr schönen, bergigen Flußabschnitt passiert, tauchen über einer Biegung die Ruinen der Burg Krämpelstein auf, des Schneiderschlosses, es steht zum einen im Ruf eines Spukschlosses, insbesondere erscheint der einstige Passauer Domdechant Ruprecht Mooser, der, der Sünde der Ketzerei überführt, 1556 im Burgverlies ein blutiges Ende fand, zum anderen wollte hier, der Sage nach, ein ortsansässiger Schneider nach einem an dieser Stelle nicht näher beschreibbaren Konflikt seine Ziege in den Fluß stoßen, doch das Schneiderlein war so schmächtig und leicht, daß das Tier den unwürdigen österreichischen Dugovics mit sich in die Fluten riß.)

Ich betete Roberto an.

Es ist nicht sicher, daß wir hängenblieben. Beim Reisen hängenzubleiben bedeutet nicht, daß die Ortsveränderung aufhört. Irgendwo sitzen und nicht weitergehen, das ist durchaus noch kein Hängenbleiben. Das kann alles mögliche sein. Warten, Umschauhalten, Versenkung, sonstiges. Das Hängenbleiben hingegen ist nichts, das Nichts; das Hängenbleiben wartet ausschließlich auf das Vorübergehen des Hängenbleibens, wobei die Zeit aus dem Reisenden heraussickert, wie das Blut aus dem Hals eines Hähnchens auf dem schmuddeligen Hackbrett in der düsteren Küche eines verrußten kleinen Lokals in Belgrad spritzt. Mal angenommen. Man soll sowieso nicht meckern, meistens stellt sich erst nachträglich heraus, daß es ein Hängenbleiben *war* und nicht ein Reisen an Ort und Stelle.

Ich konnte die beiden Frauen nicht ausstehen, die sich an uns gehängt hatten. Zudem fand ich sie ordinär, und ich mochte auch ihren Geruch nicht, immer bemerkte ich den süßlichen Schweißgeruch. »Murkel, schnuppere nicht!« schnauzte mich Roberto zuweilen an, denn manchmal begann ich wie ein Sherlock Holmes zu schnüffeln, mit bebenden Nasenflügeln, wie ein Kaninchen. »Was ist das für ein Geruch?« Worauf Roberto selten eine Antwort wußte, weil er ihn nicht wahrnahm oder einordnen konnte. »Es riecht nach Ulm«, und er zuckte mit den Schultern.

Ich war ein wohlerzogener, eisiger Knabe. Oder streng? Eher puritanisch. Ohne daß mir Zweifel kamen, verachtete ich meinen Vetter, weil er mit damals noch existierenden deutschen demokratischen Mädchen nackt in der Ostsee gebadet hatte. Mir ist meine Nudel abgefroren, an diesen Satz erinnere ich mich. Red dich nicht heraus, das ist jämmerlich.

Wir nahmen Quartier in einem möblierten Zimmer im

Fischerviertel, Mutter und Tochter stiegen im *Ulmer Spatz* ab. Die eine hieß Brigitte, die andere Barbara, aber ich wußte niemals, welche wie, Roberto nannte sie Breg und Brigach, und er sei dann, er habe keine Wahl, die Donau, worüber sie wieherten, was ich wiederum nicht ausstehen konnte. Obgleich Robertos Ordinärsein ein anderes war, das störte mich nicht. Damals meinte ich (denn ich analysierte, was ich wußte!), weil er nichts wollte. Das war ein Irrtum, das Ordinäre *will* immer etwas, ja, vielleicht gilt das auch umgekehrt.

Ich mochte es auch nicht, wenn man mich wie ein Kind anredete, ebensowenig, wenn man mich wie erwachsen behandelte, ersteres langweilte und kränkte mich, letzteres machte mich verlegen, da ich mehr verstand, als ich verstand, nein, das ist zu wirr, ich verstand mehr, als ich analysieren konnte, das heißt, es gab eine Grauzone, ein Überflutungsgebiet mit einer Faustvoll Mücken und zeltartig zueinander geneigten Bäumen, von denen ständig Regen tropfte, wie im Urwald oder in Gemenc, eine Zone, die ich erfaßte, aber nicht verstand.

Die Erwachsenen trafen im allgemeinen Entscheidungen, redeten so oder so. Roberto und die beiden Frauen waren eine Ausnahme. Roberto entschied nicht, und ich glaubte, mit der Anrede »Murkel« erreichte er das Irisierende, das unser Verhältnis auszeichnete, er betrachtete mich als Kinderwachsenen, wovon wir nicht wußten, was es eigentlich war, so daß diese Sache klar war. Sosehr ich Robertos Unbestimmtheit mochte, so verhaßt war mir die der Frauen, die mich mal als das, mal als jenes ansahen, also in einem fort danebentrafen. Roberto nahm mich spielerisch ernst, die beiden spielten mit mir oder waren ernst mit mir.

Sie testeten mich. Einmal, als wir auf Roberto warteten, sagte im *Ulmer Spatz* das Mädchen zur mir: Leg dich auf mich. Ich zuckte die Schultern, warum nicht. Wie wunderbar leicht du bist, mein Schätzchen, sagte sie und lächelte mich an. Daraufhin kreischte die Mutter los: Ich auch, ich auch! Sie klatschte in die Hände, hopste umher. Da bekam ich einen solchen Abscheu und sah sie so an, daß ihnen alle Lust verging. Sie hatten die gleichen großen gelben Ohrgehänge wie zu Hause bei uns die Zigeunermädchen. Als ich Roberto sagte, solche Gehänge hätte ich schon massenweise gesehen, antwortete er lachend, das glaube er kaum, dafür könnten sie halb Budapest kaufen. Da hatten wir schon seit zwei Tagen irgendwie kein Geld mehr, und ich sah, daß die Frauen bezahlten. Sind sie so reich? fragte ich. Nein. Sie haben nur viel Geld. Nie sagte er etwas Schlechtes über sie, aber mich ließ er lästern, und es schien, als stimmte er mir heiter zu.

Unsere für mich unverständliche und unerwartete Geldnot störte weder ihn noch mich, wenngleich unsere Wohnverhältnisse sich zusehends verschlechterten, wir klapperten das Fischerviertel ab, zogen immer *höher,* in immer kleinere Zimmer, schließlich landeten wir in einem Loch unterm Dach. Ungefähr bis zur zweiten Etage kam eine hilfsbereite Türkin zu uns saubermachen. Frühstück bekamen wir im Erdgeschoß, dort, wo sich einstens die Leute aus der Postkutsche ausruhten.

Die Geldnot störte nicht, aber Roberto störte etwas anderes, gelegentlich verschwand er für halbe Tage, anfangs glaubte ich, er ginge zu den beiden Frauen, Breg, Brigach, lächerlich, aber dann zeigte sich, auch sie warteten auf ihn, so daß wir manchmal zu dritt warteten. Ich lernte viel Deutsch von ihnen, sie konnten eine Menge Gedichte auswendig, hauptsächlich Heine, auch Rilke, aber bei dem gab es zu viele unbekannte Wörter. Rilke stimmte mich mißlaunig, gekränkt und geniert — wie wenn sie mich als Erwachsenen behandelten.

Rätselhafte Dinge geschahen, aber ich fürchtete mich damals nicht vor Rätseln, ich erschrak nicht vor Stücken, die nicht miteinander zusammenhingen, und auch nicht vor der Dunkelheit; ich erschrak wegen Roberto nicht, denn ich merkte, daß er diese Bruchstücke zusammensetzte und daß sich alles Dunkle und Finstere in ihm sammelte, er aber strahlte und glänzte.

Mochte er sich neuerdings noch so herumtreiben, wir frühstückten gemeinsam. Als wir schon den dritten Tag zu den knusprigen Kaisersemmeln (in Ungarn schien das Problem der Knusprigkeit zu dieser Zeit noch unlösbar, und der Ausgang des Kampfes ist immer noch offen) einen Aufschnitt mit Käse darin bekamen, fragte er die Wirtin, ob das nun immer so sein werde. Was das heißen solle, immer. Mein Onkel schwieg. Die Wirtin lächelte und tätschelte Robertos Kopf, als hätte sie ihn mit meinem verwechselt.

»Wer einen Tag bleibt, für den ist das Immer ...« Sie sahen sich ernst an. »Niemand, verstehen Sie?!, niemand bleibt so lange in Ulm! Wie Sie!«

»Ich bleibe auch nicht«, sagte Roberto leise und wie zu einer Lehrerin.

Sie winkte streng ab und gab ihm einen Brief, ein gefaltetes Blatt Papier. Roberto glättete es. Darauf stand: Effi Briest bedauert, aber sie kann am Donnerstagessen nicht teilnehmen. Mitteilung folgt. Er zerknüllte das Papier. »Die Nachricht hat Ihre Sekretärin gebracht.«

»Ich habe keine Sekretärin!« rief Roberto.

»Dann jemand von dieser Effi Briest«, meinte die Wirtin schulterzuckend. Mir gefiel ihr blonder Haarknoten.

»Wie sah sie aus?«

»Wie wohl, wie ... Wie diese Leute eben aussehen, Pelerine und so ...«

Roberto sprang auf, der Stuhl fiel um, die blonde Wirtin fuhr zurück, ihr Mund zuckte verächtlich. Da trat ein Mann im Ledermantel herein, Roberto verstummte.

»Seien Sie vernünftig!« flüsterte sie ihm zu. »Ich bringe noch Aufschnitt. Dir auch, mein Kleiner.« Diesmal ärgerte ich mich nicht über das heuchlerische Tätscheln, ich sah: Gefahr im Verzug.

Roberto nahm drei Stufen auf einmal; als ich oben ankam, war er schon dabei, Ordnung zu machen. Ein Zimmer mit den Spuren einer fremden, stöbernden Hand, die leeren Schränke, die durcheinandergeworfenen Kleidungsstücke, das zerwühlte Bett, die herausgezerrte Matratze — das ist wie ein zerschlagenes Gesicht, eine breiig gedroschene Nase, oder noch hilfloser: wie ein pockennarbiges Gesicht, wie eine frische Infektion, eiternde Wunden, wässernder Grind; schluchzend sank ich an Roberto.

»Dazu ist jetzt keine Zeit«, sagte er kalt. »Versteck dich dort«, und er stieß mich zum Schrank. Ich sah noch den Mann im Ledermantel eintreten. Wo hatte ich diese Stimme schon gehört? Der Schrank verschloß mir geradezu die Lippen, ich küßte ihn von innen.

»Habe die Ehre. Ganz meinerseits. Wir sind uns schon flüchtig begegnet. In Donaueschingen.«

»Ich kann mich nicht erinnern.« Roberto klang streng.

»*Flüchtig ...*«

»Ich erinnere mich nicht.«

»Sternenauge, Strubbelkopf, Mädelein, so einsam?«

»Wie bitte?«

»Bei mir bist du schen, ich muß es gestehn?«

»Was wollen Sie von mir?«

»Warum sind Sie so abweisend? Oder müde? Schlecht gelaunt?«

»Ich bitte Sie, kommen wir zur Sache. Wir sind keine Kinder. Ich weise Sie mit Nachdruck darauf hin, daß ich mit meinem Neffen, der augenblicklich gerade mit lieben Mitreisenden das Fuggerschloß in Weißenhorn besichtigt, daß wir also kreuz und quer die Donau durchpflügen, damit hernach unsere subjektiven Erlebnisse das objektive Bild ergeben, dieses Pulsieren …«

»Genug, Roberto.« Bevor ich das Bewußtsein verlor, hörte ich eine weibliche Stimme. Dieselbe wie bisher? »Quatsch nicht soviel …«

Telegramm

1 GO TO 1

Telegramm

Machen Sie Pause, wenn Sie erschöpft sind. Disziplin ist gescheit. Lungern Sie bißchen in Ulm rum. Soll ich Sie erinnern, daß die Donau kein flink hüpfendes Gebirgsbächlein ist? Keine Forellenoase? Nehmen Sie Quartier in einem möblierten kleinen Zimmer unterm Dach, beauftragen Sie, sagen wir, eine hilfsbereite Türkin mit dem Saubermachen, Frühstück werden Sie wohl unten bekommen, wie die Leute aus der Postkutsche. Fabelhafter Aufschnitt mit Käse darin. Stop. Auftraggeber (Mieter)

13
Das Herz

In einem Film behauptet jemand, New York sei das Herz der Welt, darauf entgegnet man ihm empört, die Welt habe gar kein Herz (und ferner, beim nächsten Mal solle er nicht ohne laufende Nummer hereinkommen, denn das alles spielt in einem berühmten Budapester Dampfbad).

Das Herz der Donau ist Ulm.

Dies behauptet Herr Ingenieur Neweklowsky, »der Hegel der oberen Donau«, in seinem erschöpfend gründlichen Buch. Er spricht allerdings, um seine Emotionen zu verbergen, lieber von Mittelpunkt, Zentrum beziehungsweise an einer Stelle (fast möchte man einen Druckfehler vermuten) von einem »gigantischen Schwerpunkt« und veröffentlicht auf seine akkurate Art interessante Berechnungen zur Theorie (»nichts ist so praktisch wie eine gute Theorie«), die nicht nur überzeugend, sondern auch leise, schöne Beispiele des nicht seltenen Hand-in-Hand von deutscher Pedanterie und legerem Wahnsinn sind.

Neweklowsky kehrt in seinem gedanklichen Experiment die Donau einfach um, indem er die Verteilung der Wassermenge entgegengesetzt zur Wirklichkeit annimmt, und dann zeigen die Berechnungen, daß der Schwerpunkt des so gewichteten Gebildes Ulm ist, um genauer zu sein, die Mündung der Iller. Es zeugt von der Redlichkeit des unermüdlichen Ingenieurs, wenn er sich fragt, ob wir nicht *jegliches* Ergebnis mit der gleichen Freude aufgenommen hätten, denn wohin der Schwerpunkt auch fällt, er fällt *gerade* dahin.

Es ist eine grundlegende Frage, daß wir die Donau — die Wahrheit? nebbich! — für eine Art Entdeckung halten (aletheia), die Entdeckung der Ordnung, daß also die Donau scheinbar chaotisch ist, aber auf einer Ordnung beruht, die wir erkennen (werden), weil wir sie erkennen können, oder im Gegenteil, es gibt keine solche Ordnung, es gibt Strudel, Gischt und Strömung, und die Ordnung — denn *von etwas* sprechen wir letztlich doch, und *wenn* wir in Wien auf ein Tragflächenboot steigen, *dann* können wir in Budapest ankommen —, die Ordnung entdekken wir nicht, sondern wir haben sie hineingetan, dann haben wir sie vergessen, und wenn wir jetzt das Tragflächenboot tuten hören, zieht sich unser Mund bis zu den Ohren breit. Wiederentdeckung statt Entdeckung. Flusser bemerkt zutreffend, Kopernikus sei nicht wahrer als Ptolemäos, sondern nur bequemer! Was die Ordnung ist, das bestimme »ich«, der die Buchstaben o, r, d, n, u, n, g aussprach. Die Verbindung des Gesetzes vom freien Fall mit der geometrischen Reihe (eins ist schöner als das andere, denken wir nur an den vom Ulmer Münster Stürzenden oder an 1, 4, 9) ist kein Wunder, sondern eine Kategorie unseres Hirns; unser Hirn erkennt eine Kategorie unseres Hirns. Das kann man nichtsdestominder als Wunder bezeichnen, die Naturgesetze sind nicht vom Herrn, nicht von den Engeln, nicht von der Natur — vom Menschen! Nur er pusselt hier herum.

Sehr bezeichnend ist die folgende, Legende gewordene Geschichte, die uns Neweklowsky als wahren Chaosforscher hinstellt, eigentlich auf die Janusköpfigkeit des Goetheschen Mehr Licht! — Mehr nicht! anspielend; auf dem Sterbebett, nach einem Leben mit der Donau, soll der Ingenieur gerufen haben: Wer ist es … wer ist es, der zwischen Donau und Nicht-Donau unterscheiden könnte?! Von diesem Satz an bis zum Augenblick seines Todes, siebzehn Stunden lang, brüllte er so, daß seine Leute alle Fensterläden schlossen. Aber Ulm hörte es. Jetzt stirbt die Donau, sagten sie und nickten.

Ulm ist ein großer (bedeutender) Donaufriedhof. Hier ist die Donau oft gestorben. Die Stadt ist ungeheuer nett, die Feinheiten des Fischerviertels, seine Gaststätten und Kneipen, die mittelalterlichen Häuser, Klein-Venedig: *nett;* so sehr, daß es selbst den (Durch-)Reisenden danach verlangt, zum Touristen herabzusinken, der bekanntlich auf Nettigkeit fliegt wie die Aasfliege auf die Wunde. Hier entspringt der kleine Mozart, der nie den Turm gesehen hat, den jeder von uns sieht, der noch kleinere Einstein, der große und schlechtgelaunte Kepler, die Geschwister Scholl, die, wie Golo Mann bemerkt (Seite 79), mit bloßen Händen gegen das Dritte Reich kämpften, und hier wurde im Oktober '44 General Rommel zu einer heuchlerischen Trauerfeier aufgebahrt, bis dann von der niedergebombten Stadt 950000 Kubikmeter Schutt und Trümmer blieben, 950000 Kubikmeter komprimiertes Ulm.

In dem detailreichen Werk *Wahre Geschichte der Talsperren, oder Das Wasser kann keine Kompromisse schließen* (Garzanti, Mailand) findet sich ein Hinweis, wonach die Undine-Legende aus Ulm stammen soll, dort sei zumindest eines der ersten Vorkommen. Nach einem frühen (und primitiven) Plan wollte Stauffenberg mit dem U-Boot »Undine« in die Nähe Hitlers gelangen. Ich will auf das geheime Verhältnis von Stauffenberg und Rommel hinaus, dazu muß ich Lally Frenzel erwähnen, die mutig wie kein Fischer die zugefrorene Donau abging, ein andermal und andernorts schlug Achim von Arnim ein Loch ins Eis (vgl. Ritter Peter von Stauffenberg und die Meerfeye), wobei er sich, bildlich gesprochen, auf die verschiedenen Fischarten (Fisch arts?) stützte und stützen mußte. Lebendig sind noch die Traditionen der uralten Ulmer Fischergilde. Wir verweisen auf das Fischerstechen, das sehenswerte Nabada-Fest am Schwörmontag im August ... Nun wollen wir hineinhören in eine gesprochene Variante des Ulmer Blindtanzes aus dem 17. Jahrhundert, hineinhören mit schwerem Ulmer Herzen:

DONAU (humanistisch): Seit zwanzig Millionen Jahren streicheln meine Wellen diese Landschaft, die vorher Meer bedeckte. (Reißt sich die Larve vom Gesicht und sinkt in die Knie. Klein- und Groß-Blau strömen eilends in sie. Donau betet hochmütig.)

Mein Vater und Herr,
mach mich zum Mittel deines Friedens,
auf daß ich Liebe bringe und Haß dorthin,
wo bisher das Leere Herz regierte,
auf daß ich Versöhnung und Groll das Bett bereite,
wo der Sand der Unaufmerksamkeit stiebt und die Anteilnahme auf die Nase fällt,
gib, daß ich Wahrheit verkünden kann und Irrtum,
wo der klebrige Schlamm des Alltags glitscht,
daß ich Glauben pflanze an den Ort des Zweifels
und Zweifel an den Ort des Glaubens,
auf daß ein Wasserfall von Hoffnung niederstürzt,
wo der tote Lauf der Verzweiflung sein Lager aufschlug,
und Hoffnungslosigkeit dort,
wo das Licht beim Schmause sitzt.
Zum Tanz! Amen.

(Die am Ufer Stehenden klatschen im Takt, dazu erklingt das *Ulm, Ulm über alles,* dann plötzlich absolute Stille, nur die Ruder der »Schachteln«. Fünf Sekunden Stille. Dann:)

EVA BRAUN: Adolf, damit bin ich nicht einverstanden, ich erlaube es nicht, Adolf.

HITLER: Du wirst es erlauben, Alte, du wirst es erlauben ... Du wirst es erlauben, weil du es dir selber auch erlaubst. Jeder erlaubt es sich mehr oder weniger, und daher muß er es auch anderen erlauben ...

GOEBBELS: Leiser, um Gottes willen!

HITLER: Schweig, dummes Weib. Es wird gemacht ...

Denkst du etwa, ich würde so von unten wie du ... Nein, nein, von oben, von oben werde ich sie ermorden. Von oben, mit Chic, mit Würde — und so dumm, daß es niemand errät, ha ha (vgl. Gounod). Eva, morden muß man von oben, nicht von unten. Wasch dich erst einmal, du siehst aus wie eine Verrückte. Und zweitens kümmere dich etwas um die Herren vom Generalstab ... Laß Karauschen servieren. Ich möchte Karauschen essen, Karauschen in Sahne. Das ist ein guter, ein feiner Fisch.

EVA BRAUN: Karauschen? Karauschen? *(Freudig zu Goebbels)* Er ist wahnsinnig geworden! Gott sei Dank, er ist wahnsinnig geworden!

HITLER: Ruhe, ich bin nicht wahnsinnig. Laß Karauschen servieren!

GOEBBELS: Majestät, mein Schnurkelchen, kleine Karauschen in Sahne eignen sich vortrefflich für das Bankett. Ich sehe keinen Grund, warum man nicht kleine Karauschen servieren lassen könnte.

EVA BRAUN: Keine Karauschen! Adolf, mach mich nicht verrückt. Ich lasse keine Karauschen reichen. Warum in diesem Augenblick ausgerechnet Karauschen?

(Mittlerweile steigt ein beherzter, als Polier verkleideter Computer-Narr in den Turm des Münsters, alle vom Prospekt vorgeschriebenen 768 Stufen hinauf, von farbigen Scheinwerfern einfallsreich begleitet, er symbolisiert die Zivilcourage. Die Zuschauer verdrehen sich, wie in Wimbledon, die Köpfe, schauen hierhin, schauen dorthin. Die Legende wird lebendig, wonach der Mensch auf dem Ulmer Münster Gott am nächsten ist und daß es einen ehrgeizigen Jüngling gab, Jakob, der, ich zitiere, »bei der Fertigstellung des Turmes unbedingt dabei sein wollte — nahe zu Gott! — und dann vor den Augen der ganzen Stadt von dort oben hinunterfiel. Er stürzte, grad wie ein Meteor. Ohne den Luftwiderstand zu berücksichtigen, waren das immer noch mehr als fünf Sekunden! Eine Stadt, die für die Länge von fünf Sekunden über Leben und Tod nachdachte ... Der Herr liebte Ulm«, dies wird lebendig, mit dem Unterschied, daß ... Doch darüber später!)

Eva Braun: Ich sage euch, ich serviere keine Karauschen. Warum Karauschen, warum in diesem Augenblick ausgerechnet Karauschen? Ich lasse keine Karauschen servieren.

Hitler: Wenn ich dir sage, du sollst Karauschen servieren, dann läßt du Karauschen servieren. Keine Diskussion, sonst schlag ich dich ... und ich kann dich schlagen, weil ich voller Sünde bin — ich kann mir alles erlauben. Zittere vor mir, Weib, denn ich bin voller Sünde! Ich bin der Kanzler der Sünde (Beifallsstürme vom Ufer, während eine Neu-Ulmer Tischgesellschaft laut und mit gemimter Disziplinlosigkeit die Stufen zählt), hörst du, Kanzler der Dummheit, der Sünden, der Gewalttaten, der Seufzer!

Donau: Und wäre ich nicht Rhein, ich würfe mich
sogleich in den Rhein.

Eva Braun *(erschrocken):* Adolf!

Hitler *(ruhiger):* Na, na ... Laß Karauschen servieren. Und bitte die berühmtesten Würdenträger zu Gast, all diese erfahrenen, alten Einschüchterer, diese Praktiker, die einen zu lähmen verstehen wie tausend Teufel. *(Leiser)* Eva, ich habe genug von diesen verschreckten Gesichtern, diesen Aufregungen, diesen Ängsten — verstehst du? Genug von der Poesie, der Biegsamkeit, dem Haselstrauch und Fliederhauch ... Und nun geh, geh, kleine Köchin. Von oben herab, von oben — mit Würde! *(Braun bedeckt ihr Gesicht mit den Händen.* Vom nächtlichen Ufer zufällige Rufe: Uwe! Uwe! Üben, üben! usw.) ... Goebbels?

Goebbels: Was denn, Scheiße!

Hitler *(leiser, düster):* Verneige dich vor mir ... Ich brauche das, daß du dich vor mir verneigst ...

Um die Tragödie Rommels kurz zu schließen (einfühlsam dargestellt von Stroheim), Goebbels hält noch in leierndem Ton einen heuchlerischen Vortrag über die Karausche, sie sei scheinbar ein ganz bescheidener Fisch, im Grunde genommen und dem Wesen nach aber unerhört, direkt und ausnehmend aristokratisch, da genüge der Hinweis, daß sie keine Knochen hat, nur Gräten!

Goebbels: Und was für eine Sauce! Göttlich! Aus Sahne, doch etwas Besseres, etwas Höheres als Sahne! Was für ein *Geschmack* — scharf, pikant, paradox!

Als dann Hitler aufsteht und mit furchterregender Geste auf Rommel deutet, schreiend: Er hat sich verschluckt! Er hat sich verschluckt! An einer Gräte! Die Gräte steckt ihm im Hals! Die Gräte, sage ich! Nun!!!, da erstickt Rommel an der Gräte. Mittlerweile hat sich von dem Computer-Fan im Münsterturm herausgestellt, daß er für die Stasi gearbeitet, aber nur sein Fachwissen verkauft und keinen Menschen *direkt* verpfiffen hat, abgesehen von einigen nahen Freunden, aber die hat er vorab informiert und beraten. Es gibt ein leichtes Durcheinander, Goebbels schickt Dienstpersonal zu Petersils Beerdigungsinstitut (wir erwähnten den Tod der Donau; nicht zufällig), ohne Petersil werden wir nicht fertig, sofort Petersil holen, das ist das wichtigste; dann kniet er nieder, und damit hat er die Lösung gefunden.

Hitler: Das hätte man eigentlich sofort tun müssen.

(Alle außer Graf Stauffenberg knien an der Donau nieder.)

Stauffenberg: Verzeihung. Was ist hier los?

Goebbels: Was wohl?! *(Runzelt die Augenbrauen)*

Stauffenberg: *(Schweigt)*

Donau: Bitte niederknien.

Hitler: Schneller! Du kannst nicht allein stehenbleiben, wenn wir alle knien.

Der Rest ist bekannt.

Donau (teilt die Ansicht Witold Gombrowicz', daß sich die Menschen in Gestalt des Schmerzes, der Furcht, der Lächerlichkeit oder des Geheimnisses verbunden sind, daß undurchsichtige Melodien und Rhythmen, absurde Beziehungen und Situationen über sie herrschen, daß sie Produkte dessen sind, was sie selbst erschaffen haben.)

Im Finale kommen wir auf den Zivilcourage verkörpernden Polier zurück, der vom Turm des Münsters in die Tiefe fällt oder fiele, wenn sich nicht sein regenbogenfarbener Fallschirm öffnete, so dauern die heiligen fünf Sekunden nun Minuten, während der die ganze Stadt: nichts denkt! Nett. Aber nicht nur nett, dieser Abschnitt der Donau ist sehr fischreich, die Tiefe des Flusses und sein von Schlamm und Nahrung durchsetztes Wasser schaffen ausgezeichnete Lebensbedingungen. Was wahr ist, ist wahr, die untere Donau kann sich viel mehrer und größerer Fische rühmen als die oberen Donauabschnitte. Der Hausen kann es dort auf zweihundert Kilo bringen. Er ist ein knorpeliger Panzerfisch und gehört zu den Stören, seine Eier sind schwarz, aus ihnen läßt sich ein prächtiger Kaviar herstellen. Sein kleiner Bruder ist der Sterlet. (Achtung! Keine Schuppen!) Im strudelnden, strömenden Wasser sind jedoch besondere Fangmethoden nötig; die Kenntnis der gefährlichen Tiefwässer, der guten Fangstellen und der Gewohnheiten der Fische geht vom Vater auf den Sohn über. Er weiß dann, daß der obere Bogen der Schwanzflosse des Sterlets größer ist als der untere, ähnlich wie beim Hai, deshalb handeln wir richtig, wenn wir einen Lappen um die Hand wickeln, bevor wir nach ihm langen. Am leeren Ufer jaulen Hunde.

In jenem Film wurde auch noch gesagt, New York sei ein Ort, wo man sich verändert, *man wird so, wie man in seiner Vorstellung ist.*

14
Barre und Strudel von Ulm, Fortsetzung

Wir hatten wieder Geld. Eigentlich nicht Geld, etwas noch Besseres: einen Scheck. Ich bekam zum erstenmal im Leben einen Scheck zu sehen, und er gefiel mir sehr. Wie ein Zauber! Und kostet nicht einmal Geld.

Wir verließen Ulm, aber man könnte sagen, wir traten weiter auf der Stelle, bis wir es mit Mühe bis Passau schafften.

Die beiden Frauen kamen mit. Einmal hörte ich, wie Breg zu Brigach sagte: »Gestern war ich so fett, entschuldige.« Eines Morgens sah ich auch, daß sie gleiche Schlüpfer trugen, *regenbogenfarbene.*

Das war ein sehr schöner Morgen, aber nicht wegen der Schlüpfer, die zierten den merkwürdigen Morgen nur als Geschenk. Am Vorabend waren wir an der vielleicht schönsten Stelle in Deutschland vor Anker gegangen, dort, wo der erhabene und großartige Durchbruch durch die Fränkische Alb beginnt. Dies ist der letzte Ort, wo man die Donau noch kosen kann, erläuterte Roberto beim Zeltaufbau. Das Kloster Weltenburg warf geradezu seinen Schatten auf uns, eines der ältesten bayerischen Klöster, auf einer spitz in die Donau reichenden Landzunge gelegen. Am Nachmittag sahen wir es uns an, Gott sei Dank ohne die Frauen, die wollten, wie sie sagten, ruhen.

Von der Klosterpromenade sahen wir genau in die Öffnung der steilen Durchbruchsenge der Donau. Der Fluß verlor sich mit kühnen Krümmungen in den Klüften, auf beiden Seiten von riesenhaften Schädelfelsen begleitet, darauf wie Büschel einer Perücke zufällige Waldflecken. Eine klotzige Opernkulisse zu Webers *Freischütz*. An den Felsen hier und da eiserne Ringe: Mit ihrer Hilfe zogen sich seinerzeit die Schiffe flußaufwärts. Schiffe und Schleppkähne mehrerer Jahrhunderte sahen sie im Tal unten vorüberziehen, die Felsen mit den klangvollen Namen, die Drei Brüder, der Napoleon, die Jungfrau, der Peter und Paul und die anderen. Wir gingen in die Brauerei, und ich durfte auch von dem Klosterlikör kosten. »Darauf verstehen sich die Katholischen«, brummte Roberto.

Die Zelte standen schon, eins für die Frauen, eins für uns, als es zu nieseln begann. Wir saßen in unserem Vorzelt, Breg bereitete Wurstbrote, Brigach kochte Milch ab, die sie in Eining besorgt hatte, von einer, wie sie sagte, direkten Kuh. Wenn sie arbeiteten, waren sie nett und störten nicht. Roberto erzählte uns allerlei, wir hockten zu dritt auf der Luftmatratze und staunten ihn an, Breg strich mir hin und wieder über den Rücken, dann schob sie die Hand unter meinen Trainingsanzug und berührte meine nackte Haut. Ich wagte mich nicht zu rühren, ich wußte nicht wirklich, warum, aber ich empfand eher gänsehäutigen Haß als Dank. In Kreisen, den Rücken hinab.

Roberto erzählte vom Reich der Römer, das irgendwann genau hier, bei Eining, endete, Abusina hieß die Grenzbefestigung, er erzählte von den kostspieligen Bauten Ludwigs I., aber das Geld ging weniger für den Walhalla-Tempel drauf als für eine Tänzerin namens Lola Montez, dann von Ödön Széchenyi, dem Sohn des berühmten Grafen, der so lange trickste, bis er die Donau mit der Seine verbunden hatte, indem er mit dem Dampfer »Nixe« von Budapest nach Paris schiffte, via Ludwigskanal, Main, Rhein, Rhein-Seine-Kanal, er erzählte von der Brücke in Regensburg, die in elf Jahren erbaut wurde und die die Ulmer so hassen. Und von der Straubinger

Hexe Agnes. Im Halbschlaf hörte ich Breg und Brigach betteln, wegen des Regens möchten sie bei uns schlafen. Nein, sagte Roberto, ich schau nachher bei euch rein.

Ich werde sehr leicht munter, Mutter brauchte morgens nur meinen Namen zu flüstern, schon war ich wach. Das Geschrei, von dem ich hochschreckte, hätte für tausend Morgen gereicht. Roberto schlief wie ein Murmeltier neben mir. Was ich als erstes sah, schien absolut unglaublich. Das Zelt der Frauen stand fünf bis sechs Meter von uns entfernt, damals war ich noch nicht kurzsichtig, ich sah also, was ich sah, nur glauben konnte ich es nicht. Wie ein tobender Orkan fiel eine Gestalt über das Zelt her, riß es, wie ein Riese, der Bäume ausreißt, mit einer einzigen Bewegung weg und zog die Decke von den beiden Frauen. Sie rappelten sich schläfrig blinzelnd auf — ich hatte das oft gesehen, ich mochte es nicht, wie sie sich mit schlaftrunkenen Gesichtern räkelten, wie sie ächzten, stöhnten, schnauften und vor Hitze nur so strahlten. Schon schmiß der unbekannte Angreifer ihre tausenderlei Dinge durch die Gegend, hinauf auf die Eiche, in die Donau, und zwischendurch verpaßte er den beiden, gleichsam zufällig, ein paar Ohrfeigen.

Sie kreischten und versuchten, zu uns zu entkommen, aber der Angreifer stellte ihnen ein Bein, eins für beide, das hätte jedem blutrünstigen Fußballverteidiger zur Ehre gereicht. Mich schützend vor sie zu stellen, daran war nicht zu denken, und wenn daran zu denken gewesen wäre, hätte ich nicht daran gedacht, denn ich pflegte meine Schadenfreude. Ich rüttelte Roberto; ihn zu wecken war ein harter Kampf, er wollte von irgend etwas um keinen Preis weg, oder er wollte um keinen Preis zu irgend etwas hin. Als sich seine schweren, blauschwarzen Wimpern doch öffneten und er das sah, was mir wohl doch vor allem einen Schreck einflößte, begann er einfach zu grinsen. Da bemerkte ich, daß der Angreifer eine Angreiferin war.

Sie jagte gerade hinter den beiden her, und wenn sie in ihre Nähe gelangte, schlug sie kräftig mit ihrer Handtasche, die sie wie eine Schleuder handhabte, nach ihnen.

Roberto setzte sich auf, sein Schlafanzug öffnete sich, und während er sich am Bauch kratzte, feuerte er die Amazonen johlend an. Die Fremde führte eine Entscheidung herbei, indem sie Breg und Brigach in die Donau scheuchte und sie zwang, zur anderen Seite hinüberzuschwimmen. Die beiden Regenbogenfarbenen, wie sie sich ohne Hoffnung entfernten! Die Fremde drehte sich nicht mal um, sie ging weiter, am Ufer entlang, manchmal trat sie, den Blick auf die beiden zeternden Frauen gerichtet, kräftig auf, dann entschwand sie vor unseren Augen.

Roberto zuckte gutgelaunt die Schultern. »Jetzt sind wir wieder allein«, sagte er, und ich nickte, glücklich wie ein kleiner Hund, wenn er einen Knochen kriegt.

Schon hinter Passau (»die Verlockung der Endlichkeit!«), schon in Österreich, wagte ich endlich zu fragen, wer die streitbare Dame gewesen sei. Robertos Antwort war kurz.

»Du kennst sie. Effi Briest.«

15
Stiegen

Seit Ulm?, ich weiß nicht, seit wann, ja, seit Ulm näherte ich mich in einem fort nur Mauthausen. Ich wehrte mich energisch; ich lungerte in Regensburg herum, hörte einen Vortrag über die achthundertjährigen Eichenholzpfähle der Steinernen Brücke, studierte das im Keplerhaus verwahrte Traumbuch, das vom Reisen zum Mond handelt. »Faszinierende Vision aus der Tiefe eines elenden Zimmers«, vermerkt Aar. Kepler war ein Donau-Gelehrter. Vielleicht verabscheute er deshalb die Unendlichkeit?

Vorschriftsmäßig beschäftigte ich mich mit dem großen Hochwasser, von dem Passau im Sommer 1954 heimgesucht worden war. Von der Uferpromenade aus gesehen — Passau besteht sozusagen nur aus Promenaden — rauschte die Donau jetzt irgendwo weit unten. Die schmutzige Flut hatte sogar die Uferlaternen verschluckt, aber sie leuchteten weiter, freundliche Lichtkugeln aus der Tiefe, Kapitän Nemos Salon?, während oben das Wasser in Balkonhöhe strömte, nichts mehr von Inn, Ilz und Donau, wo ist sie geblieben, die Passauer Trikolore; das selbstsichere Grau der Donau, das ehrgeizige, feine Blau und Grün des Inn oder das vorwurfsvolle, gewichtige Braun der Ilz.

»Dort oben, dort bin ich Kahn gefahren!« Strahlend deutete die Frau, mit der ich ins Gespräch gekommen war, zum Obergeschoß eines Hauses. Wie sich herausstellte, war sie eine unerschütterliche Inn-Gläubige — der Inn nämlich ist hier größer und länger als die Donau, was viele dazu ermutigt und verführt, den Fluß im weiteren Inn zu nennen, dafür zu kämpfen; ein törichter Gedanke, denn was bedeutete es schon, daß die Donau der Inn ist (ganz zu schweigen von unserer jetzt verlassenen Breg), als gäbe es etwas Reineres, wonach zu streben sich gehört, eine gut definierte Vollkommenheit oder Leere, das Nichts und das Ewige, um die Sprache der barocken Geistreicheleien zu bemühen. Spätestens hier, nach dem Skandal und der Niederlage der Inn-Gläubigen, sieht man, daß die Donau eine »Promenadenmischung« ist. Die Dame war in jüngeren Jahren Mitglied des Passauer Rudervereins gewesen, nach ihrer Aussage ein talentiertes, in ihrer Altersgruppe hatte sie regelmäßig die ost- und südbayerischen Wettkämpfe gewonnen, '54 dann war sie schon zu alt für die Jugendklasse. In ihrem Kanadier auf den Fluten treibend sah sie, wie sich auf einem Balkon eines zweiten Stockwerks ein junger Mann rasierte, sie wendete und paddelte gegen den Strom, so daß sie mit ihm auf einer Höhe blieb. Das kostete sie viel Kraft. Als der junge Mann mit dem Rasieren fertig war, erblickte er die Kanadierfahrerin und lud sie zu sich ein, sie suchte, verschwitzt und keuchend, Halt am Balkongitter, dann war sie mit einem Satz bei ihm, während die Donau das Sportboot (Eigentum des Vereins!) geradezu unter ihr wegriß, bei dem Sprung überschlug sich das Mädchen fast, sie warf den schmalen Jungen um, noch in der Drehung umklammerten ihre kräftigen, durchtrainierten Schenkel ihn, er saß fest wie in einem Schraubstock.

Hier verabschiedete ich mich von meiner Passauer Zufallsbekanntschaft.

Wo ich Linz verließ, trat die Donau in das sogenannte Linzer Becken, in dem sich der bisher einheitliche Fluß in mehrere Arme gliederte. Zur Linken bewaldete Berge, zur Rechten eine Ebene mit Baumgruppen.

Bei Flußkilometer 2112 liegt am linken Ufer die Gemeinde Mauthausen. Dort wurde früher, wie der Name sagt, von den Schiffern eine Maut erhoben. Und wie man dort erst Barbarossa auf dem Weg ins Heilige Land zusetzte! Aber Friedrich Barbarossa war immer ein Mann der einfachen Lösungen gewesen: Als er Zoll bezahlen sollte, steckte er den Ort in Brand. Dann wartete er, bis die rötlichen Lichter im Spiegel der Donau erloschen, er wartete, bis sich die vom Linzer Wind aufgewirbelte Flugasche herabsenkte, richtete den Blick auf den de facto nicht mehr vorhandenen Marktflecken und fragte laut, so daß alle Soldaten und alle Mauthausener es hören konnten: Was für Zoll? Was für ein Ort? Im Mittelalter wurde die Gemeinde durch den Salzhandel berühmt. Herren über sie waren die Pragers, nach ihnen ist der alte Pragstein benannt, ein Turm, an dem das Seil der Seilfähre befestigt war. In der Nähe des Ortes wird seit Jahrhunderten Granit abgebaut, über Generationen bezog Wien von hier seine Pflastersteine, den Grundstoff für die Barrikaden, wie Heine lässig erwähnt.

Der Gastwirt in Mauthausen war betrunken. Er ähnelte dem Feri Steigerwald, falls das jemandem etwas sagt. Steigerwald spielte als Libero in einer kleinen, mir nahestehenden (nahegestandenen) Vorortmannschaft. Er war ein guter, ein geborener drittklassiger Abwehrspieler, das heißt, er gewann sehr gern, und er konnte andere dazu bringen (zwingen), daß sie gewinnen wollten, und die 2. Klasse wäre für ihn zu schwer gewesen, aber vermutlich wäre er immer noch besser gewesen als sonst jemand, der dorthin hätte kommen können.

Als der Wirt an meinen Tisch trat, sagte er nichts, grüßte nicht, er schloß nur abwartend die Augen. Seine Sommersprossen leuchteten. Ich war noch nicht betrunken, obgleich ich, nachdem ich mich aus meinem von Herzen, doch oberflächlich gehaßten Linz hinausgewurstelt hatte, zwecks Verzögerung drei- oder viermal angehalten und überall einen großen »Spritzer« getrunken hatte. Den bestellte ich auch hier. Er brachte zwei und setzte sich zu mir. Über dem Dorf bereitete sich die Sonne auf das Sterben vor. Die Romantik, schreibt W. Kayzer in seinem berühmten offenen Brief an Huizinga, diesem ergreifend schönen und krassen Dokument einer Männerfreundschaft, das gleichsam die Prinzipien der Männlichkeit neu definiert, die Romantik ist der Kitsch der Sehnsucht.

Unterhalb der Terrasse wiegte und neigte sich eine amerikanische Volkstanzgruppe, und ein kräftig gebautes Mädchen lachte mich mit zweiunddreißig Zähnen wieder und wieder an. Ich sah, wie die Schwalben die letzten Lichtstrahlen streiften. Die sterbende Sonne, die tanzenden Amerikaner, der schweigsame Wirt, die wegtauchenden Schwalben — plötzlich wich die Furcht aus mir, nichts mehr war in meinem Kopf, weder Erinnerung noch Wünsche noch Phantasie, nur eine wohltuende Leere, die Leere als Wahrheit, die Romantik als Sicherheit des Augenblicks. Die Amerikanerin schleuderte die Beine in die Höhe, warum waren wir nicht auch schon gestern hier ...

Zwei weitere Spritzer. Woher ich komme. Budapest. Jetzt? Jetzt aus Ulm. Er hat es geahnt, ich sehe aus wie einer, der aus Ulm kommt. Die Leute kommen aus Ulm hierher, nach Mauthausen, weil sie glauben, in Ulm haben sie Kraft gesammelt. Er bestreitet es nicht, auch er ist im Ulmer Münster oben in den Turm gestiegen, und da hat er sich für den Herrgott gehalten. Aber dumm ist er nicht gerade, aus dem Hochsteigen hat er weder für sich noch für den Herrgott Schlüsse gezogen, er hat überhaupt keine Schlüsse gezogen, er weiß ja, daß es gefährlich ist, Endliches als unendlich zu betrachten, wie es auch, wenngleich nicht mit so großen Gefahren einhergeht, wenn wir Nicht-Seiendes als unendlich ansehen. Und seine Nachbarin habe von Marx nur säuerlich als von dem Juden gesprochen, der sich auf den Platz Gottes geschoben hat.

Die amerikanischen Tänzer packten zusammen. Keine Schwalben mehr. Zwei Spritzer. Ob ich denn, wenn schon von Ulm die Rede ist, das Einsteinsche Zwillings-Paradox verstünde. Ich verstehe es nicht, aber ich kann es erklären. Bitte nicht. Aber nehmen wir mal ein Zwillingspaar! Der eine steigt die 768 Stufen in Ulm hoch, der andere hier — er deutete hinter sich, *dorthin* — die 186 im Steinbruch. Und diese 186 seien das gleiche wie die 768. Weiter. Betrachten wie die Legende. Die fünf Sekunden. Also wenn hier einem Juden oder Zigeuner ein Stoß versetzt wurde, bis er unten war ... das waren dann die gleichen fünf Sekunden, die fünf Sekunden des Poliers. Oder eher noch die Minuten der Fallschirmspringer. Er weiß, die Ulmer Heiligen springen jetzt mit dem Fallschirm. Natürlich kann man Gedichte schreiben, wieso denn nicht, alle schreiben Gedichte, die Zwillinge, die Fallschirmspringer, das ist es ja gerade!, daß man Gedichte schreiben *kann*! Und ich sei vermutlich so ein Aufgeklärter, einer von denen, die wissen, was Sache ist. Daß Gott lebt! Daß Gott tot ist! Wie schön, wie anekdotisch die angetretenen Lagerinsassen, gezwungen, bei der Hinrichtung eines Kindes zuzuschauen, und jemand zischelt, wo ist Gott denn jetzt?, da deutet der neben ihm auf das Kind, siehst du nicht?, dort! Ja! Ja! Aber ich spreche nicht von Gott, sondern von den Steinen! Vom Steinbruch! Nicht einmal vom Steinbruch. Von irgendwelchen Steinen, Kieseln, kleinen Bächen, der Donau, Waldlichtungen! Gott kann man anbetteln, die Natur nicht. Wenn die Natur feindselig ist, kannst du sie nicht versöhnen. Wenn du dich vor dem Wind fürchtest, was kannst du da machen? Ich sage es dir: dich fürchten.

»Waren Sie auch hier?«

Er antwortete nicht. Damals, vor dem großen Kriege, war es noch nicht gleichgültig, ob ein Mensch lebte oder starb. Wenn einer aus der Schar der Irdischen ausgelöscht wurde, trat nicht sofort ein anderer an seine Stelle, um den Toten vergessen zu machen, sondern eine Lücke blieb, wo er fehlte ... Alles, was wuchs, brauchte viel Zeit zum Wachsen; und alles, was unterging, brauchte lange Zeit, um vergessen zu werden ... man lebte dazumal von den Erinnerungen, wie man heutzutage lebt von der Fähigkeit, schnell und nachdrücklich zu vergessen. Luthers Frage war es: finde ich einen barmherzigen Gott? Meine Frage ist: finde ich einen barmherzigen Menschen?

Plötzlich hatte ich ihn satt. Die Amerikaner waren verschwunden, auch das Mädchen mit den vielen Zähnen. Ich verlangte die Rechnung. Die Endlösung, sagte ich, und als ich es aussprach, wußte ich auch, Ursache und Wirkung hatten Platz getauscht, auch dieser sommersprossige, hochgewachsene Mann fürchtete sich vor jedem Stein, nicht nur die, die er bewacht hatte.

Und ich bin der, der hin und her schlappt zwischen Theke und Telefonzelle, genauer: der, der »ich« heißt, und mehr weißt du auch nicht über ihn.

Reisender und das Warum
(Fünf Bagatellen aus der Wachau)

Kaum in der Wachau angekommen, *warum*?, vielleicht wegen der Venus von Willendorf, verliebte sich Reisender.

*

Dicht bei der spätgotischen Pfarrkirche von Melk, deren Auferstehungsrelief wahrscheinlich von dem berühmten Raphael Donner stammt, vertraute dem Reisenden eine Frau ihr Kind an, er möge den Nachmittag über auf es aufpassen. Das Jüngelchen war einem Engel gleich, falls das jemandem etwas sagt. Reisender umschleicht ihn mürrisch. An einer Straßenkreuzung schnappt er ihn, wo er ihn gerade erwischt. Beim Zugriff spürt er seine Abneigung, aber der Kleine ist so wunderschön, daß er keine Gewissensbisse empfindet. Ihm fällt die ordentlich große Hand seines Vaters ein. Er erinnert sich an Vaters Körper, an verschiedene Situationen, auf der Dreschmaschine, im Badezimmer, im Bett, am Donauufer. Geniert streicht er dem Kleinen über den Kopf, der beginnt daraufhin zu flennen. Sie werden an die Donau verschlagen. Dunaj, Dunaj, zwitschert der Kleine. Reisender blickt auf seine Uhr. Wir werden wieder keine weiße Weihnacht haben. Das Ufer ist kahl. Plötzlich rennt das Jüngelchen los, wechselt aus dem Zottelgang in diese Hilflosigkeit über und rechnet nicht mit dem steilen Abhang, der zu den Kähnen hinabführt. Reisender sieht ihn bereits in den eisigen, reißenden Strom plumpsen. Mit Riesenschritten — sieben Meilen — wirft er sich, wie ein Fußballtorwart, hinter ihm her und auf das Kind, stampft es in den Schotter. Keuchend liegen sie aufeinander. Gleichzeitig sieht er die strahlende Schönheit des kleinen Jungen und die aus dem Felsen hervorwachsende, spitzenzarte, barocke Gebäudegruppe des Stiftes in ihrem bezaubernden Einklang mit der natürlichen Umgebung. Um den Bengel nicht zu schlagen, steht er rasch auf und klopft seine Hose ab, nicht hochgereckt, in sich gekrümmt. Das Kind wälzt sich mauzend wie eine kleine Katze. Wellen plätschern. Da fragt Reisender, dies ist seine einzige Frage, *warum.*

*

Das nun geschah in der Tullner Gegend, dort fließt die Donau wieder ruhiger, ungefähr da, wo sich die Heere des Polenkönigs Johann Sobieski 1683 mit den zur Befreiung von Wien aufgebrochenen deutschen Truppen vereinigten. Am Morgen lag über allem noch Nebel, aber als sie zum Ufer gelangten, schien die Sonne, alles Grau hob sich, und trotz des Herbstes war die Landschaft grün. Licht ist Gold. Reisender hakte seinen Freund unter, sie saßen schweigend auf einer Bank und kümmerten sich nicht darum, daß alles zu schön war. Sie ruderten zu einer kleinen Insel, dort aßen sie Karpfen auf serbische Art. Der Freund sprach über den Kampf zwischen Gut und Böse. Reisender begann zu schwitzen, japste, bekam keine Luft. Der Freund mißverstand das wohl, er sprang auf und fragte ihn etwas, aber Reisender konnte nicht antworten, er japste nur, der andere ging weg. Er hörte das Platschen der Ruder; *warum.*

*

Das Haus mochte neu gebaut sein, es roch nach Kalk. Ein Fenster des Zimmers ging zur Donau, das andere zur Müllkippe. An diesem Fenster steht Reisender. Der Geruch nach Kalk vermischt sich mit dem der Frau. Aber als hinter der Müllkippe mit Gelärm und Radau ein Landwirtschaftsflugzeug landet, ist die Erinnerung an die Frau ganz aus seinem Körper verschwunden. Seine übliche Frage haucht er an die Fensterscheibe. Die Zartheit des *Warum* steht einfach zu allem im Gegensatz. Deshalb gibt er an diesem Morgen in der Wachau die Schuld an allem sich selber; davon beschleicht ihn eine tückische Ruhe.

*

Wie Reisender sich verliebte, so wartete er auch, *warum?*, in jedem Jahr heftig auf den März, begehrlich und beklommen, voll Furcht — war vielleicht sie das einzige in ihm, *die* Furcht? —, daß er diesmal, in diesem Jahr womöglich ausfallen werde. Nicht aus Boshaftigkeit, nicht einmal aus Unverstand, sondern irgendwie aus Unaufmerksamkeit. Denn was macht es schon, ein Monat mehr oder weniger. Und der März ist zwar ein wichtiger Monat, auch ein revolutionärer, aber Ende Februar ist man bereits voll Ungeduld wegen der Müdigkeit und der störrischen Kälte, man lebt in einem dunklen Tunnel, hat keine Erinnerungen mehr und noch keine Hoffnungen (»ewig ist Zukunft, danach erst wird Vergangenheit«); der Februar ist die scheußliche, wurzellose Gegenwart, der Februar ist der grausame Augenblick, womit nicht behauptet werden soll, er sei der der Wahrheit, aber wenn sich doch herausstellte, dennoch, daß er der Augenblick der Wahrheit ist, dann wären wir der Stier in der Arena. Ich habe von einem Stierkampf geträumt, sagte Reisender eines Märzmorgens. Und? fragte die ferne, sanfte Stimme. Wir haben verloren, gab Reisender zu. Er suchte also ständig Beweise für den März, ermutigende, strahlende Zeichen, blätterte in uralten Aufzeichnungen, schmökerte in Tagebüchern, dann in Notizbüchern und Kalendern; so vergingen die zweite Januarhälfte und der Februar. Dann kam der März, der närrische April und so weiter.

Bericht

Als wären wir unter uns, winkte ich den Gefangenen in Stein zu (die, bösen Zungen zufolge, nach dem Köchelverzeichnis numeriert sind), ein altes und (und!) scherzhaftes Wortspiel fiel mir ein, Krems und Stein sind drei Städte, schmachtend ließ ich Favianae (Frau Bacher) zurück, um mich an Bord zu begeben. Als wir zu seichten Teilen gelangten, maß ich die Wassertiefe. Vorher jedoch schmerzte es mich gar sehr, daß niemand mich verabschiedete, und als mit asthmatischem Hüsteln und sodann gleichmäßigem Gebrumm unsere Motoren anliefen, winkte ich den immer ferneren, immer kleineren vielen Frauen mit flatterndem Haar und flatternden Tüchern und den kreischenden Kindern zu, als wären sie allesamt meine Mutter, meine Geliebte, meine Gattin, mein Kind.

Zuweilen hielt uns die gute fünf Meter lange, ihrer Stärke nach für eine kräftige Hand bestimmte Peilstange zum besten. Oft erzählt wird noch heute der Fall eines Deckmeisters (Hubert Hegedűs), der schon im Matrosenalter als ein humorvoller, ausgeglichener Mann gegolten hatte. Ihn ließ man die Untiefen loten, gemächlich stocherte er den Grund ab und rief dazu, wie vorgeschrieben, die gemessenen Tiefen zur Schiffsbrücke hinauf, vierundzwanzig, vierundzwanzig, dreiunddreißig, schließlich, als die Stange keinen Grund mehr berührte, kein Grund, kein Grund, und dann unerwartet, jedoch mit der gleichen ungerührten Stimme, keine Stange!, es war nämlich geschehen, daß ihm eine unvermutete Untiefe die Peilstange regelrecht aus der Hand schlug.

Die Donau ist, wie mein Großvater war: Auch sie hat Gesetze.

I was not settled, wie man sagt.

Reisen ist für mich Selbsterkenntnis; ich suche darin nicht das Neue und Unbekannte, sondern das Alte und Bekannte, um letztlich den zu erkennen, der mich erkennt. Wenn ich reise, bin ich ein Schutzengel des Seienden. Ich suche in mir und der Welt — und zwischen beidem zu unterscheiden, so die Arbeitshypothese, lohnt sich nicht — die *Muster,* an denen ich meine Erfahrungen messen kann.

Der Kapitän des Schiffes, »ein gebildeter, menschlicher Engländer«, ist jener Sir John Andrews, den auch Kazinczy erwähnt. Er musterte mich, und als ich seinem Blick standhielt, drückte er mir stählern die Hand.

»Ich sehe, Sie sind ein echter Reisender. Der Reisende lebt und stirbt für die Klischees ...«

Während ich dem Engländer zuhörte, kam mir die hochmütige Zeit in den Sinn, als ich mit der Travelwriterschaft geliebäugelt hatte. Einer vom Kontinent versuche aber nicht, den Engländer zu verstehen. Fast definieren ihn schon die Nüchternheit der Inaugenscheinnahme und der Sachrespekt, als wäre er damit ausgeschöpft, die

Weltherrschaft als Handwerk, die Größe als Mittelmäßigkeit! Und da gewahren wir auf einmal das bläuliche Licht, das in seinen Augen flackert! Aber er ist ja, erkennen wir, ein gefährlicher Verrückter — und von da an bleibt Zuverlässigkeit zwar Zuverlässigkeit, aber wir wissen, sie gründet sich auf etwas durch und durch Unsicheres, Torf und Moor, auf eine unbekannte Sehnsucht, auf Heftigkeit und Sünde.

Auch der Kapitän befaßte sich gerade hiermit in seiner flammenden Ars poetica, er lebe und sterbe für die Klischees, die Embleme, unumwunden, für den Mythos, aber auch für dessen dürftige neuzeitliche Varianten, den Kitsch, die Selbstwiederholung, die Unoriginalität, und das sei kein Verzicht, also keine Niveaulosigkeit seinerseits, beziehungsweise nur insofern, als die Niederlage die einzige authentische Form des Sieges sei, im Gegenteil, hier wirke der Forscherdrang und, was am wichtigsten sei, die Leidenschaft, die Leidenschaft der Erkenntnis!

Er ließ meine Hand los. Er hatte recht, wer ist nicht herzensfroh, daß die Geschichte des Reisens so alt ist wie die des Menschen, denn als der derbköpfige, kurzbeinige, struppig behaarte Urmensch den Trampelpfaden der Rehe, Wisente und Höhlenbären folgend zu seinem ersten längeren Jagdabenteuer aufbrach, begann die große *Reise*, und sie dauert an.

Telegramm

Kommen Sie endlich auf die Korallendame zu sprechen! Stop. Auftraggeber (Mieter)

Bericht

Ich bin der höflichste Mensch der Welt und esse gern braune Karpfen und glaube zuweilen an Auferstehung, und ich antwortete: In der That, die Witterung ist sehr scheene.

Es geschah bei einem Herrenessen auf der unteren Donau, welches der Kapitän einem kapitalen Karpfen zu Ehren gab, wozu wir wissen müssen, daß der dortige Karpfen von gedrungener Gestalt und sein Körper (Abb. 9) von goldgelben Schuppen bedeckt ist. Es trifft allerdings zu, daß der Schlankkarpfen — wie bekannt sein dürfte — einen höheren Profilindex aufweist. Auf die Frage also, was sozusagen das größte Erlebnis sei, das die heimischen Gewässer zu bieten hätten, lautet die Antwort: einen Schlankkarpfen von mehreren Kilo mit 30- bis 35er Schnur und Stationärrolle zu zermürben!

Wir näherten uns dem Eisernen Tor, als das Essen zu Ende ging. Die Hasenterrine mit Orangen, die Kraftbrühe mit Wachteleiern, die Filetspitzen mit grünem Pfeffer und das Karamelsoufflé waren, jedes für sich, mehr als akzeptabel gewesen (das Haschee schien um eine winzige Spur trockener als nötig), dennoch geschah das, was der größte Feind eines jeden Essens ist: daß *das Ganze* gleichzeitig enttäuschend war, wurde es doch binnen Augenblicken zu *schwer*, daß es rückwirkend nicht nur alle Bestandteile in Frage stellte, sondern auch uns selbst, so daß statt des benommenen Kribbelns, das ein *gutes* Essen auslöst, nur ein Satz blieb: wir haben uns überfressen; ohne viel zu essen, hatte man sich überfressen.

Das ist die Versuchung der alten Küche: nicht das Viel, eher das Stopfen. Ein einsames Stück paniertes Fleisch, Korrektur, ein Wiener Schnitzel, das vom Teller hängt, ist viel, aber genug. Die alte Küche betrachtet jedes Abendmahl als das letzte, und sie hat einen kleinen sozialen Oberton (Nebengeschmack), nämlich jetzt kannst du so lang essen, als du dich nicht schämst. Das änderte die Französische Neue Küche, die die ideologischen Extreme der Anfänge abstreifte und die Welt tatsächlich veränderte, weshalb sie in einem Atemzug mit der Großen Sozialistischen Oktoberrevolution zu erwähnen ist, falls das jemandem etwas sagt. Umsonst waren Wiener Köche an Bord, mit allen Wassern gewaschene, jeden Trend kennende Fachleute, hinter Wien donauabwärts kann man das gleiche nicht ebenso kochen wie am Graben (oder in der Rasumofskygasse). Ja, Europa ist zerbrochen, es hilft auch nichts, wenn wir jetzt energisch zum Alleskleber (Uhu) greifen. Nota bene, *auch* Beethoven setzt sich in den Rasumofsky-Streichquartetten endgültig von Papst Haydn ab. Ein junger Mann von dreißig Jahren verknüpft die Empfindsamkeit mit der Leidenschaft!

Der Kapitän verabschiedete sich von jedem von uns einzeln. Wie nett von ihm. Ich tat mich derweil mit dem Ersten Offizier zusammen. Er hatte eine hohe Meinung von seinem Chef, er sei unglaublich *begabt,* sagte er.

»Wie ist ein Kapitän begabt?« fragte ich.

»Ich sag nur eines.« Der Erste Offizier lachte. »Die Rätsel in den Zeitschriften löst er *mit Abstand* am schnellsten.«

»Spaßen Sie?«

»Natürlich. Aber das Wasser, mein Herr, das Wasser spaßt nicht. Du sollst die Donau nicht duzen, wie ein alter Schifferspruch sagt.«

»Ich kenne das so, du sollst den Ball nicht duzen, und das ist ein alter Fußballerspruch.«

»So, mein verehrter Freund vom Festland, sind die alten Sprüche.«

Ich blickte in das heitere Männergesicht, und da fiel es mir wie Schuppen von den Augen —

Telegramm

Reisender! Warum muß ich Sie andauernd ermahnen! Ceterum censeo, oder wie es heißt. Glauben Sie, ich hätte nichts Besseres zu tun? Als Privatmensch möchte ich anmerken, daß auch ich zögerlich wäre bei der Beurteilung des Realismus; aber scheiß drauf! — wenn es ein *Herren-*

essen *war,* dann *wird* daraus keine Korallendame! Und was heißt untere Donau?!, wenn wir uns noch vor Wien befinden? Erzählen Sie mir nicht, es fiel Ihnen wie Schuppen von den Augen. Ich glaub's. Aber glaubwürdig ist es nicht. Machen Sie die Wirklichkeit wirklichkeitsgetreu, dazu habe ich Sie engagiert! Ich habe Sie gebeten, zu leben! Gelt? Sie sollen, der ergänzenden Vereinbarung zufolge, leben und sterben! Oder gibt es Probleme? Soll ich Geld schicken? Bin besorgt um Sie, teurer Freund! Auftraggeber (Mieter)

Antworttelegramm

Schicke! Reisender

Telegramm

Komm mit raus auf die Straße, wenn du was willst! Ich polier dir die Visage, daß du auf deinem Rotz bis zum Eisernen Tor rutschst, du dreckige kleine Laus. Yours Sincerely. Auftraggeber (Mieter)

Antworttelegramm

Ich halte die Wirklichkeit nicht für banal. Ich lebe nicht, um zu reisen. Der gnädigen Frau meinen Handkuß. Reisender

Bericht

Mir ist, als hätte ich auf ihrer Schulter Sommersprossen gesehen. Fleischige Schultern. Das Dekolleté hinten bis zum Steiß abstürzend. Sie war in Begleitung eines attraktiven, massigen Mannes, beide gutgelaunt und laut. »Ich mag deinen klobigen Körper.« Verlegen hüstelnd sah der Mann im Kreis. Das mochte der Korallendame zuviel sein, denn sie sprang auf, woraufhin auch wir Männer aufstanden, sie nickte kurz und rauschte aus dem Kapitänssalon. Als sie an mir vorüberging, zischelte sie wütend: »Welche Kabine?« Und ich sagte es ihr. Sah beglückt, daß man mich doch liebte, noch dazu *parce qu'il est bien!*, wie man in der Geheimsprache der Zärtlichkeit zu sagen pflegt.

Ich warf einen flüchtigen Blick auf den Felsen der Burg Dürnstein, hier saß seinerzeit ein Held vieler Farbfilme gefangen, Richard Löwenherz, wir nannten ihn nur Löwenfurz; aus welchem Anlaß weiß ich nicht mehr, aber er war in dieser Gegend verkleidet auf der Flucht, und er hatte Anstellung in einer Küche gefunden, aber er war so vom Königsein durchdrungen, die Macht hatte sich so in ihm festgesetzt, er war so unfähig, Distanz zu sich selbst zu wahren, daß dieser Hornochse seinen prächtigen Königsring nicht abnahm —

Telegramm

Glauben Sie, ich weiß es nicht? Glauben Sie, ich weiß nicht, daß und woher Sie schamlos abschreiben? Ich weiß es. Und die Korallendame bleibt dabei auf der Strecke. Wird nicht chaperoniert. Oder ist auch sie auf der Flucht? Zuviel des Guten. Glauben Sie nicht, daß es auf der Welt nur Sie gibt. Es gibt nicht nur Sie auf der Welt. Der Kaulbarsch (Abb. 19) ist ohne Zweifel: schön. Aber das Thema der »teuflischen Enge von Grein« hätten Sie streifen sollen. Nach meinem Geheiminformanten lief hier Franz Joseph mit der »Adler« auf Grund. Nach meinem Geheiminformanten gelang es dem Kapitän (mit Müh' und Not!), das Schiff am Haustein ans Ufer schleppen zu lassen, wonach sie die Fahrt mit der »Hermine« fortsetzen konnten, der Beamtenkaiser und die schicksalhaft melancholische Elisabeth von Wittelsbach! Neulich schrieben Sie, Franz Joseph hätte die Donau gegründet. Schau an, schau an. Graf Széchenyi bildet sich ein, er hätte die Donau entdeckt, hat Metternich gescherzt. (Das ist authentisch!) Nur noch eins: Was hat die Korallendame mit Elisabeth zu tun?? — Gruß: Auftraggeber (Mieter)

Antworttelegramm

Ich habe nie behauptet oder geahnt, selbständige Forschungen vorgenommen zu haben, dazu verpflichtet mich keinerlei Punkt oder Geheimklausel des Vertrags, dazu fühle ich mich nicht einmal animiert, obwohl es Geheimklauseln zum Schweinefüttern gibt, aber ich will ja nicht drohen, ich vermute, wegen der Steuer. Ich weiß, daß Sie wissen (von mir), welches meine Hauptquelle ist: das Handbuch des Donauanglers von Antos-Berényi-Vígh-Timár-Magris, dem Stempel nach Eigentum der Bibliothek der Textilarbeitergewerkschaft im III. Bezirk (Budapest). Ich bitte darum, mich nicht zu vexieren, mir den Anschein von Selbständigkeit zu belassen, den Schatten meiner Würde nicht zu reflektorisieren, zu den Chancen für Gnade und Erlösung nicht Stellung zu nehmen, überhaupt soll mich Mieter am Arsch lecken! Reisender

Nachtelegramm

Voriges Telegramm storniert. Alles Druckfehlerteufel ankreiden. Bitte Betroffene um Entschuldigung. Reisender

Bericht

Der geheimnisvolle, vornehme englische Herr drehte also beringt den Kapaun am Spieße, während die schnippische Küchenhelferin mit dem frechen Näschen (Stupsnäschen?) das Tier ohne Unterlaß bespritzte, mit einem Löffel das Tropfende immer wieder auffangend, und wenn nicht, so wurde sie von den unter dem fettigen (wenngleich auch von einer Prise Estragon nicht freien) Saft knisternd aufzüngelnden Flammen gleichsam geohrfeigt, so daß sie geröteten Gesichtes mit einem Aufschrei zurückwich. Schweigend drehte der doppelzüngige Herr des Buckinghampalastes (?) den Spieß. Dem Mädchen gefiel dieser Richard (spr.: ritschat).

»Du willst doch nicht, daß ich allein schlafe?!« sprach sie wie nebenher in einem unsäglichen Dialekt zu dem Unbekannten, denn ich brauche wohl nicht zu erwähnen, daß sie nicht nur schnippisch, sondern auch ein Luder war. Ich will die Schilderung hier nicht hinauszögern, jedenfalls bekam das schnippische Wesen von dem würdigen Anwärter auf den englischen Thron stehend und von hinten ordentlich einen verpaßt, wobei sie sich in ihrer Überraschung jäh am Spießgestell festhielt (auf die gastronomischen Nebenwirkungen gehe ich jetzt nicht ein), da sie aber zum einen den Ring erkannte und zum anderen nicht zum Orgasmus kam, sich also nur bis ans Ende ihrer, sozusagen, Decke strecken konnte, verriet sie den »emsigen« Küchenjungen. Lobe den Tag nicht ohne Küchenjungen! — ja, das hatte sie am Morgen noch gehofft (nicht übersetzbares, d.h. nicht bereisbares Wortspiel), nur daß die schlappohrige große Politik dazwischenbellte. Drüben in den düstren, trocknen Sherrywooder Waldungen wartete Robin Hood ... Mag er nur warten!

16
Die Wiener Wende

Bis Wien ist in der Donau viel Wasser zusammengekommen, da gibt es kein Zurück mehr, da kann man sich auf nichts berufen — hier muß nun geflossen werden. In Wien denkt die Donau zum erstenmal an das Schwarze Meer. Aber das ist noch weit. Wien ist der Tiefpunkt der Donau. Kein Vorwärts, kein Rückwärts. Wollen kann man hier nichts mehr. Wien ließ sich immer als stürmisches Fehlen des Willens beschreiben. Als Stadt des Abwinkens.

Ach, Wien ... Walzer ... Cafés ... leichte Mädchen ... Brathendl ... Fiaker ... Parlamentsskandale. Ach. Nach Wien kommen die Ungarn einigermaßen hochmütig. Dazu haben sie keinerlei Grund, nicht einmal einen Gegengrund, auch das ständige Zuspätkommen ist keiner; das alles fördert ihre Überheblichkeit nur. Einen Grund hat es also nicht, wohl aber eine Grundlage, und zwar sind Traum und Täuschung die Grundlage dieser Überlegenheit, der Traum und die Täuschung, denen sich die Ungarn in bezug auf Budapest hingeben. Jeder Ungar ist ein Woody Allen, der sich bekanntlich New York täglich erfindet.

Für eine kurze Zeit war die Hochnäsigkeit von Liebedienerei und Schmeichelei unterbrochen. Der ungarische Stacheldraht — den wir Ende '89, zweihundert Jahre nach der Französischen Revolution, in rot-weiß-grünen Packen zu Geld zu machen versuchten —, dieser eiserne Vorhang war nicht undurchdringlich, er wurde immer wieder gehoben, und die Ungarn waren schlicht und einfach betäubt von dem, was sie beim Hinausschauen sahen. Hi-Fi-Bananen. Alles war so formenlos geworden, daß wir uns unverhältnismäßig nach Form sehnten. Daß es uns bloß nicht einfiele, zwischen Form und Formalität zu unterscheiden! Und wir wissen auch nichts vom Leerwerden der Formen, wir haben dieses europäische Gefühl (das keine Mode ist, sondern Geschichte) vergessen, es ist uns abhanden gekommen; wir sind grenzenlos dankbar für das bornierte, mechanische Lächeln der Wiener Kaufleute, für die reservierte Höflichkeit, das weiche Nichtssagen; verzweifelt haben wir die Ordnung der Servietten überbewertet, die Zuvorkommenheit der Kellner halten wir für Zuneigung, und aus einem mit Anstand gedeckten Tisch lesen wir moralische Haltung heraus.

In mir vermengen sich Liebedienerei und Überheblichkeit. Ich komme von zu Hause in eine westliche Metropole, an einen fremden, glitzernden Ort, und dankerfüllten Herzens sinke ich auf einen Stuhl vor einer sauberen Tischdecke. Wenn man aus der anderen Richtung kommt, wirkt Wien gerade nur bekannt, ein Gefühl des Unheimlichen befällt mich, wenn ich abends die ausgestorbenen Straßen, einen tapperigen Alten, eine Dame mit Hund oder einen politischen Kommentar sehe, es ist das unheimliche Gefühl des Heimischseins, und ich muß daran denken, daß dieses Land und mein Land früher ein Land waren.

Ich mochte Wien nicht, in erster Linie, weil ich es nicht kannte, ich kannte das Wien des Nichts nicht (das alles ist), ich kannte das Wien des Viel (das, am Alles gemessen, ziemlich wenig ist), ich flanierte immer in denselben zwei oder drei herausgeputzten innenstädtischen Straßen. Vielleicht, weil ich in der Regel nur *durch*reiste. (Durchreisender: auch das ein Beruf; es wäre jedoch eine frivole Vereinfachung, ihn mit dem gläubigen, dem religiösen Reisenden gleichzusetzen.) Ich fand alles übertrieben herrschaftlich, krampfhaft herrschaftlich, also nur auf herrschaftlich gemacht, statt kluger Resignation selbstsichere Krawatten, und die legendäre Gemütlichkeit ist einfach Blödsinn, phosphoreszierender Blödsinn. Was den Provinzialismus betrifft — natürlich ist Wien provinziell. Das behaupten mit strahlenden Augen hauptsächlich die Wiener, so daß hier Vorsicht geboten scheint. Man steht sowieso auf dem Standpunkt, daß mittlerweile die ganze Welt provinziell und die Erde zur Grenzmark geworden ist; es gibt kein Rom, wohin alle Wege führen, es gibt nur Ulm, tausendmal Ulm. Ein Ulm am anderen. Mit soviel Ulm könnte man die Donau stauen. Weltprovinz — das ist vermutlich im gleichen Maß gültig wie die von Goethe ersonnene Weltliteratur. Wenn es kein *Wovon* gibt, gibt es dann auch kein *Weit*?

Eigentlich aber verdroß mich der Blick der Einheimischen. Daß sie von mir keine Notiz nahmen. Nicht das »von mir«, sondern das »Notiznehmen«! Um Mißverständnisse zu vermeiden, übertrage ich es in die dritte Person: Reisender meint die Blicke der unbekannten Frauen, auf der Rolltreppe, in einer Buchhandlung, auf der Straße. Daß eine ihn einfach nur selbstvergessen ansieht. Es ist hier nicht üblich, scheint ihm. So etwas, meint er, wirft ein schlechtes Licht auf eine Stadt. In einer richtigen Stadt strömen die männlichen und weiblichen Blicke nur so hin und her. Er meint nicht irgendeine bonvivanthafte Begünstigung, sondern nur, was ihm statistisch, also menschlich zusteht; er ist nicht verwöhnt, aber was einem zusteht, steht einem zu. Nach zwei Tagen fühlt er sich so grau wie ein Betonbunker, wie ein brüchiger Betonbunker, erbaut von, sagen wir, Maria Theresia in einem Kummer, der von einem unerquicklichen Hader mit Fischer v. Erlach herrührt. (Gegenstand des würdelosen Streits war das Palais Trautson, einer der schönsten

Barockpaläste Wiens, und vergessen wir nicht, es ist das Barock, das am stärksten auf dem späten Wien lastet, an das Barock erinnert Wien sich nicht mit soviel Wehleidigkeit, das Geheimnis des Barocks erschließt sich Wien nicht, das Barock ist das Tor aus »Vor dem Gesetz« für Wien; das Trautson jedoch war einstens Sitz der ungarischen Leibgarde mit Gardisten wie György Bessenyei, Sándor Kisfaludy, später György Klapka.) Das wäre — wie die Fachautoren sagen — die liberale Toleranz, die hin und wieder in zynischen Gleichmut umschlägt, aus dem Leben und leben lassen in das Sterben und sterben lassen (Polgar?). Und ob Reisender am liebsten beim seichten Lieben und lieben lassen vor Anker ginge? Er hätte da ein paar Gedichtzeilen von Dylan Thomas, daß die Liebenden vergehen, aber die Liebe überlebt oder so. (Das gilt auch für das Reisen.) Jedenfalls, wenn ich nach einer Weile auf der, sagen wir, Rotenturmstraße in eine geräumige Schaufensterscheibe blickte, mußte ich angesichts der widergespiegelten Gestalt glauben, diese welken Wiener Blicke haben wohl doch recht.

Ein *emsiger* Benediktiner! — Die Göttweiger Anekdote fiel mir ein, nach der zu Beginn seiner Herrschaftszeit Joseph II. die Abtei besuchte — unnötig zu sagen: in frostiger Stimmung —; und vor dem »imposanten Detail« stehend, im trunkenen 18. Jahrhundert, sah man zwischen den Hügeln einen jungen Mann laufen, der der Mode des Joggings um Jahrhunderte voraus war (die kalvinistische Version führt solcherlei Bewegung eindeutig auf den Most zurück), woraufhin der König mit dem Hut — wie die Ungarn ihn nannten — anerkennend nickte, oh, ein emsiger Benediktiner, soll er gesagt haben.

Wieder war ich in Wien, und *emsig;* viel verrichtete ich nicht. Ich hatte mir ein Zimmer in der Josefstadt genommen. Mit meinen Roberto-Forschungen war ich gestrandet. An Sätze erinnere ich mich, nur nicht an das Ganze. Roberto war auf einmal verschwunden, ich schlenderte zu Tante Nelly und klingelte, als mich das Hausmädchen erblickte, begann sie zu weinen.

»Da bin ich«, sagte ich zu meiner Tante, die mich sichtlich am liebsten umarmt oder geohrfeigt hätte.

»Eine Partie?« fragte sie dann leise, statt eines Grußes, und deutete auf das Schachbrett. »Du kannst Weiß nehmen.« Als sie die Figuren aufstellte, sah ich, daß ihre Hand zitterte.

Roberto war verändert, als wir nach Wien zurückkehrten! Wäre ich bei Verstand und kein Kind gewesen, schon gar nicht ein eitles, dann wäre ich erschrocken, so aber war ich stolz.

»Jetzt ist deine Zeit gekommen«, behauptete der Verwandte, und ich strahlte und merkte nicht, daß er jetzt auch schon so mit mir sprach wie die beiden Frauen aus Sigmaringen, die regenbogenfarbenen, und ich merkte auch nicht, daß mir Verantwortung aufgeladen wurde, ja, auf meine Schultern, die schwach waren. Ich hatte großes Glück, das läßt sich nachträglich sagen. Ich hätte kaputtgehen können.

Wir versteckten uns, und gleichzeitig zeigten wir uns. Dann war wieder unser Geld zu Ende, und wir aßen Äpfel und Semmeln zu Abend, aber dazu zogen wir den Smoking an und lachten herzlich. Wir machten die Bekanntschaft eines professionellen Steptänzers, ihn sahen wir uns jeden Abend an. Einmal tanzte auch Roberto auf der Bühne, ich entsinne mich nicht, wo, wir fuhren immer mit dem Taxi, er war die Frau, was ich sehr ulkig fand. Ich sah, daß er von dem Mann Geld bekam. Ich hatte ein Paar Cordjeans, rosa und sehr eng (wir hatten sie gekauft), denen war, laut Roberto, der Steptänzer gefolgt. Ein andermal brachte er ein ganzes Wirtshaus in

Grinzing zum Singen. Er hatte schon viel Bier getrunken, er stand in der Mitte und dirigierte. Alle waren glücklich. Draußen mußte er sich übergeben. Ich hielt seinen Kopf. »Deine Hände sind schön kühl«, bescheinigte er mir später. Von Zeit zu Zeit zeigte er mir Leute, Kellner, Verkäufer, einen Taxifahrer, sogar einen Polizisten. »Den merke dir.« Nach irgendeinem Plan flocht er die Stadt um mich, er zeigte mir Durchgänge in der inneren Stadt, tiefe Hausflure. »Hier kannst du dich verstecken.«

»Warum?«

»Ein Mann stellt keine Fragen.«

Ich war ein Kind, aber darüber mußte ich lachen, das nahm ich ihm nicht ab, ich merkte, das war geschwindelt, dieses Zeug vom Mann, aber ich sagte nichts. Wie ich es auch als Mogelei nahm, als er eines Tages sagte, er könne nicht aufstehen, die Füße täten ihm so weh. »Die Knochenhaut. Oder Gicht«, sagte er ernst. Und ich solle einen Brief in die Riemergasse bringen. Er wolle sich derweil eine Tomatenpackung auf die Füße legen, das nütze angeblich. Ob denn die Tomaten nicht zu teuer seien, ich könnte ja einem Arzt Bescheid sagen.

»Nein!« rief er. »Niemandem! Du sagst niemandem Bescheid!« Und jetzt sei es genug, ich rede wie die Armen, und die Armen würden niemals reich werden. Ich sah ihn an, und er wandte, was er noch nie gemacht hatte, den Blick ab. Da kam mir zum erstenmal in den Sinn, daß auch er nicht alles wisse, daß vielleicht er *der* Arme sei, der niemals reich werden würde, dabei wollte er gar nichts anderes. Ich dachte wieder an meinen Vater, und ich hatte ein Gefühl, als hätte ich ihn in diesem Augenblick, ohne etwas gegen ihn getan zu haben, betrogen oder verraten, und ich wandte ebenfalls den Blick ab.

In der Riemergasse begann es. Nie war ich zweimal an einer Stelle. Für jeden Weg mußte ich etwas anderes anziehen. Meistens hatte ich Leuten, die er mir vorher gezeigt hatte, einen Brief zu bringen, manchmal gaben sie mir einen mit. Immer hatte ich als erstes diesen Satz zu sagen: *Ich bin in einem sehr komplizierten Sinn heimatlos geworden.* Die Antwort darauf mußte lauten: *Gelernter Österreicher?*

So lief es ab, mit Ausnahme des ersten Mals. Ich sollte zur Kassiererin des Rondell-Kinos gehen. Aber ich merkte nicht, daß es sich um ein Sexkino handelte. Die Kassiererin war eine grauhaarige Großmama, sie wollte mich wütend wegjagen. Ich lächelte weise, dann zischelte ich, das erste Atemholen ausnutzend, triumphierend den eingeübten Satz. Hatte sie vorher streng wie zu einem Enkelsohn zu mir gesprochen, so sperrte sie jetzt den Mund auf, zwischen ihren Zähnen spannte sich ein Speichelfaden, ich habe ihn gesehen, und sie starrte mich so angewidert an, als hätte ich mindestens Hände hoch gesagt. Ich drehte mich sogar um, um zu sehen, wer sie so erschreckt haben mochte. Dabei verlor sie wohl die Nerven, daß ich mich nicht mit mir selber identifizierte, mit dem, der vermutlich durch den geheimen Satz definiert wurde. Unvermutet begann sie auf ungarisch zu schreien, nein!, das nun doch nicht!, daß sie meuchelmörderische Kinder (?) benutzen, das geht zu weit, das kann sie …, sie kreischte, fuchtelte herum und begann mit den Kinokarten um sich zu werfen, da stand plötzlich ein Mann im Anzug neben ihr, mit roten Peies wie unser Turnlehrer, beruhigen Sie sich, und er sagte den Namen der Frau, ich will ihn nicht aufschreiben, vielleicht lebt sie noch, ich wich indessen zurück und geriet hinter einen dicken, teppichartigen Vorhang. An der Wand stand ein Mädchen, sie trug einen Rock und einen Büstenhalter (schwarz) und rauchte eine Zigarette. Wir sahen uns wortlos an. Draußen suchte der Mann brüllend nach einem »Bengel«. Das Mädchen griff nach mir, ich wich wieder zurück und fletschte die Zähne wie ein Tier. »Sei still«, sagte sie traurig. Sie zeigte mir einen Hinterausgang. Aus dem Mädchen kamen allerlei Gerüche. Als ich ins Freie trat, gab sie mir einen freundschaftlichen Schubs und sagte ebenso traurig wie am Anfang etwas sehr Häßliches.

Im Stephansdom mußte ich mich in einen bestimmten Beichtstuhl setzen. Zwischen den Bankreihen flitzte eine Katze. Pater Czakó, Dienstag 11—12. Als ich den Satz sagte, beugte er sich heraus. »O Jesses. Bitte. Hier. Geh bitte. Geh, schnell. Gelernter Österreicher, schnell.« Er drückte mir eine Tüte Orangen in die Hand und drängte mich hinaus. An diesem Tag war Roberto quietschvergnügt. Wir gingen zum Steptänzer. Ich schlief am Tisch ein. Roberto trug mich zum Taxi. Am Tag darauf mußte ich die Orangen zu einer Bank bringen. Ich erinnere mich, daß als Richtung ständig Prag angegeben war. Mit der Straßenbahn fuhr ich über die Donau. Roberto hatte mir Schritt für Schritt gesagt, was ich machen sollte beziehungsweise was ich machen und was man in der Bank machen würde. »Es wird keine Überraschungen geben.« In der Bank war ein Safe auf meinen Namen geschrieben. Als der Bankier aufschloß, wartete ich, daß er hinausginge, Roberto hatte gesagt, er würde rausgehen, schließlich zuckte er die Schultern und ging wirklich hinaus. Er mochte mich nicht, ich vergalt es ihm, indem ich hochnäsig war, aus Rache überließ ich ihm mein ganzes Kleingeld als Bakschisch.

An der Donau stieg ich aus der Bahn. Es war Vollmond. Ich spazierte ans Ufer. Hinter mir der Gelhaftskeller. Ich trug noch keine Brille, aber ich blinzelte gerne — du sollst nicht das Licht filtern, mein Junge, pflegte mein alter Zeichenlehrer zu sagen, er bevorzugte mich, so verhaßt waren ihm die Russen, aber wie er mich mit den Russen in

Verbindung brachte, weiß ich nicht mehr. Ich bog und neigte mich, so beobachtete ich die Lichttupfer auf dem Wasser. Als mein Kopf ganz nahe am Wasser war, in einem Roman würde man sagen, mein Gesicht war sechs Inch von der Donau entfernt, erblickte ich auf dem Grund auf einmal einen Panzer, einen richtigen Panzer, er stand da im Flußbett herum. Ich rannte weg. (Er steht dort bis zum heutigen Tag. Jeder kann es überprüfen, man frage nach dem Oberkellner im Gelhaftskeller, Merrill Overturf, ein netter, hilfsbereiter Junge, fast so wie der Feri Oberfrank, falls das jemandem etwas sagt. Sechs Inch, nicht vergessen.)

Sobald meine Aufgabe erfüllt war, durfte ich mich nicht herumtreiben, ich sollte nicht spazierengehen und nicht Eis essen, sondern unter Einfügung sogenannter technischer Umwege, aufpassend, ob mir jemand folgte, *geradenwegs* nach Hause kommen. Von der Marienbrücke, deren Verlängerung die Rotenturmstraße ist, bog ich in die kleine Griechengasse ein, ging an der ikonengeschmückten, stimmungsvollen kleinen *griechisch-orientalischen Kirche* vorbei und erblickte, als ich den Fleischmarkt erreichte, vor einer *griechisch-katholischen Kirche* mit einem achteckigen Turm angelangt, den gestikulierenden Roberto, er stand vor dem Restaurant Griechenbeisel, und bei ihm war die schöne Direktrice, die ich schon bei dem Herrenschneider gesehen hatte und die niemand anderes war als die Amazone, die bei den beiden leichten Damen Breg und Brigach dazwischengefunkt hatte. Jetzt schwenkte sie dieselbe kleine Tasche. Ich blieb stehen. Sie stritten. Dann machte Roberto auf dem Absatz kehrt und ging davon, zu meiner Verblüffung stark hinkend und mit schmerzverzerrtem Gesicht. Damals sah ich ihn zum letztenmal. Das heißt … nein, nicht zum letztenmal. Vom Griechenbeisel sagen maßgebliche Kreise heutzutage, es sei weder griechisch noch ein Beisel, sondern eher eine Glasperle für Touristen (Touristenglasperlenspiel). Nichtsdestoweniger ist das eine romantische Atmosphäre verbreitende Wirtshaus mit seiner verzierten Empore, seinen Gewölbezimmerchen und seinen Treppenaufgängen ein Stück hier vergessenen Mittelalters. Das kleine Griechenbeisel hat jahrhundertelang mit Wien gelebt, gelacht und geweint, es hat beide türkischen Belagerungen überstanden (der turmartige steile Dachteil des Gebäudes stammt aus dem beginnenden 13. Jahrhundert, und wahrscheinlich wurde er auf den Ruinen eines Turmes aus der Römerzeit errichtet), es überstand Erdbeben, Feuersbrünste, Hochwässer und Pestepidemien. Um die Mitte des 17. Jahrhunderts erblickte hier der Schlager *Oh, du lieber Augustin* das Licht der Welt. Im Gästebuch ist neben Beethoven, Wagner oder Mozart der weltberühmte deutsche Chirurg Billroth ebenso vertreten wie Schaljapin. Doch hier weilte auch Sven Hedin, und hier verweilte Zeppelin, der Entdecker des Luftschiffes, genauer — ungarisches Schicksal! — der Erfinder des steuerbaren starren Luftschiffes, der einstige ungarische Holzhändler David Schwarz, jedoch hat Zeppelin der Witwe die Rechte abgekauft, das ist die Wahrheit.

Statt Roberto erwartete mich in dem Zimmer, das wir hinter dem Hohen Markt gemietet hatten, ein Brief. *Murkel! Hab zu tun. Du triffst Dich morgen um 1 Uhr im Café Landtmann mit »Effi Briest«. Du weißt schon, wer. Hier sind 1000 Schilling. Du wirst zahlen. Lade sie also ein, bestehe drauf. Paß auf Dich auf. Ab morgen gehört uns die Welt! R.*

Wien: Reisender lebt Seelenleben

Wien ist keine Donau-Stadt. Wien schätzt die Donau nicht, bemerkt sie gerade nur, bittet zum Vorzeigen den Kanal herein und plätschert ein wenig in der Alten Donau. Vielleicht liegt es auch an dieser Unaufmerksamkeit, daß Reisender — vergessen wir nicht: Donau-Reisender! — hier angekommen, ein wenig über sein Leben nachdenkt. Er setzt sich in einen Park, einen Wiener Park, die Parks sind die Zauberspiegel Wiens, in denen die Stadt sich betrachtet, dort sind alle auf einmal, Schnitzler und Trakl, »Rokoko-Genußsucht« und »trocknes, braunes Todeslaub des Herbstes«, Tote spazieren auf den gepflegten Wegen, in Wien ist man leichter tot, im hinteren Trakt des Burggartens offen mit Gräsern und Pulvern mauschelnde junge Leute, alte Herren mit Krawatten, trippelnde vornehme Damen, Bilder irgendwoher, »Ansichtskarten, die niemand verschickt«, Wien ist eine Gegend reich an Toten, dies hat hier eine hübsche Bagatelltradition, das Lebendig-Totsein. Den Reisenden befällt heftiges und lächerliches Selbstmitleid.

Jung ist er wild und stürmisch gereist, sein Leben formte sich aus lauter Jas, er sagte ja zu allem, er nahm alles an, probierte alles aus, sehnte sich nach allem, reiste auch kaum, hielt es nicht für *wichtig,* meinte, das habe noch Zeit, er habe noch Zeit, und reiste er doch, betrachtete er es als Probe, die nicht unbedingt gültig war beziehungsweise entweder gültig oder nicht, es lohnt nicht einmal, das zu entscheiden, wenn ich will, zählt es, wenn ich will, zählt es nicht, aber keines davon zählt; er nahm alle Hände, die ihm hingehalten wurden, drückte oder streichelte oder küßte sie oder schlug ein und lachte mit vielen Zähnen. Es geschah, daß er beim »rundlichen« Passau die Schultern zuckte und die Donau sitzen- und im Stich ließ, beziehungsweise nicht die Donau, sondern das Reisen aufgab und die Mathesis zu studieren begann, ein bißchen durcheinander, wie Hundejunge am Ufer blaffen und kläffen, dann, nach einem Weilchen, begann er launisch Sport zu treiben zwischen Mohács und Baja, in den Pausen, den zermürbenden Pausen der tödlichen Vierhundert übersetzte er Rilke, er stellte sich tausend Leben vor, eins in Eschingen, eins im obligaten Ulm, ein goldgesäumtes (»katholisch-heidnisches«) in Melk, ein kleines hinter Wien bei Petronell (alias Carnuntum) im Schatten des Mark Aurel, eins in Komárom (wo sein Freund in den fünfziger Jahren als Geck herumlief), eins in Szentendre, eins an der Mohácser Ebene, am Bache Csele erzöge er, ins Joch einer bösartigen, doch sexuell anziehenden Frau gezwungen, seine unbändigen Rangen, ein Leben in Újvidék, auf einem der Boulevards, die zum Ufer führen, als Untermieter, allein und versauert, eins in Orsova, eins in Russe, das Gedenken an seine Witwen pflegend (die er, nach Nicola Bedő, zu Tode geliebt hätte), ein jämmerliches in Tulcea und eins ganz hinten in dem die Erinnerung an einstigen Kampf bewahrenden, vom Drachenschwanz gehöhlten, vielfach gewundenen St.-Georgs-Arm, stumm und immer tiefer sinkend im fauligen Uferschlamm, tausend Leben!, und jeder leicht vergehende Tag signalisierte dieses Tausendtum, er lechzte nicht nach den Tagen, er flog, schaute und lachte, verschlang, sog in sich, was er sah, all die Fischarten, die Behandlungshinweise für Weißweine, die Saucen und Zillen, die Hochwässer und Kirchtürme, die Sandbänke, die Enten, Kormorane, Pelikane, die Fischreiher, Kraniche, Seidenreiher, Gedichtzeilen, Romanhelden, Furten, Brücken, Fischer, Schiffer, die wogenden Hügel, das Zittern, die kleinen Knochen, die Nacktheit, das, was er sah, was es gibt.

Einmal, bei Grein, an den »schrecklichen Stromschnellen«, hatte er ein Knacken im Hals, nicht ein Knacken, dort angekommen, begann er zu beobachten, einen Druck im Hals. Eigentlich noch weniger, nur soviel, daß er merkte, er hatte einen. Einen Hals. Er langte hin — in jenem Zimmer, das nach Kalk roch —, langte an den großen Trapezmuskel und tastete ihn von hinten ungeschickt ab, befühlte, befingerte sich. Und während er dieses *fremde* Muskelbündel betastete, wurde er erschrocken gewahr, daß er in einer Falle saß, auch er, vielleicht hatte er nicht aufgepaßt, war zu selbstvertrauend gewesen, aber auch er war *irgendwie* beschaffen. Denn bisher hatte er von sich gedacht, daß ... daß er gar nicht an sich dachte, nur an die Donau, die tausendfache Donau, die er sich ansieht, seit tausend Jahren, wie man von Attila József weiß — falls der Name jemandem etwas sagt. Nur von diesem Sehen hatte er gedacht, es wäre echt und gültig. Zugegeben, darin steckte auch ein bißchen Verantwortungslosigkeit des Wartens, daß das alles so und so ist, aber auch anders wird sein können. Jetzt mußte er, während er zusah, wie die Fähre schwerfällig anlegte, erkennen, daß das alles zwar wirklich so und so ist und daß es auch anders wird sein können, aber *jetzt* so und so ist. Die Zeit rührte ihn an, sprach brutal zu ihm: die Zeit zuckte im Krampf, und sie begann zu würgen.

Da geschah zweierlei. Er wurde vor Schreck ehrgeizig. Stand in aller Frühe auf und reiste bis in die Nacht hinein. Er war streng zu sich, oh, ihr Champagnerrechnungen aus Cannes! Es geschah, daß er binnen zwei Tagen bis Sulina preschte. Dann wieder verbrachte er Jahre in einem Drecknest an der Donau (wiederum: Name unwichtig!). Jeden Augenblick seines Lebens widmete er dem Reisen: ein Autofahrer unterwegs. Er mußte Freunden absagen, mit denen er Bier trinken wollte, um noch am selben Tag nach Regensburg zu reisen, um dort von Amts wegen schöne bayerische Biere zu trinken, wobei ihm seine Freunde so sehr fehlten, daß ihn diese wilde Einsamkeit ganz zusammendrückte, zusammenstauchte, er verströmte eine solche kindliche Schutzlosigkeit und

Ausgeliefertheit, daß sich zwei von den vier Frauen, die am benachbarten Eichenholztisch Bier tranken, unverzüglich zu ihm setzten und ebenfalls unverzüglich darangingen, ihm freundlich und nachdrücklich die Beine zu tätscheln, und erwischte die eine versehentlich ein Bein der anderen, lachten sie laut und prustend; Reisender blickte gewissenhaft zu den zwei anderen hinüber, den beiden restlichen, aber denen ging es gut, sie aßen Eisbein, Reisender vermutete, nach Hausfrauenart; als dann die eine — hiesige, herübergesetzte — hinauf zu seinem Oberschenkel langte und die andere sein Knie zwischen ihre beiden Knie nahm, blickten sie alle drei für eine Minute düster drein, um dann kichernd und lachend und stolpernd die knarrende, breite Holztreppe hinauf in sein Zimmer zu laufen, wo sie, weiter kichernd, übereinander herfielen (im dunklen Treppenhaus hatte er nach hinten gelangt, zu ihren beiden Schößen, und sie, fest zugreifend wie beim Hals junger Katzen, hinter sich hergezogen, miez, miez ...); beim Ringen auf dem Bett und auf dem Boden, dem säuerlichen Teppich flog ihm immerfort das Haar der beiden in den Mund, zögernd biß er zu; am Morgen stand er allein am Fenster und betrachtete die Frachtschiffe (die beiden Frauen hatten einen kleinen Zettel zurückgelassen: Uns fehlen die Worte, ciao!!! PS: Du hast im Traum den Freihafen Csepel erwähnt. Das bedeutet auf deutsch weniger als nichts, aber Dir hilft es vielleicht. Mit Deiner nachträglichen Erlaubnis, während Du geschlafen hast, haben wir Dich abgeleckt wie Hunde, von der Achillessehne bis zur Stirn. Uns scheint, Du solltest auf Dich aufpassen!), es wurde verladen, die Kräne sahen aus wie Stelzvögel; den Donau-Main-Kanal bezeichnet man mal als Irrtum des Jahrhunderts, mal als großes Werk des Jahrhunderts; er sah in den Spiegel, und den er sah, den sah er schön; er bemerkte fremde Gerüche an sich; die Mädchen waren nicht schön, sie waren jung, und Reisender erinnerte sich, daß *einstens* auch er so jung gewesen sein mußte, wie sie es jetzt waren.

Und das war das andere. Er begann sich zu erinnern. Begann die Zeit zu sammeln, sogar zu betteln, klaubte in Mülltonnen, kramte im Unrat. Er sagte zum Beispiel: Jetzt bin ich so alt wie mein Vater bei unserer Deportation. Und jetzt so alt wie der und der Lehrer (die Unverwüstlichkeit selbst) bei meinem Abitur. In diesem Alter hatte mein Vater drei Kinder. In diesem Alter hat ihn die Staatssicherheit verprügelt. Und Mozart war da schon tot. Es gibt von der unteren Donau einen Spruch, wenn jemand unaufmerksam ist, vor sich hin döst: *du fischst nach dir selbst!* (das ist lipowanischen Ursprungs, die rumänische Variante lautet: *du wirfst das Netz nach dir selber aus,* sie spiegelt eine etwas kritischere, härtere Sicht; Reisender hörte das in Constanza von der Witwe eines k.u.k. Offiziers, einer winzigen, verkommenen Alten, die ohne Schlüpfer herumlief, sie sagte, mein Sohn, ich bin Römerin! ich ziehe aus der Wärme die Konsequenzen! ich bin Römerin, und sie drehte sich lachend und tanzend einmal im Kreis, der Rock wirbelte ihr bis zum Hals, Reisender war baff, da stand er nun im heißen Constanza und überzeugte sich von der Wahrheit der Worte einer alten Frau, stand da und überzeugte sich), tatsächlich fischte er nach sich selbst, versuchte sein Ich zusammenzusetzen aus dem Unrat vergangener Zeiten, weil ihm das jetzt wichtig und undurchführbar schien.

Wieder vergingen die Jahre. Der Ehrgeiz wandelte sich, er hörte nicht auf, wurde nur, als verlöre er oder veränderte er sein Ziel, zu einem allgemeinen Wunsch, zu etwas, wovon man tagtäglich ein wenig fühlen muß, damit der Tag vergehen kann. Er betrachtete die Donau: Das Wasser fließt. Es fließt tagtäglich, jetzt bei Immendingen, jetzt bei Eckhartsau, jetzt bei Apatin, jetzt bei Chilia Veche, jetzt wieder bei Immendingen. Wenn er einen sehr guten Tag hatte, was konnte er da anderes denken, als daß die Donau ewig ist und er diese Donau.

Doch die Pflicht des Erinnerns ist die Pflicht, dem Tode entgegenzuschauen. Ein Teich ist anders als ein Fluß, ein Fluß ist anders als ein Ozean; und anders ist jeder Fluß; und anders ist jede Donau.

So schlängelte sich sein Leben.

Er wollte nicht mehr um jeden Preis *besser* reisen, denn er wußte, er vermeinte zu wissen, daß man zwar wissen muß, was man wissen kann, aber trotzdem in Esztergom den Anschluß verpassen und die sanfte Windung überschlafen darf, mit der die Save zu uns kommt, kurz, daß das Reisen jenseits des Wissens beginnt, noch direkter, wissen und zugleich nicht wissen, die Erfahrung, die von stillen toten Flußarmen spricht, verwerfend und verwendend, wo friedlich Streifen- oder Kamm-Molche schweben, von Strömungslinien, die sich richten müssen nach aufragenden Klippen, ins Wasser geneigten Bäumen, Inseln, Buhnen, Dämmen, von den ufernahen Tiefen, die bei Wildwasserfahrten gut Freund sind, die Erfahrung spricht von Wirbeln und Strudeln (in Ungarn gibt es keine Strudel!), von Wehren, beweglichen und unbeweglichen, von Untiefen, Furten, Inseln, Brücken, Durchlässen, Staudämmen, Schiffshebewerken, Wasserkraftwerken, Bootsrutschen oder Bootsliften, von Pumpstationen, Hafenpontons, Bojen, vor allem den sogenannten Tonnen mit ihrem weitreichenden Ankerseilsystem, dessen Gefährlichkeit im Sonnenlicht wegen des Glitzerns des Wassers und bei Eintritt der Dämmerung wächst, von Strombrechern, Parallelwerken und Flügeldämmen, Durchstichen und Ufern (daß zum Beispiel ein sandiges Ufer gut ist, aber der Sand bei trockenem Wind aufgewirbelt wird, daß ein nasses Ufer stabil ist, aber man leicht was mit ins Boot nimmt, oder daß ein schlammiges Ufer beim Austrocknen rissig und brüchig wird, dort muß man dann beim Gehen vorsichtig sein, und ein verschilftes Ufer ist wegen der Schilfkolben kaum zu ertragen).

Reisender veränderte sich nicht viel, er wurde kaum melancholischer und desillusionierter, und er wurde nicht romantischer, er stand vielleicht ein bißchen später auf. Er schlief so ungefähr ein halbes Stündchen länger als früher. Das Aufwachen ... er wachte schlechter auf. Nicht mißlaunig, sondern irgendwie zerbrochen, der Knöchel tat ihm weh, der Hals; es wurde schwerer. Auch sehnte er sich mehr nach Einsamkeit, er brauchte mehr, aber nicht, daß ihm die Menschen zuwider wurden, im Gegenteil, hatte er sich in seiner Jugend hysterisch gegen sie gesperrt, so konnte er sich jetzt auf der Straße stundenlang mit einem Schleppersteuermann, mit einem Schiffskapitän, mit einem Heizer auf Urlaub unterhalten, wenn er auch nicht immer aufmerksam zuhörte, er mochte es, herumzustehen und die dem Murmeln der Donau ähnliche Musik zu hören, die die menschliche Sprache ist. Er wurde nicht weiser und wurde nicht strenger, er wurde nicht gründlicher und wurde nicht ernster — er schlief nur anders und wachte anders auf. Er reiste auch nicht unbehauster als damals; wenn doch, dann in barocker Unbehaustheit. Reisender war kein Wiener.

Sitzt man im Burggarten, besteht kein Zweifel, daß die Welt nicht chaotisch ist und nicht bruchstückhaft, sie ist geordnet, klein und fein, durchschaubar.

17
Wiener Geheimnisse

Auf mich warten immerfort Zettel, allerlei Zettel in allerlei Zimmern.

Werter Herr, ich habe den Eindruck, Sie möchten sich mit mir treffen. Sie hätten auch taktvoller sein können. Ich erwarte Sie morgen mittag um eins im Eiles. Falls Sie verhindert sind ... Nein, sie sollen Zeit haben! D. PS: Erschrekken Sie nicht. Ihre Adresse hat man mir in der Gesellschaft für Literatur gegeben.

Einen so geschmacklosen Umschlag hatte ich noch nicht gesehen, ein grelles Rosa, Bauernrosa, würde man im hochnäsigen Budapest sagen, und voll mit dunkleren und helleren Herzen. Obendrein schien er auch noch zu *riechen.* Das Mädchen an der Rezeption jedenfalls schnitt vornehm Gesichter, als sie ihn mir aushändigte. Da wohnte ich schon annähernd eine Woche in der Josefstadt. Allmählich hatten meine Tage eine Ordnung angenommen, der Tag hatte seinen Rhythmus. Und ich war dahintergekommen, daß ich, wenn ich die Tür der Duschkabine bis ganz an die Wand zurückschob, mir nicht jedesmal den Ellbogen anstieß beim Ans-Waschbekken-Treten, und so brauchte ich auch nicht jedesmal daran zu denken, unter welchen — so wörtlich — ärmlichen Umständen ich leben mußte.

Die größte Errungenschaft aber war das Café Eiles. Endlich verstand ich, was ein Kaffeehaus ist. In Budapest gab es seinerzeit viele schöne Kaffeehäuser, kein einziges gibt es mehr, nur noch Schnellespressos und Touristenfallen, nichts Lebendiges, in meiner Stadt liegen die unbeerdigten Toten herum, und niemand mag es zur Kenntnis nehmen, im Gegenteil, es wird scheinheilig in einem fort von ihnen gesprochen, von früher, von wie-es-einmal-war, von ach-wie-gut-es-wäre. Theoretisch wußte ich, worum es sich handelte, was das ist, diese öffentlichen Räume, dieses Träumen von der vergessenen barocken Weltbühne, dieser Schauplatz des gemächlichen und eleganten Vergehens und Vergehenlassens der Zeit, dieser Raum des Augenblicks und nicht des Blicks, der Blendung, Raum des Spiels, des Betrugs, des Mißverständnisses, des absichtlichen Mißverstehens als moralischer Handlung, das ist das Kaffeehaus, das absichtliche Mißverstehen als ausschließliche Grundlage des Verstehens! Raum der Geschichte ohne Eigenschaften!

Als ich mich in Wien festsetzte, wurde ich plötzlich einsam, ich lebte sozusagen allein, und da mir das selten widerfahren war, machte ich mir Umstände, ich versuchte, alles im voraus zwar nicht zu berechnen, aber doch zu sondieren. Zur gefundenen Tagesstruktur gehörte eine Art sehr leichtes Mittagessen am frühen Nachmittag, ein bißchen etwas Kaltes, ein gemischter Salat im nahen Imbiß, eventuell ein Kebab, wenngleich der wegen der Zwiebeln den ganzen Tag prägen und das Abendessen gefährden kann. Aber oft versäumte ich, zu Mittag zu essen, dann war ich bis zum Abend sehr hungrig. Jetzt treibe ich den Teufel mit dem Beelzebub aus, dachte ich, heute gar nichts! Ich kann fasten, darin sehe ich einen Sonderfall des Essens, und essen mag ich sehr. Aber gegen zehn wurde die Situation unhaltbar. Da ich in der nahen Lange-Gasse ein freundliches Lokal (»junger, ehrgeiziger Koch«) entdeckt hatte, mit bemerkenswerter Küche und nur ein kleines bißchen teurer als nötig, bot es sich natürlich an, rasch hinzugehen, auf eine Kleinigkeit, wie man zu sagen pflegt. Doch meistens schreckte ich zurück, ich »konnte« einfach nicht hingehen, mich lähmte schon der Gedanke, man könnte mich ansprechen oder ansehen. Und überhaupt, was werde ich während des Essens machen? Wohin werde ich sehen? Wieder auf jemanden? Oder vor mich hin? Auf den Teller, den leeren Teller? In meinem Zimmer wiederum war ich unerträglich allein. Ich sehnte mich nach Menschen, und mir graute vor ihnen.

Die Lösung bot das Café Eiles. »Das Café Central liegt unterm wienerischen Breitengrad am Meridian der Einsamkeit. Seine Bewohner sind größtenteils Leute, deren Menschenfeindschaft so heftig ist wie ihr Verlangen nach Menschen, die allein sein wollen, aber dazu Gesellschaft brauchen«, schreibt Alfred Polgar in seiner Theorie des »Café Central«, und er nimmt mir das Wort aus dem Mund. (Vielleicht zitiert ihn auch Umberto Eco in seiner Arbeit *Der absurde Mythos in der ostjakischen Literatur,* mein Kopf ist kein Lexikon.)

Ich suchte die Schauplätze von '63 auf. Ich hatte das Gefühl, nichts gefunden zu haben, aber — und das ist bezeichnend für *solche* Sachen — irgendwie gefunden worden zu sein, darauf deutete der erhaltene Brief hin. Big Brother. Ich fand keinen von den damaligen Kellnern, Taxifahrern, Verkäufern. Es gab keinen Banksafe auf meinen Namen. Auf dem Rückweg ging ich zur Donau hinunter, hängte mein Gesicht sechs Inch über den Wasserspiegel und suchte den Panzer, vergebens, allerdings schien der Mond nicht. Im Gelhaftskeller kannte man keinen Kellner namens Overturf. Im Rondell machte man mir ein homosexuelles Angebot, das ich ablehnte, so herzlich es mir möglich war. Allerdings fand ich im Stephansdom Pater Czakó. Montag, Dienstag 11—12. Ich freute mich, als wäre ich auf einen Freund gestoßen.

Beim Niederknien sprach ich statt des Laudeatur den Satz: Ich bin in einem sehr komplizierten Sinn heimatlos geworden. Er tat, als verstünde er die Anspielung nicht, ich begann also zu beichten, ausgehend von dem »heimatlos«. Es war miserabel. Manchmal fühlte ich mich schon wie ein Priester. Beichtvater der Donau, Montag, Dienstag. Ich befrage die Quellen. Jemandem die Beichte abzunehmen dürfte nicht leicht sein. Wie kann man einen anhören, wenn man alle anhören kann? Immerhin ist es eine grandiose Vorstellung, die Welt sei auf Liebe aufgebaut. Nicht gerade solide, aber grandios. Was wäre anders beim Reisen?

Auszug aus einer Geheimklausel (von mehreren) im Vertrag des Reisenden

Im Falle der Abwesenheit des Auftraggebers (Mieters) ist dieser als fiktiv anzusetzen und die Reise im übrigen *ebenso* (!) abzuwickeln (Belegsdisziplin usw.), Berichte sind nach Ulm zu schicken, postlagernd. Abrechnung im Juni und Dezember. (Unterschrift: fehlt)

Ich schlenderte die Josefstädter Straße hinunter und setzte mich ins Eiles. Der betagte Kellner hielt inne in seinem Lauf, blickte theatralisch auf seine Uhr und rief: »Was ist geschehen, Herr Doktor, ist jemand gestorben?« Und lief weiter. Er kannte mich vier Tage, verhielt sich aber, als hätte er schon meinem Vater und dem Vater meines Vaters den kleinen Braunen gebracht, weshalb natürlich auch ich mich anders verhielt, nicht selbstsicherer, aber ruhiger (denn ich war ja *jemand,* nicht groß oder wichtig, sondern jemand, dessen Vater und dessen Vatersvater und so weiter). Stets kam ich nachmittags um vier, und stets setzte ich mich an denselben Tisch, eine kleine Nische, ein sofaähnlicher Doppelsitz, *Ofenwinkel im Salon,* ganz im Geiste Polgars. Am vierten Tag stand ein RESERVIERT-Schildchen auf der Marmorplatte. Ich zögerte, sah mich um, aber es stand nur hier. Merkwürdig. Da kam der Alte herbeigeschwebt, wedelte mit seinem Tuch über den Tisch, das Schildchen verschwand — was darf es sein, Herr Doktor, wie üblich, Herr Doktor? Demnach war es so, daß es für mich hingestellt worden war, daß er sich gemerkt hatte, um diese Zeit kommt der mit der Brille — deshalb der Herr Doktor —, und er sicherte mir meinen Platz. Natürlich wurde mir, ich erwähnte es, ganz weich ums Herz, ich kam aus dem Land der Unförmlichkeit. Der Alte verwies meine Gerührtheit in die Schranken (als hätte er Lehmanns frivoles Fachwerk gekannt, *Von der Himmelpfortgasse zum Café Prückl,* Anhang: Gitarrenschule, dort können wir lesen, daß man ein Kaffeehaus *sofort* verlassen soll, wenn der Kellner die gewünschten Persönlichkeitsgrenzen des Gesprächs überschreitet, welche der pragmatische Lehmann unter die Thematik des Wetters faßt). Der alte Kellner sprach nicht einmal über das Wetter, ich wußte nicht, worüber er sprach, aber er sprach unentwegt.

Ein wohliges Summen umgab mich, so, als wären die Menschen eine freundliche Tierschar, schnaufend, zwitschernd, brummend. Zuweilen folgte ich ausdauernd und schamlos mit dem Blick einem Eintretenden, dem hastigen Abwischen einer beschlagenden Brille (mir fällt dann immer mein Vater ein, bei jeder beschlagenen Brille mein Vater) oder dem energischen Gang zu den Tischchen, Nischen, Boxen, zuweilen verkroch ich mich in die Tiefen der Oberfläche von Zeitungen, von Feuilletons, sah nicht, hörte nicht.

Der alte Kellner war ohne Unterlaß auf den Beinen und ohne Unterlaß in Zeitnot, das hinderte ihn nicht daran, minutenlang an dem einen oder anderen Tisch zu stehen, als hätte er nur das zu tun, er trippelte, tänzelte, flog, gerade, daß »das System« nicht zusammenbrach, gerade, daß alles noch in bester Ordnung ablief, er redete auch mit sich selbst, wenn dann jemand bestellen wollte, winkte er zornig ab, Ruhe jetzt!, Ruhe!, alle wollen hier was!, und alle gleichzeitig!, Kaffee, Torte, zahlen, was für ein Pack!, er zankte, schimpfte, dann war er auf einmal charmant und aufmerksam, eilte sofort los, Arme und Hände flatterten hinter ihm her.

Der Alte war nicht fehlerfrei, sondern einmalig, also fehlerfrei.

Gerade habe ich von Handke gelesen, wieviel er derzeit (seinerzeit) reist, er fährt zu einem Flugplatz, und welcher Ort auf der Starttafel ihm gefällt, dort reist er hin, fliegt weg wie die Vögel des Himmels, hübsch seine Geschichte, daß ihm ein Schuhputzer in Split seine Schuhe besonders auf Hochglanz wienert, der Heilige von Split, denkt er für einen Augenblick, der Heilige der Sorgsamkeit, der Heilige der kleinen Gewichte; und noch Monate später, eines Tages in Japan, genügte es, kurz mit dem Tuch über das Leder zu wischen, und der ursprüngliche Glanz der Promenade von Split erschien wieder, unversehrt; diesen Mann müßte man reisen lassen, unser Berichterstatter vor Ort: István Handke — das dachte ich, als sich ein Schatten auf meine Zeitung legte. Ich blickte halb auf, mein Kopf befand sich in Höhe einer weiblichen Leistengegend, und es gibt Schlimmeres.

Als ich siebenundzwanzig Jahre vorher ins Landtmann trat, thronte dort diese Frau, deren Namen ich damals nicht einmal wußte, höchstens, daß sie Effi Briest hieß (ich ahnte, daß es ein Deck- oder Spitzname war), daß sie eine Schwäche für schreiend rote Blusen hegte und daß sie manchmal mit Strenge die Frauen aus Robertos Nähe wegprügelte. Sie thronte dort wie ausgeschnitten aus einem Modeblatt. Ihre korallenen Nägel leuchteten bis zur Tür. Als sie mich sah, schnellte sie hoch und spießte mich mit ihrem Blick fast auf, so wütend war sie. Ich wurde gesiezt.

»Sie schickt er also her?!« In ihrer Hilflosigkeit fletschte sie die Zähne. Unvermittelt glättete sich ihr Gesicht, sie bedeutete mir, ich solle mich setzen, und als ob sie eine Lösung gefunden hätte, sagte sie ruhig: »Der feige Scheißer.«

Das fand ich unerhört, ich teilte ihr mit, ich wolle sie zum Essen einladen. Sie sah mich lange an. O nein, das nicht. Es sei schon spät. Sie werde mich einladen. Das gehe nicht, Roberto habe mir streng aufgetragen, sie müsse mein Gast sein.

»Roberto gibt es nicht. Es gibt dich, und es gibt mich.«

Damals nicht, aber jetzt erröte ich bei diesem Satz. Aus irgendeinem Grund glaubte ich, ich müßte mich an Robertos (letzte) Anweisungen halten. Kopf oder Zahl, schlug ich vor, und der Verlierer zahlt. »Oder der Sieger«, ergänzte ich.

Wieder sah sie mich an, lange und forschend. Irgendwie schien ich im Vorteil zu sein. Sie nickte und begann nach einer Münze zu kramen. »Nein, nein«, und ich zog dreist ihre Hand aus der Handtasche. Am Ende, sagte ich, nach dem Essen, vorher sollen wir nicht wissen, auf wessen Kosten wir schlemmen. Sie winkte gleichmütig den Kellner herbei. Ich tobte mich aus. Bestellte zweierlei Vorspeisen, Pastete und Schnecken aus der Provence, Wurstsuppe mit Rahm, Forelle zum Ausruhen, Hasenrükken in Senfsoße, Käse, Süßes, Obst. (Ich kann mich nicht nur an Sätze erinnern, auch an Speisen.) Einmal war mir, als hätte ich soeben Gigi gesehen. Als sie die Schillingmünze hochwarf, wurde ich aufgeregt wie noch nie. Ich hatte nur noch eins im Kopf, du gewinnst, oder du verlierst. Und irgendwie bezog sich das jetzt auf alles. Jetzt oder nie. Da lernte ich, was das ist: Spielleidenschaft. Ich gewann, sie zahlte.

»Wir haben gut gegessen«, sagte sie lächelnd. Aber ich entgegnete: »Nein. Wir haben gespielt, und Sie haben verloren.« Sie lächelte weiter, als wäre das für sie ohne Bedeutung. »Roberto mußte verreisen. Geh gar nicht nach Hause, geh gleich zu deiner Tante Nelly.«

Ich wurde wieder ganz ein kleines Kind. Nelly setzte mich tags darauf in den Orientexpreß. An der Grenze holten mich die Ungarn sofort aus dem Zug. Mürrische Männer begleiteten mich in ein Zimmer. Ich hatte Angst, sie würden mich schlagen. Sie nahmen meine Personalien auf, dann fragten sie mich über Roberto aus, aber meine Antworten schienen sie nicht sonderlich zu interessieren. Sie ließen mich allein. Es wurde dunkel. Erschrocken fiel mir ein, daß Robertos letzter Brief in meiner Tasche steckte. Da fing ich an, mich so zu verhalten wie in einem Roman (tu das nie, Leser!). Mit dem Rücken zur Tür machte ich mich daran, den Brief zu verschlingen, ich riß und knüllte und würgte hinunter. Fraß japsend Papier.

»Spuck es aus, du Misthund!«

Sie fielen zu dritt über mich her. Am Boden liegend *gestand* ich, nichts zu wissen, teure Freunde, ich weiß nichts, glauben Sie mir, ich bin nicht imstande, und ich schluckte, beim besten Willen nicht! Sie taten mir doch nichts zuleide. Dort, in der Dunkelheit von Hegyeshalom, endete das Essen im Landtmann erst wirklich.

Telegramm

War ein angenehmer Abend. Besser als der Nürnberger Prozeß.

Woody Allen

»Für Sie ist natürlich Roberto interessant.«

Ich tauchte aus der Zeitung auf. Sie saß bereits, richtete sich ein, bestellte, trank Tee, sondierte das Terrain. Trug sie immer denselben engen grauen Rock? Mir schien es so. Wieder wirkte sie wie ein Modefoto. Sie ließ sich von mir betrachten. Schön und gemächlich kam ich zu ihrem Gesicht hinauf. Sie war gealtert, aber eigentlich war nicht das die Veränderung. Auf den ersten Blick bemerkte ich es nicht, erst später, sie versuchte es nicht zu verstekken, und weder schämte sie sich noch war sie stolz darauf. Vom rechten Augenwinkel ungefähr bis zum Backenknochen verlief eine breite, grobe Narbe. »Wie eine Raupe, nicht? Sehen Sie nur gut hin, womöglich ist sie morgen abwärts gekrochen.« Und unerwartet setzte sie weich hinzu: »Ich sehe Sie doch auch morgen, nicht wahr?« Ich antwortete nicht, sie zuckte wie eine Halbwüchsige mit den Schultern. Einerseits war die Narbe scheußlich, so, als hätte sie einen Spalt, eine Kluft im Gesicht, irgendwas *von früher,* das zurückgeblieben war, ein archaischer Skandal, von dem wir besser nicht reden wollen, andererseits bagatellisierte das Mal jede solche Vorstellung, es machte das Gesicht eher jünger, so daß es wie das eines Lausbuben wirkte. Ich glaube, das alles kam von ihren Augen, sie waren so rätselhaft, Edelsteine, die einem ein Rätsel aufgaben, ein Tigerblick (kann sich Begeisterung wiederholen?), aber nicht nur: auch der eines erschrockenen Kindes, einer naseweisen Halbwüchsigen, einer strahlenden jungen, einer eigensüchtigen, wilden reifen Frau, einer Verbitterten, einer Großzügigen, einer Grausamen, einer Schoflen, einer Glücklichen, einer Fröhlichen, einer Melancholischen, einer Oberflächlichen, einer bestürzten Alten, die an nichts glaubt, nur an ihren Körper, der aber ist drauf und dran, sie zu betrügen, sie zu verlassen, zu verwelken. Genug; ich schließe mich Graf Waldstein an, der Széchenyis Reisegefährte war auf dessen berühmter Donautour 1830, er schreibt in seinem Tagebuch: »Keinerlei Landschaft, keinerlei Gemälde — bless us —, nichts Malerisches, nichts Pittoresques beschreiben: es nur andeuten, nur die Lunte in das Pulverfaß der Phantasie werfen.« Auch Gesichter sind Landschaften.

»Nein, nein, mit ihm, mit Roberto rechnen Sie nicht, mein Kleiner ... Haben Sie ein Feuerzeug? Wie sollten Sie ... Herr Ober ...!«

Daß ich ihr nicht folgen konnte, war das wenigste. Von dort, von dem Tisch im Eiles an versuchte ich nichts anderes, als ihr zu folgen. Selbst auf der Straße war sie mir einen halben Schritt voraus, ich trottete hinter ihr her wie ein treues Pferd, wenn nicht gar ein Hund. Wir unternahmen ausgedehnte Spaziergänge, sie zwang mich dazu, wir trabten hierher und dahin, meistens vom Eiles aus, manchmal plaudernd, manchmal ausgiebig schweigend. Ich hätte nicht gedacht, daß sie schweigen konnte. Sie konnte es sehr. Einmal setzten wir uns an die Alte Donau, der Herbst war plötzlich zum Sommer geworden, und wir sprachen den ganzen Vormittag über kein Wort, es war so still wie nachts. Dort war auch ein Schwan. Die Alte Kaisermühle war bereits geschlossen, deshalb bummelten wir zum Danubio, wo sich die Gäste, seit sich Zur Alten Donau in einer Pizzeria verwandelt hat, direkt wie in Italien fühlen können.

Aber Italien half auch nicht. Wir hatten keinen Platz, den suchten wir. Wie es mit uns sei. Wo wir seien. Wer sie sei, wer ich. Was zwischen uns sei. Zwischen uns war Roberto, klar, nicht als Mauer, nicht trennend, aber er konnte uns nicht verbinden, schließlich suchten wir in der Stadt einen Ort, wo wir über ihn sprechen könnten. Wo anfangen. Daß Dalma sich entschlösse, weil sie meinem Gesicht oder mir oder meiner Umgebung ansähe, jetzt kann nicht nur, jetzt muß auch gesprochen werden.

»Ich habe zwei junge Freunde von mir hergebeten«, sagte sie eines Tages im Eiles. »Damit wir nicht zu zweit sind ... Es ist doch besser.« Sie sah mich nicht an.

Die »beiden jungen Freunde« waren ein zauberhaftes Paar, gut zwanzigjährig, das Mädchen vielleicht Italienerin, jedenfalls sprach sie oft Italienisch, sie lachte furchtbar viel (»ihr glaubt nur, ich bin eine alberne, lustige Italienerin!«), sie strahlten vor Talent und Kraft, man merkte, ihnen gehört die Welt, jetzt stürmen sie los, weltwärts, sie sind klug, gebildet, wollen alles. War Dalma nicht anwesend, sprachen sie mit unglaublich großem Respekt von ihr, sie konnten Sätze aus Dalmas musikgeschichtlichen Arbeiten auswendig, sie redeten im komplizierten Tonfall der Zärtlichkeit und Hochachtung.

Wien begann zu fliegen, sie schleppten uns sonstwohin, richtiger: nur mich, denn Dalma wurde sofort (und auf entnervende Weise) so jung wie sie, sie übernahm ihren Rhythmus, ihre Gesichtspunkte, sogar ihre Worte (Verräterin! zischelte ich ihr eines Morgens zu, sie wußte, was ich meinte, und schwieg), ich war auf einmal steinalt, ein maulender, mürrischer, grauer Kerl. Ich ließ mich treiben und genoß es, ich brauchte nichts zu entscheiden, Wien flog. Die drei schwatzten, schnatterten in verschiedenen Sprachen, lachten, hakten mich unter, ließen mich los, hakten einander unter, berührten mich, offen und heimlich, dann auch so, daß das Geheimnis offenlag, zuweilen zog sich ein Blick unerklärlich in die Länge. (»Du weißt, wenn alles gut, fröhlich, gutgelaunt ist, nur innen stimmt was nicht.«) Wir gingen ins Theater (beleidigt, aber mit Genuß schluckte das Publikum im Burgtheater, was ihm von der Bühne ins Gesicht geschleudert wurde), in Konzerte und zum Essen (nach Mitternacht aß Dalma nur noch Austern und Mousse au chocolat, dazu Marillenbrand), es verschlug uns hierhin und dorthin, aus dem Salzamt ins Oswald und Kalb, von da ins Santo Spirito, wo Beethoven wie Pink Floyd klingt, dann mit dem Taxi hinauf ins Europa, unvermutet bat mich Dalma, ihr den Rücken zu kratzen, und als ich schüchtern anfing, spürte ich, daß das Mädchen mir den Rücken kratzte, daraufhin Dalma dem Jungen und er dem Mädchen, so kratzten wir uns dort im Kreise, dann wieder zurück in eine Bar in der Gegend des Bauernmarktes (Bela live), in dieser Bar habe ich immer gute Gespräche, seufzte Dalma, aber auch dort gelang es nicht (»in diesem Raum muß man in einem anderen Rhythmus spielen«), dann wieder systematisch und schick im sog. Bermuda-Dreieck, im Mapitom hängenbleibend oder durcheinander bei Bieren im Krah Krah. Und ich habe das Miljöö vergessen, wo wir Schlachtplatte aßen. Extravagante Kenntnis einer unbekannten Stadt: das war immer angenehmer. Budapest hingegen: Nichtkenntnis des bis in den letzten Winkel Bekannten: das ist immer unangenehmer.

Wien ging (Stück für Stück) zu Ende, ich mußte weiter und sagte es Dalma. Sie nickte. »Jetzt beginnt die Armutsdonau.«

Eines frühen Morgens erwartete mich die folgende Nachricht (auf einem quadratischen Stück Papier, gelb, mit fast gedruckten Buchstaben):

Zimmer 411 Clara aus San Francisco
hat angerufen. Sie versucht es vielleicht
morgen nochmal. Danilo ist gestorben.
Anruf 13.25, 16. 10. 89

Ich versuchte herumzutelefonieren, vergebens. So ging ich dann allein in die Stadt, um mich systematisch zu betrinken, aber ich bekam es satt und ging zurück ins Hotel, schlafen.

Am letzten Tag durfte ich sie, anders als sonst, nach Hause begleiten. Aber nur bis zum Schwarzenbergplatz. Es war ein dunkler, warmer Abend. Vor dem russischen Soldatendenkmal ging mit bunten Lichtern der Springbrunnen an und gleich wieder aus. Es war wie ein Atemzug. Wir hatten den ganzen Nachmittag im Kleinen Café am Franziskanerplatz gesessen (»wer viel hingeht, wird leicht alt da«). Wir kamen zu einer dunkleren Stelle, und da zeigt sie mir mit einer plötzlichen, ungestümen Bewegung ihre Brüste. (Den Pullover, den sie trug, hatte am Tag zuvor das Mädchen angehabt.) Sie leuchteten weiß. »Sieh sie dir an, solange es lohnt. Schieb mich nicht auf.« Wenn ich reise, habe ich in einem Buch gelesen, wächst in mir die Liebe. Sie winkte mir nach, als gehörte sie zu mir.

Wenn ich ich wäre, könnte ich mich mit einer Anekdote von Wien verabschieden. Sie würde von meinem Großvater handeln, der per Bahn ausschließlich in der zweiten Klasse reiste, da die ihn »auch dorthin« brächte, selbst als er — aber das wäre »pointiert« ausgearbeitet — als Ministerpräsident zu König Karl fahren mußte, »rauf nach Wien«.

Dem Romanschriftsteller des 20. Jahrhunderts ergeht es mit dem »Ich« wie dem Hirtenjungen im Märchen, der zum Spaß »Wolf! Wolf!« schreit und seine Gefährten, die ihm zu Hilfe eilen, auslacht, bis einmal tatsächlich ein Wolf erscheint, aber da fleht er vergebens, niemand rührt sich. Ohne diesen Vergleich auf bedenkliche Weise auf die sogenannte Wirklichkeit zu projizieren, indem ich sage, wer oder was hinter dem Hirtenjungen, dem Wolf, dem Spaß, dem Märchen, dem Niemandrührtsich und dem Fleht steckt, fahre ich fort: Sagen kann ich, wir sollten reines Wasser ins Glas gießen — das Glas ist löchrig (als Rohr bezeichne ich es nur deshalb nicht, damit wir nicht *ganz* die Lust verlieren); sagen kann ich, ich bin Madame Bovary, sagen kann ich, um Aufmerksamkeit bittend, P. E. — c'est moi, und sagen kann ich, dieses Ich ist aber keine fingierte Person, sondern der Romancier, ein unterrichteter, bitterer, enttäuschter Mensch, ich — aber von keinem Ich wird mir das Herz heftiger schlagen, und ich drückte »ihm« nicht den Daumen, daß es ihm gut ergeht. *Aus Not wird keine Tugend.* Hilfe. Ein Wolf.

Doch laßt den Gram, an Bord!

18
Schiffstagebuch

Für den Reisenden lagen die Zusammenhänge zwischen dem Reisen und dem Abenteuer nicht auf der Hand. Die Verträge waren in diesen Punkten mit voller Absicht ... nicht einmal unbestimmt, eher machtlos. Zwar gab es Auftraggeber (Mieter) — obgleich Reisender immer weniger zwischen ihnen unterscheiden konnte und wollte, es gibt sie, und fertig, er seinerseits reist, und fertig, den Vertrag mag der flaue Herbstwind verwehen —, die darauf bestanden, das Reisen sei von vornherein ein Abenteuer, die das Unternehmen vom Handlungsreichtum abhängig machten. Solche interessierte die Geschichte nicht, auch nicht das Problem, ob eine Geschichte vorhanden war (»Sie sind kein Wanderer, Ihr Weg verläuft nicht dort, wo die eine Geschichte endet und die andere sich anbahnt, nicht an der Grenze von Wachsein und Schlaf, nicht in der Umklammerung von Träumen und Angstträumen, nicht im Abgrund zwischen Tatsachen und Phantasie!«), genauer, ob wir eine Geschichte haben (die eine Hälfte Europas lebte lange in einer großen gemeinsamen Geschichtslosigkeit, die andere hingegen in Tausenden unerzählbaren Geschichten von Personen), nur die kollektive Geschichte ist Geschichte. Den auf Handlungsreichtum erpichten Auftraggeber (Mieter) ließ dieser europäische Zustand (der sich ohnehin verändert hatte, obzwar schwer zu sagen wäre, wie) völlig kalt, er denkt sich die Geschichte, ob er es ausspricht oder nicht, siegreich, siegestrunken wie eine Flußregulierung und groß wie ein Wasserkraftwerk.

Reisender war darüber hinweg, Auftraggeber (Mieter)

zu bewerten. Ist es nicht letztlich Geschichte, wer auf welche Weise zerbricht? Wer wäre hier ungebrochen? Er behauptet nicht: niemand. Reisender ist ein Fragender. — Er kam den Bedürfnissen entgegen und bot nach dem Prinzip eins bezahlen, zwei bekommen eine Dienstleistung mit dem Decknamen »Der Donaulotse«. Exklusive Details! Abenteuer! Spione! Frauen! Männer! Liebe! Immerhin gab er zu, daß Reisen Suchen und deshalb Romantik ist, ein Reisender flieht und weiß doch, es gibt kein Entkommen.

Die grellsten Geschichten sind Zitate — aus Wien bringen wir das mit.

Martin Fiegl, dieses Unikum des 17. Jahrhunderts (»der Sterne aus dem Salzkammergut«), schreibt in seinem Donauroman — der gleichsam eine Vorwegnahme von H. C. Artmann und Italo Calvino ist —, mag sein, es gibt jemanden, dessen Donau länger, breiter und lustiger ist (man beachte die paradigmatische, renaissancezeitliche Lebensfreude, die aus jedem Attribut emporschlägt wie in schwefliger Nacht beim Halbwüchsigen die explodierende neue, aufwühlende und furchterregende und unbekannte Kraft, Hochwasser und Eisdrift, Wirbel und Strudel), aber es gibt nicht noch eine Donau, die durch soviel Geschichte, Zeit, gesellschaftliche Alternativen, Lebensformen flösse. Bei Wien verklingt die Begleitmusik des Wirtschaftswunders, wir verlassen den »Weißwurstäquator«. 1929 Kilometer stehen noch bevor. Kein Fluß bleibt bescheiden. Es folgt etwas Größeres, Gröberes und Wilderes. Ich habe eine Reportage über Israel gelesen, dort sagte eine ältere ungarische Jüdin: »Mir können Sie von der ungarischen Kultur und von den ungarischen Dichtern erzählen, was Sie wollen, solange ich die Donau blutrot sehe, brauche ich keine ungarische Kultur!« Das Wiener Blut, wie es bei

Novi Sad in den Donauwalzer strömt. Donau so ... Wie ist sie? Die betrunkene Donau, die pöbelhafte Donau.

Schmerzensdonau, wie schon erwähnt: Don Au. Jetzt werden nur noch Geheimnisse und Wendungen sein. Aber gibt es die, wenn sie alle es sind? Eine mitteleuropäische Frage. Wie soll ich die Hülle enthüllen? Vielleicht sollte man nicht soviel reden.

Dalma übernahm die Macht, indem sie erklärte, ich solle nur nach meinem eigenen Kopf gehen, das sei am besten. Mein lieber junger Freund, so nannte sie mich. Und sie habe bereits mit dem Generaldirektor der Ersten Donau-Dampfschiffahrts-Gesellschaft, einem gewissen Herrn Z., gesprochen, er sei wirklich *bezaubernd, hilfsbereit* und *großzügig,* Zucker sei überhaupt die ganze Gesellschaft, die am 13. März 1829 gegründet wurde.

»Mein lieber junger Freund, schreiben Sie das auf!«

»Was?«

»Bezaubernd, hilfsbereit, großzügig.«

»Warum?«

»Es könnte Ihnen noch nützlich sein. Ein Wort kann Ihnen immer nützlich sein. Sie wollen die Donau in Worte fassen, mein lieber junger Freund, wenn ich Sie recht verstehe?!« Sie lachte schrill auf und verstummte so schnell wie der Springbrunnen. Sah mich fragend an, wie ein kleines Mädchen. »Oder im Gegenteil, Sie wollen eine Donau aus Wörtern bauen?« Schweigen. »Ist es nicht einerlei? Kann es *anders* sein als nicht einerlei?!« Und daß wir zwei Kabinen auf der »Theodor Körner« haben, bis zum Schwarzen Meer. Kabinen mit Dusche und WC, auch Klimaanlage, unnötig zu erwähnen, obgleich nicht individuell einstellbar wie auf der »MS Mozart« oder der »MS Wolga«. Was Körner betrifft, den ereilte zweiundzwanzigjährig der napoleonische Tod. Seine erfolgreiche

Tragödie über Zrínyi bedachte Ferenc Kölcsey mit einer niederschmetternden Kritik.

Fiegl legt die Wörter gewissermaßen Metternich in den Mund, wenn er das Gewimmel auf dem Mexikoplatz beschreibt, der Odem des Balkans schlägt einem entgegen, die Tauschhändler, das Gemauschel, unter der Hand, im weichen Sonnenlicht glitzert ein Goldzahn, ein alter Mann umarmt eine tornisterbrüstige alte Frau, blickt stolz im Kreis und hebt sein Gehänge an. Eine Packung KENT wird ihnen das Leben erleichtern. Darin liegen der Zauber und die Drohung Mitteleuropas, daß uns eine Packung KENT das Leben erleichtern kann. Westlich der Leitha wurde durch eine Packung KENT noch nie irgend etwas leichter, höchstens das Leben der Sklaven des Nikotins. Daß auch Österreich zu Mitteleuropa gehört, wird erst aktuell, wenn man Österreich verlassen hat.

Wenn Prag das Herz Mitteleuropas ist, sagt György Konrád, dann ist Budapest sein Schoß. In Ordnung, das ist gut, Herz, Schoß, viel ist da nicht zu verlieren. Aber bei den Brüsten, dem Hintern, wie sie Wohlklang oder Mißklang erzeugen, tanzen oder welken, ist es nicht egal. Welches ist die Stadt, die dergleichen erhobenen Hauptes (Busens usw.) bekennte? Der Fußknöchel Mitteleuropas? Zagreb als die Zitzen Mitteleuropas? Und Wien seine Ohrläppchen. Und wie ist die Frau? Wie, wie?! Die Frau liebt das Vaterland und hat schöne Ohrläppchen.

Meiner Ansicht nach ist Mitteleuropa nichts anderes als eine über die Maßen schöne Glaskugel, die sich Kundera in seiner Pariser Einsamkeit und Wehmut erfunden hat. (Er war traurig im fernen Paris und wußte doch, ginge er nach Prag zurück, würde auch das *fern* sein ...) Es gab einmal ein Gesellschaftsspiel, da reichte man sich eine Glaskugel im Kreis, begrapschte sie ein wenig und rollte sie dann weiter, aber vergebens die vielen guten

Bonmots, Herr Kundera blies weiter Trübsal, mal dachte er an Prag, mal nicht.

TELEGRAMM

Mir ist es egal! Wenn Sie wollen, seien Sie neidisch, obschon das ziemlich kindisch wäre ... Sagten Sie Glaskugel oder Glasglocke? (Ein Scherz, entschuldigen Sie.) Aber sie ist ja nun Wirklichkeit geworden ... Man hat so lange von ihr geträumt, bis ... Stimmt, sie scheint eher aus Kunststoff zu sein oder Holz oder Alaminium. Glaskugel aus Alaminium. Von den Deutschen ganz zu schweigen. Bong vojasch.

Noch etwas: Sie schreiben mir hier, »Dernschwam reiste 1553 als Agent der Fugger auf der Donau zu den Türken, den Fehler begehend, daß sie nicht die Wichtigkeit Amerikas erkannten; sie machten ja auch pleite.« Ich nehme an, die Fugger. Wie ich sehe, verstreuen Sie gern *sachliche Kleinigkeiten* zwischen zwei Vorspeisen. Lieber Freund, wenn zwischen Blödmann und Prophet zu wählen ist, sollten Sie nicht zögern: ersteren!

Ach ja, altern Sie nicht? Natürlich, eine alberne Frage, denn wenn Sie nicht altern, antworten Sie: nein, wenn Sie altern, bemerken Sie gerade das Altern nicht — das ist das Altern — und antworten natürlich: nein. Ich nehme also zur Kenntnis: nein, Sie altern nicht.

Ist es wirklich wahr, daß Dernschwam mit Veranić in der Nähe von Ankara das politische Testament des Augustus gefunden hat? Und Ihrer Meinung nach war das eine ebensolche Sensation, als ob sie ein neues Sophokles-Drama entdeckt hätten! Warum ausgerechnet Sophokles?

Noch etwas: Wieder amüsieren Sie sich! Ich mag es, wenn Sie sich wohlfühlen, das animiert auch mich, aber »die Lady musterte mich mit eisigem Blick« — das geht zu weit. Eisig, das geht zu weit. Mein Vater hat mich seinerzeit ermahnt, wenn man zu spät in die Schule kommt, soll man entweder sagen, auf dem Kalvinplatz ist die Fahrleitung der Elektrischen gerissen, oder man soll sagen, mich hat ein Tiger angegriffen, aber nicht, ein Tiger hat die Elektrische unter der gerissenen Fahrleitung in Schach gehalten, das geht zu weit, der Klassenlehrer wird mißtrauisch. Denken Sie dran, Herzchen.

Ich wiederum denke viel an Sie. Sie sind mir doch nicht böse? Oder ist etwas passiert, das ich nicht bemerkt habe? Manche Ihrer Berichte lese ich mehrmals. Ich stelle mir Ihre Tage vor, wie Sie morgens aufstehen, duschen, Zähne putzen und dann reisen, immerfort reisen ... Irgendwo habe ich gelesen, die Ungarn sind freundlich und einfach. Aber Sie sind nicht gerade freundlich. Und daß Ungarn die Menschen glücklich macht. Sind Sie glücklich? Flaubert schreibt von der »Ästhetik unvollendeter Wonnen«. Großer Unsinn. Habe für 5.99 Dollar 24 rote Rosen ans Grab meines Vaters gebracht. Stop. Auftraggeber (Mieter)

Antworttelegramm

Die Donau verändert sich ständig, und über ihren Dingen liegt ewiges Dunkel. Reisender

---

Beiliegend die Beobachtungen des Timothy Garton Ash, von dem wir getrost sagen können, er trage auf seinen zarten, schmalen englischen Schultern den mitteleuropäischen driem; er behauptet in seinem brillanten New Yorker Essay *Das Laichen der Donaufische auf den Trümmern des Kommunismus:* Wem der Fisch gehört, dem gehört die Macht. Das ist in der Tat das offene Grunddrama der Region. Ash freilich stellt seine Fragen eines, sagen wir: Mittwochnachmittags so, daß in ihnen zwei-, dreihundert Jahre enthalten sind. Daß ihn das *so sehr* beruhigt, sei sein Problem. Von Michniks elementarer Kraft und Unbändigkeit meint er anerkennend: Pisces vivunt in aqua. Ich schließe mich aus vollem Herzen den Lobeszeilen über den großen Polen an. Über Kundera äußert er sich eigentlich nicht (er läßt nur ahnen, daß er z. B. in der Dostojewski-Diskussion auf Brodskys Seite steht): Ein Fisch ist des anderen Feind und auch nicht. Die Zweideutigkeit des Spruchs »Fisch fängt beim Kopf an Fisch zu sein (stink!!!)« gilt nicht Havel und auch nicht den Slowaken, sondern »dem Ganzen«, d. h. der in der Teilheit des Kopfes ausgedrückten Ganzheit des Fisches. Die Frage, wo der Kopf ende und der Fisch beginne, kann nur ein Engländer aufwerfen, ohne daß die nationale Voreingenommenheit »Trianon!« ruft. Im Gegensatz zu Konrád begeht er die Grobheit, daß wir eine Weile auch an Joseph Conrad denken können, und wenn er sich endlich dazu durchringt, daß ein Fisch in der Hand besser ist als ein Fischer auf dem Dach, haben wir das Gefühl, daß er den leichteren Weg wählte. Im letzten Abschnitt faßt er meisterlich die Verwirrung des neuen Europas zusammen: der Fisch habe vier Beine und stolpere dennoch (eine schamvolle Zurückweisung des Pessimismus in der Wendung »die großen Fische fressen die kleinen Fische«). Stop, um mich so auszudrücken. Ach, Mitteleuropa ...

Um halb ein Uhr mittags wurde unser Schiff vom Wiener Ufer am Café Hugelman abgestoßen. Leute jeglichen Ranges und Geschlechtes sind hier anzutreffen; gepuderte Friseure im Mantel und greise Marktweiber kehren auf einen Kaffee ebenso ein wie Barone oder Grafen auf einen Likör. Die Strömung des Wassers trägt uns flußabwärts, aber wann immer möglich, werden auch die Segel gesetzt. Und wenn der Wind abflaut oder die Donau sich verbreitert und gemächlicher fließt, greifen manche Passagiere, die für solche Dienste unentgeltlich reisen, zum Ruder.

»Der Bucintoro!« ruft neben mir Gyula Antalffy, und es ist tatsächlich Tivadar Batthyánys geheimnisvolle Konstruktion. Das mit riesigen Schaufelrädern ausgestattete, runde Gebilde erregt seit 1797 großes Aufsehen; es wird nicht vom Ufer aus geschleppt, es stößt weder Dampf noch Rauch aus, es bewegt sich still und ohne Lärm auch gegen die Strömung. Aus seiner Form ist zu schließen, daß im Inneren Pferde im Kreis gehen und einen Göpel in Umdrehung setzen, der die Schaufelräder antreibt. Oder junge Ochsen. Oder Frauen, wie auch gemunkelt wird. Nackte junge Frauen, immer im Kreis. Und nicht Sklavinnen; angeblich aus freien Stücken. Und Tivadar sitzt auf der oberen Stufe der Treppe, die in die bodenlose Tiefe des Schiffes führt, und sieht der »Frauenhorde« zu, wie ihre Sohlen klatschen, wie sich ihre Muskeln spannen, wie sie ihm verstohlen ein Lächeln schenken. Die Wiege des Reformzeitalters, würde der unangenehme Grillparzer sagen.

Im Schloß von Orth sahen wir uns die Donauausstellung an. Öde. Rudolf hat in dieser Gegend gejagt; trotzdem öde: Wir fuhren zum Uferhaus, wo wir gut speisten, eine Fischbeuschelsuppe und einen serbischen Karpfen mit Knoblauch. Wir tranken mehr Wein als nötig. Schnaufend setzten wir uns an die Donau, die Sonne scheint, das Wasser fließt, Knoblauchgeschmack im Mund.

Da — als wir Orth erreichten? — veränderte sich Europa gerade, es stellte sich heraus, daß das Endliche nicht unendlich und die Geschichte keine eingefrorene Milchflasche ist, wie es bislang schien. Die Reisenden erwähnten in ihren Reiseberichten keine Namen mehr, aus Knastbrüdern wurden Minister, Staatspräsidenten und was weiß ich; wie in einem Balzac-Roman riß der steigende Strom Schicksale mit, von einem Augenblick zum anderen fingen Karrieren an, und wir konnten sehen, gelegentlich wurde es sogar im Fernsehen gezeigt, daß für manch einen der Stern unterging, gerade da unterging, binnen Minuten.

Man konnte sich dies und jenes denken. Daß sich endlich die Leere beseitigen ließe, die nach der Monarchie geblieben war. Europa ist hier eingebeult wie ein lädierter Gummiball. Die Welt hatte in einer verlogenen Ruhe gelebt, eingeklemmt zwischen zwei Schraubstockbacken, die Großmächte. Wie schon die Gruppe *Bikini* singt: So ein Klasseweib wie Amerika ist Rußland als Mann, und weiter geht es irgendwie so, daß sie die Donau zwischen die Beine nehmen und pressen, pressen.

Dieser Landstrich ähnelte den genialen Werken: er setzte Unsicherheit und Unruhe in die Welt. (»Wissen Sie, mein Herr, wann Mitteleuropa vermurkst wurde? Als sie die Tschechen in die Monarchie-G'schaftln nicht einbezogen!«)

In der Nähe von Bruck an der Leitha (Királyhida) äußert sich der alte Sappeur Woditschka dahingehend, daß die Ungarn ein Gesindel seien, woraufhin Schwejk bemerkt: »Mancher Magyar kann auch nicht dafür, daß er ein Magyar is.« — »Was soll er nicht dafür können«, regt sich Woditschka auf, »jeder kann dafür, das ist eine Dummheit.«

Auf dem Weg ins Heilige Land musterte der Freisinger Bischof Otto von Babenberg (ein Bruder des österreichischen Herzogs Heinrich II., der mit unserem König Géza II. im Krieg stand) mit ähnlich erschrockenen und haßerfüllten Blicken die am Ufer stehenden Ungarn: sie seien von grimmigem Aussehen, die Augen eingefallen, der Wuchs niedrig, die Kleidung wild, die Sprache barbarisch, so daß man das Schicksal rügen oder die göttliche

Geduld bewundern müsse, die ein so schönes Land solch abscheuerregenden Menschen gegeben habe.

Grillparzer erwähnt in seinem recht unterhaltsamen Donautagebuch, daß das, was die Ungarn ständig wollen, schwer zu bemängeln wäre, wenn sie wenigstens dreißig Millionen wären, aber so, wie es ist, wirkt es ziemlich lächerlich. Das vermerkt er ausgerechnet in Preßburg, als dort 1843 der Landtag abgehalten wird! Mitten in der Reformzeit! Weiterreisend macht er einen gewissen Rückzieher, angesichts dieser zauberhaften Landschaft glaubt er die hochstrebenden Ideen der Ungarn besser zu verstehen. »Ich habe mich ein wenig mit ihren Superlativen ausgesöhnt.«

Ich kann mich kaum vor ihm retten, daß ihm mal dies Bauchweh bereitet und mal jenes. Das ist sein einziges Thema. Und irgendeine schöne Frau Horváth. Und wie gräßlich meine Aussprache ist.

Wir standen zu dritt auf dem Deck, Grillparzer, Lady Mary Montagu (die Gattin des türkischen Botschafters Wortley) und meine Wenigkeit. Grillparzer sprach mit sich selbst, was einerseits peinlich war und andererseits eine Verbindung zwischen mir und der Dame herstellte.

Hier, bittschön, breche ja alles zusammen, eine neue Leere tritt an die Stelle der alten, fette, meterlange Ratten werden in die Häuser eindringen, Europa ist zusammengebrochen, diesen Bruch nennen wir neues Europa, aber leer sind alle Köpfe, die alten Rechtsrahmen funktionieren nicht, neue gibt es nicht, und es besteht keine Chance, den dreckigsten und totalen Krieg zu beenden, er meine den Krieg gegen die Natur.

Indeed nothing can be more melancholic than travelling through Hungary. Nichts könne trauriger sein, als durch Ungarn zu reisen, schreibt die Lady in einem Brief vom Januar 1716 aus Győr an Pope (nota bene, bei ihm hat Csokonai den Dorothea-Stoff geklaut).

Ich hatte genug von Europa. Ich pflege überhaupt davon (hiervon) genug zu haben. Komárom war noch nicht erreicht. Die kleine Insel oberhalb der Mündung des Baches Concó ist mittels eines steinernen Dammes mit dem Ufer verbunden. Am unteren Zipfel der Insel räubert oft der Rapfen! Ein bißchen weiter unten, bei Almásfüzitő, ist das Wasser so verschmutzt, daß besonders die bei Niedrigwasser gefangenen Fische häufig ungenießbar sind. Wen entschädigt es, wenn wir wissen, daß sich in der Gegend von Neszmély viele Nasen aufhalten, wen?!

In Neszmély besuchten wir Frici Hegedűs und seine Freunde. Wacker betranken wir uns. Er las uns frivole Teile aus Martin Opitzens Buch von der deutschen Poeterey vor. Man hat ihm von oben weg ein Bein abgenommen, aber er schwimmt, turnt, ist kräftiger denn je. Das Herz schrumpelt nicht.

Wir schliefen in einen wunderschönen Morgen hinein. Alles war grau, so grau, grau, grau, als wäre am Tag davor nichts, aber auch gar nichts geschehen. Wie man in Ulm sagt: Aus guter Absicht wird noch kein Reisen.

Auf dem Schiff war inzwischen eine Infektion ausgebrochen, bei der Rückkehr empfing uns ein absolutes Chaos. Der Kapitän suchte bleich nach Entschuldigungen. Warum, das verstand ich erst später, aber gründlich: Ich dachte, es reißt mir das Gedärm aus dem Leib, ich dachte, es macht sich davon wie eine treulose Schlange, erst die Därme, der Dickdarm, der Dünndarm, der Blinddarm, dann die restlichen Innereien, und von meinem Ich blieb immer weniger übrig. Zurückgezogen in einen Teilraum meiner Kabine, begriff ich unverzüglich die Desintegrationsbestrebungen des postmodernen Lebensgefühls:

daß es nur kontingente, dezentrale und auseinanderstrebende »Systeme« anerkennt.

Ich strebte auseinander.

Ich konnte den Folgen der radikalen Unbestimmtheit nicht ausweichen, die Frage der ontologischen Ungewißheit gewann einen absolut zentralen Wert, und während ich unter Ächzen und Stöhnen, *echt* leidend, durch das runde kleine Fensterchen sah, die *graue und starke* Strömung erblickend (irgendwie in dem Husserlschen Sinn, daß die grundlegende existenztheoretische Besonderheit des Logos darin besteht, von niemandem besessen zu werden und niemandem zu gehören: einfach zu *sein*), während mir, wie ich vermeinte, alles ausriß, was Leber und Milz ist, und die schönen Sprosse meiner laubigen Lunge in sich selbst wegstrudelten, hinweg und letztlich in die Donau, war mir, als gebäre ich mich selbst. Deshalb ist die Donau als ein Kunstwerk zu interpretieren, das sich selbst gebärt.

Aus der Poesie führt kein direkter Weg ins Leben, aus dem Leben auch nicht in die Poesie, stöhnte ich und erschuf mir, weiterhin in der zweifelhaften Intimität der Kajütentoilette hockend, selbst im Erlöschen begriffen, die Voraussetzungen für den Abbau des Subjektes, häßlicher Nebel umhüllte die gezackten Konturen Visegráds, unruhiger Regen flocht sich um uns, alles, alles drängte hinaus aus mir, auch meine Zunge — ein heilsam zweideutiges Wort hier in Pannonien —, ein trockenes, weißliches »Endglied« hängt aus mir, während ich mich regelrecht durch das, durch den Stoff substituiere, der sich aus mir entfernt.

Wie schon erwähnt, tilgte ich das »Ich« und setzte den Menschen neu zusammen aus Redensarten, Sprichwörtern, sinnlosen Bezügen, aus Spitzfindigkeiten, breit basiert. Ecce homo: ein Mensch in Anführungsstrichen.

Wiederholungen von Worten und Motiven — Einfälle

werden eingeschlagen wie Nägel und daran Suiten aufgehängt.

Herkunft, Lebensablauf — Unsinn! Aus Jüterbog oder Königsberg stammen die meisten, und in irgendeinem Schwarzwald endet man seit je.

Jetzt werden Gedankengänge gruppiert, Geographie herangeholt, Träumereien eingesponnen und wieder fallengelassen. Nichts wird stofflich-psychologisch mehr verflochten, alles angeschlagen, nichts durchgeführt. Alles bleibt offen. Antisynthetik.

Verharren vor dem Unvereinbaren. Wie soll meine ästhetische Darstellung erfolgen? Meine ästhetische Darstellung kann nur der nichtorganischen Struktur der ihres Zentrums verlustig gegangenen Lebenswirklichkeit entsprechend erfolgen. Das ist die Theorie.

Ich lernte die beiden Heizer kennen, ein Zwillingspaar aus Dunaszerdahely, die Mutter ist Köchin in einer Fischgaststätte in Gönyü, der Vater Gastarbeiter, ein baumlanger, immer gut aufgelegter Kroate, der seinen Kindern pausenlos Witze erzählte, zum Beispiel erklärte er ihnen den Unterschied zwischen Theorie und Praxis, von den schwarzen Diamanten glitzerten die Gesichter der Buben schwarz, geht in die Küche und sagt eurer Mutter, hier ist ein Fremder, mit dem soll sie für fünfzigtausend ins Bett gehen, nach langem Hin und Her melden die Jungen, Mutter macht es, in Ordnung, dann geht jetzt zu eurer Schwester, mit ähnlicher Aufgabe, unverzüglich melden sie, in Ordnung, seht ihr, theoretisch haben wir hunderttausend Forint, praktisch haben wir zwei Nutten; da klopfte es, wer da?, flüsterte ich, Lady Montagu, wisperte Lady Montagu, gehen Sie sofort hinweg!, flüsterte ich, glauben Sie mir, ich weiß, was Sie empfinden, wisperte die Lady, interessiert mich nicht, Sie werden entschuldigen, aber haun Sie ab, flüsterte ich, ich geh schon, wisperte Lady Montagu, obgleich Sie ein vorzüglicher Plauderer sind, gehen Sie, flüsterte ich, aber versprechen Sie mir, daß Sie niemals fünfunddreißig werden, ich versprech's, ich versprech's, wisperte sie, und ihre Schritte entfernten sich. Mit aller Kraft meines Verlangens und Ernüchterns griff ich nach dem heroischen Element ..., ich öffnete das Fenster, die dünnen, kalten Fäden des seeräuberischen Regens stachen mir ins Gesicht und in die Hände, die Luft wurde dicht wie in einer Dampfkammer, alle an Bord warteten auf das »Knie«, auf den berühmten, gefährlichen Wind des Donauknies (und jeder Schiffer, den wir befragten, charakterisierte ihn anders), KOMME, WAS DA WOLLE, draußen das Lamm und drinnen der Wolf, die Welt zerdacht, der Mythos verlogen, woher, wohin, nicht Nacht, nicht Morgen, in einem letzten drekkigen Anfall will alles heraus aus mir, alles »verlorene Ich« wollte sich verlieren, auf dem erwärmten Holzbrett der Kajütentoilette fühlte ich mich wie ein räumliches Möbiussches Band, Nuß in der Nuß. Dorten schon Budapests Lichter.

19
Le città invisibili
(Die unsichtbaren Städte)

I.

Telegramm

Ich glaube Ihnen nicht. Auftraggeber (Mieter)

Antworttelegramm

No comment. Je näher die Mündung, desto mehr Metaphern. Reisender

Und bei sich dachte er noch: *Im Leben* eines jeden Auftraggebers (Mieters) *gibt es einen Augenblick, der nach dem Stolz auf die grenzenlose Weite der eroberten Gebiete eintritt, nach Wehmut und Trost über das Wissen, daß man bald verzichten wird, sie kennen und verstehen zu lernen* — und wenn dann Auftraggeber (Mieter) aus dem Fenster seines einsamen Zimmers blickt, befällt ihn ein solches Gefühl der Leere, eine solche unmögliche Ausschließlichkeit und Reglosigkeit, als wäre die Donau zugefroren, und ihn beschleicht das Zweifeln, das Bezweifeln, das er sorgsam vom Verzweifeln unterscheidet.

Dieser Augenblick ist identisch mit dem, als er, Reisender, in seiner Geburtsstadt eintrifft ...

Die Städte und die Erinnerung, 1

Geht man von dort drei Tage gen Sonnenaufgang, ist man in Budapest, der Stadt, die mit Wonne die Donauschlange zwischen ihre beiden Brüste läßt. Hier ist der Fluß groß. Wenn er das sieht, fühlt sich der Fremde gleich heimisch.

Die Städte und die Erinnerung, 2

Den Menschen, der lange durch wilde Gegenden reitet, ergreift Sehnsucht nach einer Stadt. Endlich gelangt er nach Budapest, Stadt, die um ihre Erinnerungen kreiselt und trudelt wie ein altes Jahrmarktkarussell, Stadt, *wo der Fremdling, der zwischen zwei Frauen nicht entscheiden kann, allemal einer dritten begegnet,* wo die Alten am Donauufer (meistens auf der Pester Seite) einander böse ein Bein stellen und dann unter schrillem Gelächter Elfmeter! Elfmeter! schreien. Wenn er derlei beobachtet, fühlt sich der Fremde so fremd, daß er sich kratzen muß, ein Kratzanfall kommt über ihn, und das kommt schon dem Gefühl des Heimischseins nahe.

Die Städte und der Wunsch, 1

Über die Stadt Budapest *kann man auf zweierlei Weise sprechen:* wir könnten reden von der »Form der Stadt«, also der Topologie, vom Verhältnis zwischen Zentrum und Peripherie, Stadtkern und Stadtrand, von den Arbeiter- und den besseren Vierteln, von Kultur und Natur (in der Stadt), und all das wäre nichts anderes als die Bilder, die wir mit geschlossenen Augen nach langen, ziellosen Streifzügen sehen, wir könnten es geometrische Träumerei nennen; und wir könnten *bemerken, daß sich die heiratsfähigen Mädchen eines jeden Bezirks mit jungen Männern aus anderen Bezirken verheiraten, Berechnungen erstellen, bis man alles weiß, was man will von der Stadt in Vergangenheit, Gegenwart, Zukunft; oder man kann sagen,* wie jemand, *der mich führte: »Ich kam in meiner frühen Jugend eines Morgens her,* und ich war kaum zwei Tage in Budapest, da lernte ich eine kleine, schwarzhaarige Frau kennen, in die ich mich sehr verliebte. Sie sagte kaum etwas, lächelte eher nur. Jeden Tag besuchte sie mich im Hotel, sie kam Punkt zehn Uhr und ging Punkt viertel eins. Das Zusammensein mit ihr war sehr gut, ruhig und stürmisch in einem. Manchmal balgten wir uns wie Kinder, gaben uns kleine Ohrfeigen, lachten, wälzten uns auf dem Bett. Fröhliche Wissenschaft! Manchmal lagen wir ineinander und bewegten uns nicht. Jahre später starb sie, aber ich blieb in der Stadt. Punkt zehn Uhr schließe ich die Augen, und Punkt viertel eins öffne ich sie. Ich hasse diese Stadt.«

Die Städte und die Erinnerung, 3

Vergeblich, großmütiger Auftraggeber (Mieter), *wird mein Versuch sein, dir die Stadt* Budapest *mit den hohen Bastionen* der Sprache *zu schildern,* dir die Fremdheit dieser Sprache zu vergegenwärtigen, die Fremdheit der Wörter, die eben deshalb mit solch elementarer Kraft auf den Besucher wirkt, wenn er an der Ecke der Nagymezőstraße und der Andrássystraße (des Pester Broadways und der ungarischen Champs Elysées, letztere führt zum Heldenplatz und nicht ins Unendliche, wie man von der in Paris behauptet) im Trubel steht und (wie der *Träumer von Rustschuk*) von einem Mann träumt, »der die Sprachen der Erde verlernt, bis er in keinem Lande mehr versteht, was gesagt wird. Was ist in der Sprache? Was verdeckt sie? Was nimmt sie einem weg? Während der Wochen, die er in Ungarn verbrachte, versuchte er nicht erst, Ungarisch zu lernen. Er wollte nichts von der Kraft der fremdartigen Rufe verlieren. Er wollte von den Lauten so betroffen werden, wie es an ihnen selber liegt, und nichts durch unzulängliches und künstliches Wissen abschwächen. Er hatte nichts über das Land gelesen. Das Wenige, das einem im Lauf eines Lebens über jedes Land und jedes Volk zugeflogen kommt, fiel ab in den ersten Stunden.«

Hochverehrtester Herr, edler Auftraggeber (Mieter), überflüssig, daß ich die Fremdheit der Natur dieser Sprache schildere, die unerwartete Bereitwilligkeit, die sie zuweilen an den Tag legt (die Ungarn sagen stolz, ihre Sprache sei wie eine Hure, sie mache alles, worum man sie bitte — man lasse mich das nicht aus der Sicht der Sexualkultur bewerten), die merkwürdige Schlampigkeit, die als Freiheit und Ungeschliffenheit in einem, als Schweben und Ungenauigkeit, dichterisch und dichtelnd, als großartige Vision und nebulöse Tändelei einherkommt. Mal ist diese Sprache massiv, archaisch und wohlklingend, mal schöntuerisch, lallend, lispelnd.

Vergebens! Denn diese Stadt ist stumm, schweigsam, verstummt, sprachlos. *Eine Beschreibung* Budapests, *wie es heute ist, müßte* Budapests *gesamte Vergangenheit enthalten. Aber die Stadt sagt nicht ihre Vergangenheit, sie enthält sie wie die Linien einer Hand, geschrieben in die Straßenränder, die Fenstergitter, die Brüstungen der Treppengeländer, die Blitzableiter, die Fahnenmasten, jedes Segment seinerseits schraffiert von Kratzern, Sägspuren, Einkerbungen, Einschlägen.*

Die Städte und der Wunsch, 2

So definierten die Einwohner dieser Stadt das Glück: auf der Insel bei Szentendre im Strahlen vor dem Sonnenuntergang, in dem Strahlen, worin — wenn es sich um eine kleine griechische Insel handelte — die griechische Philosophie geboren wurde, daraus und aus nichts anderem, auf einem wackeligen, ausrangierten Stuhl sitzend, der fast zusammenbricht, auseinanderbricht, die gemächlichen, alten Bewegungen der von der Donau heimkehrenden Fischer beobachtend, einen Augenblick lang nicht wissend, ob ich der Ufersand, das Wasser, der Fischer, die Muschel, der Fisch, das Licht oder das Stuhlwrack bin. Über solche Macht verfügt Budapest, die *trügerische Stadt.*

Die Städte und die Zeichen, 1

Jede Stadt hat ein Geheimnis. Das von Budapest ist seine Falschheit. Etwas wie ein übler Schleier liegt auf dieser Stadt, als wäre sie eine drittklassige Tänzerin, du siehst ihren hängenden Bauch, die reichen Speckfalten, die eingefallenen Schenkel, die geschwollenen Knöchel — da lüftet ein leichter Wind den Schleier, vielleicht nur, weil dich vor der Synagoge ein wilder Blick traf oder der Busfahrer ein Stückchen Donizetti pfiff (Ouvertüre zu *Don Pasquale!*), während er über die Andrássystraße donnerte, oder beinahe ungewollt siehst du, wie auf dem Teich im Stadtwäldchen zwei Jünglinge einander bei der Hand nehmen, dann unter lautem Gelächter samt Kahn ins Wasser stürzen, ein Hai! ein Hai!, schreien sie, und in dieser Nacktheit schaust du auf eine wahnwitzige Stadt, die nichts mit Wien zu tun hat (»Budapest ist wie Wien, nur daß dort alles funktioniert«), sondern eher mit dem exzentrischen Berlin der zwanziger Jahre.

Du läßt dich betrachten, pfeifst ein wenig Donizetti, siehst sehnsuchtsvoll zu den beiden Jungen hinüber und gewahrst: diese Stadt ist schön. Herausfordernd, gefährlich, ordinär, großzügig und egoistisch und eitel: schön. Traurigkeit befällt dich, du möchtest, daß der Schleier sich senkt und die Künstlerin ihren müden Hintern ausschüttelt. Mit dieser Frau hast du tatsächlich nichts gemein, du kannst ruhig weiterwandern.

Die Städte und die Erinnerung, 4

Von einem Geheimnis kann man nicht sprechen. Jede Stadt hat ein Geheimnis. Eine Blutbäderstadt, sagt Örkény.

Die Städte und der Wunsch, 3

Aus einem alten serbischen Kochbuch: Wenn einer das unverfälschte ungarische Temperament gepaart mit der

Küchenkunst kosten möchte, und die Stimmung der Boheme ist ihm lieber als makellose Sauberkeit, dann speise er unbedingt bei den drei Mammis im »Büffel« zu Rómaifürdő.

Und ferner liest man hier: Reisen ist eine Krankheit.

Die Städte und die Zeichen, 2

Damals, als aus dem Lenin- der Theresienring wurde und findige Studenten aus Konservenbüchsen mit der Aufschrift »Der letzte Atem des Sozialismus« Geld schlugen, lebte eine Frau in der Majakowskistraße (damals wieder Königsgasse) Nummer 13, im Gozsdu-Hof, dem vielleicht »schönsten und geheimnisvollsten Durchgangshaus« von Budapest, eine Frau, die dick und rosig war wie ein Ferkelchen, aber dennoch beliebt bei allen in der Umgebung, sogar in Ráckeve hatte sie Verehrer, und in Újpest, vielleicht wegen ihres Geruches, denn sie roch so gut. Die Frau, die ansonsten allein lebte, sammelte in kleinen Fläschchen die Donau. Sie hatte Donau am Abend und Donau am Morgen, Frühlings-Donau, zürnende Donau, Treibeis-Donau (die sie im Kühlschrank verwahrte), sie hatte grüne Donau, helle, graue und blaue Donau, wer könnte alles aufzählen; sie standen in Reihen in einem handgeschnitzten Regal über ihrem Bett, und wer zu ihr kam, alle ihre Verehrer, mußte sich die Sammlung ansehen.

Das ist die Donau, brummten die Männer.

Die subtilen Städte, 1

Niemand weiß, wo die Götter dieser Stadt (Budapest) wohnen. Es gibt Vermutungen.

II.

Telegramm

Ich kann Ihnen nicht glauben. Auftraggeber (Mieter)

Antworttelegramm

Konkreter! *Eine kühle Brise trägt dir den Geruch einer verschlammten Flußmündung zu.* Reisender

Bei sich aber dachte er: Du fragst: *Reist du, um deine Vergangenheit wiederzuerleben?* Also: *Reist du, um deine Zukunft wiederzufinden?* Meine Antwort wäre: *Das Anderswo ist ein Spiegel im Negativ. Der Reisende erkennt das wenige, was sein ist, währenddem er das viele entdeckt, was er nicht gehabt hat und nicht haben wird.*

Die Städte und die Erinnerung, 5

Budapest ist eine Stadt, wo am 14. August 1980 ein namenloser Wirbelwind ein ganzes Donauausflugsschiff hochheben und über die altehrwürdigste ungarische Donaubrücke, die Kettenbrücke, hinwegheben, hinwegwerfen konnte. Zur Grundsteinlegung im Jahr 1842 (und überhaupt!) wurde Granit aus Mauthausen geholt. Als nach der Einweihung 1849 das scharfäugige Pest-Budaer Volk zu spotten begann, den grandiosen Löwen an den Brückenköpfen fehle ja die Zunge, warf sich, so die Legende, der Bildhauer, ein gewisser János Marschalkó, aus Verbitterung in die Donau. Wer ging zuerst über die Brükke? Freilich, Haynau, dieser Henker! Und wer ging nie über sie? Ja, Széchenyi. Alle Fahrgäste des vaporettoähnlichen Schiffes mit Ausnahme eines einzigen, namens Szörényi, ertranken. Er galt als Glückskind, dabei schnitt er am schlechtesten ab, denn sämtliche Fahrgäste, sämtliche Opfer kamen — zumindest behauptet das der liebe Gott — allesamt in den Himmel.

Die Städte und der Wunsch, 4

Als Cortázar in Budapest eintraf (heimlich, mit dunkler Brille), da ist er sofort — hier folgte eine Handbewegung: eine Welle zeigt man so, ein Abgleiten, ein Untertauchen, auf dem Rummel die Rutschbahn, oder eine Lawine, einen Kopfsprung —, also da hat er sofort, *so* eben, mit einer bildhübschen Zigeunerin, bei einer, in einer, je nach der Interpretation der Handbewegung. Oh, Julio.

Die Städte und die Zeichen, 3

Die Stadt Budapest, die wir in ihrer vollen Länge durchfuhren, scheint nicht dicht besiedelt. Wir geboten dem Kutscher, uns zum besten Gasthaus zu fahren. Der Kutscher bog auf die Brücke, die ungefähr vierhundert Sashen lang ist (1 Sashen = 2,134 m). Von der Brücke bietet sich ein wundervoller Anblick; zwischen den breiten Ufern fließt die von Donau-Wörth bis Kilia reichende Donau, Zeugin vieler blutiger Schlachten und Ruhestatt vieler tausend unglücklicher Krieger.

An einer Promenade sahen wir das Theater. Ein recht massiver Bau. In der Vorhalle zum Tempel der Thalia hatte ein italienischer Spaßmacher sein Zelt aufgeschlagen. Eine Handvoll Zuschauer verfolgten das unsterbliche, jedoch schon ein wenig welkende Drama des buckeligen Neapolitaners. »Povero signor Pulcinella!« Doch zu was für Ohren sprach, an was für Ohren verschwendete er die Schätze seines Sarkasmus, sein spöttisches Gelächter und die derbe Mundart der Lazzaroni? Die ernsten Ungarn, die bei ihm stehengeblieben, sahen ihn als Narren, und die meisten begaben sich sogleich weiter, als Zeichen der Verachtung Rauchringe aus ihren Pfeifen paffend.

Die subtilen Städte, 2

Gegen Ende des Jahres, wenn es kalt geworden ist, früh dunkelt und der Nebel nicht selten gleich einem streunenden, ausgehungerten Wolfsrudel die Stadt besetzt, empfängt man einen Brief aus Donaueschingen, einen Liebesbrief, einen verrückten, wundervollen, gemeinen, stürmischen Brief. Nach manchen Vermutungen wohnen die Götter der Stadt in diesen Wölfen.

Die Städte und der Austausch, 1

Achtzig Meilen dem Nordwestwind entgegen erreicht der Mensch die Stadt Budapest, *wo* der Haß *von sieben Nationen bei jeder Tagundnachtgleiche zusammenkommt.* Getauscht ist getauscht, wiederholen ist gestohlen.

III.

Bei sich dachte er:

... sooft ich in Budapest, meiner Geburtsstadt, ankomme, beschleicht mich ein Zweifeln und Bezweifeln, das ich zwar sorgsam vom Verzweifeln unterscheide, doch ändert das nichts an meiner fast schon rituellen Hilflosigkeit.

Ich versuchte, begangene Wege nicht gegen unbegangene einzutauschen, und blätterte in ausländischen Publikationen (Geo Spezial, Stern und so weiter), die meine Stadt besangen, Mitteleuropa war gerade *in,* für ein kleines Weilchen vertrieb sich der Okzident die Zeit nicht mit Selbstbeweihräucherungen, beziehungsweise er wählte eine komplexere und deshalb sympathischere Form derselben.

Im wesentlichen folgte ich dem Beispiel Adam Zagajewskis. Der in seinem Aufsatz *Wysoki mur* (Die hohe Mauer; in: Zeszty Literackie, 7/1984, 16—42) die Frage aufwirft, was wäre, wenn ich, der Schriftsteller, als Däne nach Polen käme, was ich sähe, verstünde, glaubte, was von den jähen Leidenschaften ich begriffe, ob ich fähig wäre, durch die unsichtbaren, unterirdischen Gänge der nationalen Intimität und Kumpanei zu kriechen, wo meistens nur das samtige Dunkel mein Gefährte wäre.

Mit dieser Fiktion beging ich die Pfade der Touristen, als wäre ich Däne, Deutscher, Holländer. Ich entsinne mich, zu Beginn der siebziger Jahre mußte der westliche Besucher Restaurantgutscheine lösen, und wir futterten die hinterlassenen Bons einer Großtante auf (denn sinngemäß hatte sie bei uns gewohnt und gegessen), wozu wir uns als Ausländer ausgeben mußten. Ich entsinne mich, wir wurden sehr höflich behandelt, wir speisten im Restaurant Rosenhügel und auch im Kárpátia. Mein Vater war der Oberclown, nie habe ich ihn so *souverän fröhlich* erlebt wie damals, dabei war er vielleicht immer noch Hilfsarbeiter irgendwo …

Die Städte und der Wunsch, 5

Binnen sechs Tagen und sieben Nächten kommt der Mensch nach Budapest, *einer Stadt, dem Monde wohl zugewandt, mit Straßen, die um sich selber kreisen wie an einem Knäuel. Dies erzählt man über ihre Entstehung:* Nach dem Menschen der Ursteinzeit, dessen Hiersein an mehreren Orten, beispielsweise in der sogenannten Einsiedlerhöhle, bewiesen werden konnte, ließen sich dort, wo heute Budapest liegt, die keltischen Eraviskier nieder. Es geschah, daß eines Nachts diese keltischen Eraviskier allesamt einen gleichen Traum hatten, *sie sahen eine Frau durch eine unbekannte Stadt laufen, sie sahen sie von hinten mit langem Haar, und sie war nackt. Sie verfolgten sie im Traum. Beim Hin und Her verlor sie ein jeder.*

Die Städte und die Zeichen, 4

Nach dem Traum begaben sie sich auf die Suche nach jener Stadt; sie fanden sie nicht, doch fanden sie einander, und sie beschlossen, eine Stadt wie im Traum zu bauen. Bei der Anlage der Straßen baute jeder den Verlauf seiner Verfolgung nach; an der Stelle, wo er die Fliehende aus den Augen verloren hatte, setzte er Räume und Mauern anders als im Traum, damit sie ihm nicht mehr davonlaufen könne.

Das wurde die Stadt Budapest.

Die subtilen Städte, 3

Neue Männer kamen aus anderen Ländern, denn sie hatten einen Traum gehabt wie jene. Die Römer erreichten hier im 1. Jahrhundert nach Christus die Donau. Sie erbauten, der Frau zuliebe, Aquincum (Straßennetz, Stadtwerke).

Die Städte und der Austausch, 2

Die Hunnen nahmen den Platz der Römer ein, die sich unter dem Druck der Völkerwanderung immer weiter zurückziehen mußten. Dann Karl der Große, dann die Slawen. In dieser Zeit *kennen die Menschen, die auf den Straßen gehen, einander nicht. Wenn sie sich sehen, stellen sie sich, der eine vom andern, tausend Dinge vor, Begegnungen, die es zwischen ihnen geben könnte, Unterhaltungen, Überraschungen, Liebkosungen, Bisse.*

Das war jene Zeit der Stadt, als *niemand jemanden grüßte.*

Die Städte und die Augen, 1

Die Gedenkstätten des mittelalterlichen Pest und Buda (romanischer Stil), zwischen denen die Frau im Traum lief, riß der Tatarensturm hinweg. Das geschah 1241. Später, in der Gotik, tauchte das lange blonde Haar am Chor der Innerstädtischen Pfarrkirche und auf dem strengen Hof des Dominikanerinnenklosters auf der Margareteninsel auf, dann im Palast des Sigismund, der die Aufmerksamkeit ganz Europas auf sich zog, noch später, während der türkischen Besetzung, sah man sie in den Bädern, im Königsbad, im Rudas und im Imre, auch in der Grabkapelle des Gül Baba am Rosenhügel, später, im Barock, hauptsächlich im Krisztschen Haus (in dem sich heute die Hundertjährige Gaststätte befindet), zur Zeit des Hochwassers im Vorfrühling 1838 im Kahn des heldenhaften Wesselényi, in der Eklektik an den größten öffentlichen Gebäuden und den meisten Mietshäusern von Budapest.

All die Zeitalter, die aufeinander folgten (die Zeit, als sich die Arbeiterbewegung formierte, die Horthy-Epoche, die Befreiung und so weiter), *erkannten irgend etwas von den Straßen des Traumes wieder und versetzten Laubengänge und Treppen an andere Stellen, damit Ähnlichkeit sei mit dem Weg der verfolgten Frau und damit ihr dort, wo sie verschwunden, kein Fluchtweg mehr bleibe.*

Die früher Gekommenen verstehen nicht, was die später Kommenden nach Budapest zieht, *in diese häßliche Stadt, in diese Falle.*

IV.

Telegramm

Ich glaube dir nicht. Dein Budapest existiert nicht. Vielleicht hat es nie existiert. Sicher ist, daß es nicht mehr existieren wird. *Warum verschwendest du deine Zeit an tröstliche Märchen? Ich weiß wohl, daß mein Imperium dahinfault wie eine Leiche im Sumpf, die mit ihrer Ansteckung die Raben verseucht, die auf ihr herumhacken, wie auch den Bambus, der, gedüngt mit ihrer üblen Flüssigkeit, heranwächst. Warum sagst du mir davon nichts? Warum belügst du* deinen Auftraggeber (Mieter), *Fremdling?* Auftraggeber (Mieter)

Antworttelegramm

No comment. *Sinn meiner Erkundungen ist: Indem ich die noch erkennbaren Spuren von Glück aufmerksam betrachte, ermesse ich dessen Fehlen. Willst du wissen, wieviel Dunkel du um dich hast, mußt du angestrengt auf die matten Lichter in der Ferne sehen.* Reisender

Die Städte und die Zeichen, 5

Keiner weiß besser als du, weiser Auftraggeber (Mieter), *daß man die Stadt niemals mit der Rede verwechseln darf, die sie beschreibt. Und doch gibt es zwischen der einen und der anderen eine Beziehung.* Wenn ich dir den Schwung der Hüften der Budapesterinnen beschreibe, von dem sich der Oktogonplatz erhellt und von dem die Donau anschwillt, bis fröhliche kleine Nachen durch die wasserbedeckten Straßen der Innenstadt taumeln, »ein Venedig Mitteleuropas«, dann *verstehst du sogleich, daß* Budapest *in eine Wolke von Ruß und Schmiere gehüllt ist, die sich an die Häuserwände klebt, daß im Straßengedränge die rangierenden Lastzüge die Fußgänger an die Mauern quetschen.* Und wenn ich von den eleganten Hüten berichte und von einem verblühenden, korallenrot geschminkten Mund, dann nur, um dich an den skandalösen »Zustand« der Gaststättenrechnungen zu erinnern.

Folgendes mußt du also verstehen, o Wanderer: Wenn du etwa im Café Hungaria untadelige alte Damen mit schwerem, altem Geschmeide siehst oder das berühmte McDonald's hinter dir lassend zum Gerbeaud am Vörösmartyplatz gelangst und beim Betrachten der betagten, Fliege tragenden Herren an den kleinen Tischen vermeinst, du befändest dich in der Monarchie (nur in einer abgenutzteren Version), dann siehst du, nein, nicht Aristokraten, nicht Boten, sondern *alte Männer,* die diese Zeit bewahren, die ihnen gehörte und nicht mehr ist. Sie ist nicht mehr.

Die Lüge ist nicht in der Rede, sie ist in den Dingen.

Die subtilen Städte, 4

Ob Budapest *so ist, weil unvollendet oder weil zerstört, ob sich ein Zauber oder nur eine Laune dahinter verbirgt, ich weiß es nicht.* Tatsache ist, daß die Stadt vor Jahren mit Ratten überschwemmt wurde. Die kleineren so groß wie Ferkel, die größeren wie Lastautos (vom Typ Csepel). Aber die wilden oder auch nur bösartigen sind selten unter ihnen. Mutter der — wenn es sie überhaupt gab! — Konflikte mit den Ureinwohnern waren vornehmlich das Unverständnis und das Mißverständnis. Manche von ihnen führen Touristen durch die Stadt, Besichtigungen für Insider, Kultur-Tour und so weiter, oder sie trotten nur zum Wiener Tor hinauf, wo im Mittelalter die Märkte waren, sehen sich die bronzene Mädchenstatue an, deren Modell angeblich die Muse des Ferenc Kazinczy (1759—1831) war, und werfen einen Blick in die evangelische Kirche, wo im Sommer Orgelkonzerte stattfinden und die Gottesdienste in deutscher Sprache. (Konzertkarten am Vörösmartyplatz, Tel. 117-6222.) Eines möchte ich jedoch nicht verschweigen: daß ihre englische Aussprache nicht sonderlich gut ist, im Gegenteil, ihre englische Aussprache ist ausgesprochen miserabel.

Großer Auftraggeber, rühmlicher Mieter! Das ist die Sache, dunkler Schatten oder verspieltes Sonnenfleckchen, nach der du, wenn dir dein Leben lieb ist, die Budapester nicht fragen darfst! Auch nicht, wenn dir eine Ratte ein Stück aus deiner sehr teuren Schlangenlederhandtasche reißt, auch nicht, wenn dir eine andere das Frühstück ans Bett bringt. *(Immerhin scheinen* diese Wesen *jetzt froh zu sein: Morgens hört man sie singen.)*

Die Städte und der Austausch, 3

Italo Calvino braucht dem Leser wohl nicht vorgestellt zu werden, aber sicherlich wird man überrascht sein, daß er vielen als ein herausragender italienischer Vertreter der »geadelten« Science-fiction-Literatur gilt. Dieses Buch von ihm ist ein Dialog zwischen Marco Polo und Kublai Khan. Der große Weltreisende erschließt dem despotischen Auftraggeber (Mieter) — und dem Leser — die bunte Vielfalt unserer Welt, ihren unglaublichen Abwechslungsreichtum, ihre erregende Phantastik, und erst am Ende des Gespräches wird deutlich, daß der weitgereiste Reisende sich einen Scherz erlaubte: er sprach immer nur von einer, von seiner Geburtsstadt.

Die Städte und die Augen, 2

Die Stimmung dessen, der sie ansieht, ist es, die der Stadt Budapest *ihre Gestalt gibt.* Komm nur, komm, wer du auch bist, mach dir ein Budapest!

Die Städte und der Name, 1

»Sie sind ein intelligenter Mensch. Soll ich Ihnen erklären, woran die Partei interessiert ist? Wir verlangen einen Namen. Den kennen Sie, den kenne ich … Verstehe … Glaubst du Ratte, Schmerz sei etwas Niedriges, *Körperliches?* Du irrst dich. Wenn wir dir den Harnleiter mit Glassplittern spülen, wirst du schon die metaphysischen Dimensionen deines Schwanzes fühlen. Da wirst du das ganze Sein und Sollen verstehen … Und nimm einen guten Rat von mir an. Er ist umsonst: Hab Angst, hab jetzt richtig Angst …«

Die symmetrischen vier Gebäude am einstigen Platz des 7. November (heute Oktogon) entwarf Antal Szkalnitzky (1873). Das erste Haus, rechts am Ring, das Standesamt, ist eine Nachbildung des Palazzo Strozzi in Florenz. Das Pallavicini-Palais (Andrássystraße 98) besitzt einen der schönsten Innenhöfe (Atrium mit wildem Wein und dergleichen). Zwischen beiden, in der Andrássystraße 60, hatte die Behörde für Staatsschutz ihr … ja was? Hauptquartier.

V.

… ging er zum nahen kleinen Postamt, um das Antworttelegramm aufzugeben.

Antworttelegramm

Die Rechnungen lege ich bei. *Wenn das Sein in jedem Augenblick vollkommen mit sich selbst identisch ist, ist die Stadt* Budapest *Schauplatz des unteilbaren Daseins. Aber wozu dient dann die Stadt? Was für eine Grenzlinie trennt ihr Inneres von ihrem Äußeren, das Donnern der Räder vom Heulen der Wölfe?* Reisender

Er kam ins Gespräch mit dem Postfräulein, die war mager und blaß, und wenn sie eine Zahl aussprach, errötete sie; siebenundfünfzig Forint, flüsterte sie beispielsweise, und der kleine Schalterraum schwamm in rötlichem Licht. Er verabredete mit dem Mädchen ein Rendezvous an der Donau und vergaß es gleich wieder.

Irgendwie trafen sie sich trotzdem. Sie schlenderten Hand in Hand, der Wind wehte, Blätter schwebten wie Papierflugzeuge. Der Fluß ist hier groß. Boshaft stellte er ab und zu eine Frage, auf die sie mit einer Zahl antworten mußte. Das Wasser der Donau rötete sich wie bei Sonnenuntergang. Dann fragte das Mädchen: »Wissen Sie, daß Ihr Telefon abgehört wird?« Er schüttelte heiter den Kopf, nein, an so etwas habe er noch nie gedacht. »Ein junger Mann aus der Zentrale war bei uns, er hat es erzählt.« Ihre Hand war kalt und verschwitzt. Er drückte sie, schließlich meinte er lustlos, als wäre er vom Gegenteil überzeugt: »So wichtig bin ich nicht.« Da rief das Mädchen schwärmerisch: »Natürlich nicht! Nicht Sie! Irgendeine alte Geschichte! Roberto oder wie er heißt ...«

»Ich kenne keinen Roberto«, erwiderte er mit Herzklopfen und umarmte das Postfräulein. Das Nachmittagsschiff aus Wien durchschnitt das Wasser, schleppte sich dickleibig und würdevoll vorüber wie ein fetter Priester. Die Schornsteine qualmten hochmütig, die Räder schaufelten zuverlässig und ernsthaft das Wasser, auf dem Deck gab es Tische mit weißen Tischdecken zu sehen, an denen fette Fremde Schinken aßen und dazu eisgekühltes Bier tranken; an der Reling standen Frauen und Mädchen in bunten Kleidern und mit großen Strohhüten auf dem Kopf und winkten ihm mit ihren kleinen Taschentüchern.

»Sagen Sie mir nach: eins, zwei ...« (In solchen Augenblicken wäre er, wir könnten ihn bescheiden Sindbad nennen, gerne ein Schiffsoffizier in weißer Hose und goldbetreßter Mütze gewesen. In schneeweißen Schuhen schreitet er verträumt über das Deck und bedenkt die in Rohseide gekleideten, großäugigen Rumäninnen mit verführerischen Blicken.)

Die subtilen Städte, 5

Wollt ihr mir glauben, gut.

Die Städte und der Austausch, 4

Selbst die ältesten Menschen erinnern sich kaum noch an die Zeiten, als der Antichrist hier herrschte (vergleiche: Gewerkschaftsmarken und Pioniertücher). Um den Widersinn der Situation zu verdeutlichen: Budapest war damals Szolnok, Szolnok war Lovasberény, Lovasberény war Szeged (folglich die Theiß die Donau, die Donau der Jenissej, der Jenissej die Theiß), Szeged war Kőszeg, und Kőszeg war Budapest. Man mußte sehr aufpassen. Wer zum Beispiel den Jenissej mit Jessenin verwechselte, spielte mit seinem Leben.

Die Städte und die Augen, 3

Es gibt noch ein anderes Budapest, in der Donau, im Spiegel der Donau. Die Donau *vermehrt einmal und negiert einmal die Bedeutung der Dinge. Nicht alles, was über dem Spiegel Bedeutung zu haben scheint, hat Bestand, wenn es gespiegelt wird. Die beiden Zwillingsstädte sind sich nicht gleich, weil nichts von dem, was in* Budapest *ist oder geschieht, symmetrisch ist: Jedem Gesicht und jeder Geste antworten aus dem Spiegel ein Gesicht oder eine Geste, die Punkt für Punkt umgekehrt sind. Beide,* die zwei Budapests, *leben das eine für das andere, sehen sich dauernd in die Augen, doch sie lieben sich nicht.*

Die Städte und der Name, 2

»Durch das Guckloch habe ich dich heute den ganzen Vormittag angesehen. Dein Zustand ist jämmerlich. Die Striemen ... die Schwellungen ... Ich habe gesehen, daß du dir mit der Hand die Kiefer auseinanderdrücktest, damit sie das nasse Brot in dich stopfen konnten. Du siehst dich nicht, aber ich sehe dich. Du bist sehr schön. Ich weiß, daß du es weißt. Ich sehe es an deinen Augen. Interessant, daß dich das so beirrt. Dabei, was ist schon ein Name? Eine Buchstabenfolge. Oder nicht?«

In der Andrássystraße 39 fordert ein stolzes Renaissancegebäude zum Innehalten auf, das frühere Große Pariser Warenhaus (1909). Hier befand sich das Theresienstädter Casino. An der Decke des Großen Saales eine Allegorie der Stadt Budapest, umlaufend Figuren, die die Kunst und das Handwerk verkörpern. Heute werden hier Campingausrüstungen und Bettwäsche verkauft. Das Haus Andrássystraße 88—90 wurde im toskanischen Stil errichtet. An der Fassade finden sich Wappen der Gegenden, durch welche die ungarische Eisenbahn fährt. Zwischen beiden, Andrássystraße 60, hatte die Behörde für Staatsschutz ihr Hauptquartier.

Die Städte und die Toten, 1

Budapest ist ein großes Dorf. Jeder kennt jeden. Man kennt auch mich. Die aus meinem Dorf lächeln mir zu, ich kenne dich, schöne Maske. Eine von ihnen kocht gerade ein. »Marmelade«, sagt sie. O Gott, seufze ich, eine Marmeladenfrau, und wie ein gutgelaunter Meuchelmörder ziehe ich die Küchentür hinter mir zu. Beim Abschied behauptet die Betreffende, ich sähe meinem Onkel Roberto zum Verwechseln ähnlich. Und fährt mir durchs Haar.

VI.

... die Fiktion, ich könnte als westlicher Tourist, als Besucher durch diese Stadt streifen, war eine ziemlich simple (einfältige) Idee, gab aber viel Spielraum. Sie funktionierte nur deshalb nicht richtig, ließ sich nicht konsequent durchhalten, weil ich es satt bekam, und satt bekam ich es, weil mich die Fiktion notwendigerweise zum Touristen machte statt, wie ersehnt, zum Reisenden. Mit der bekannten mitteleuropäischen Hoffart könnte ich sagen, ich verblödete auf Westniveau. An sich genoß ich das — seien wir dankbar für jede neue Blödheit —, nur kannte ich es schon, und, offen gesagt, neue Dimensionen konnte ich diesem Terrain nicht abgewinnen.

Ich wohnte im Forum und schwärmte für die schöne Donauansicht, ich konnte stundenlang am riesigen Panoramafenster meines Zimmers stehen und das Wasser betrachten, das Schiffsrestaurant (chinesische Küche), das Pulsieren der Kettenbrücke, die Budaer Berge auf der anderen Seite, die Burg, die Gleitbahn. Ich mietete einen Wagen, ich saß im Spielkasino und gelangte auch in private Kartenklubs, ich ging zu Neureichenpartys auf dem Rosenhügel und zu Intellektuellenpartys in der Innenstadt, und ich war in allen bemerkenswerten Restaurants, bei den Ausgaben teilte ich durch den Schwarzmarktpreis der Mark, das ergab nicht besonders viel, allerdings war das Ganze auch nicht besonders interessant. Dann fuhr ich zu einem Campingplatz am Stadtrand und wohnte dort, ich fuhr schwarz mit der Metro, nix daitsch, pardon, ungarisch, ich aß im Stehen und wußte, wo es gute Fladen gibt, bis zum Hot dog sank ich nicht, aber ich entdeckte Garküchen, zum Beispiel das Kádár am Klausalplatz oder das Kleine Geheimnis in der Nagymezőstraße, ich war der letzte Ostdeutsche auf den Spuren der verlorenen Zeit ...

Die Städte und der Austausch, 5

Hochangesehener Auftraggeber (Mieter), in den Büchern über die Stadt liest du über die Stadt (Reisender wußte, wie er gegen die dunkle Stimmung des Auftraggebers [Mieters] anzugehen hatte): »Es überrascht mich wieder und wieder, weil es mich unerwartet trifft, wenn andere über den Ort, wo mein Leben abläuft, einfach *als* Stadt sprechen — meistens Ausländer. Budapest eine Stadt? Wie Paris, Amsterdam, Stockholm? Wir liegen also tatsächlich malerisch an beiden Ufern der Donau? Unsere Brücken haben den Schwung eines märchenhaft schönen Gedankens? Und wir haben Geheimtips in bezug auf Gaststätten, wir kennen ein kleines Lokal oder eher noch eine Frau, eine Lady, wo die im Stück gebratene Gänseleber in einem überraschenden Zwiebelfond besser ist als in Lyon, und es gibt diese lebensvollen Kaffeehäuser, die die sinnliche Dekadenz des ausgehenden Jahrhunderts heraufbeschwören ...? Und überhaupt: die Atmosphäre! Dieses eigentümliche Raunen und verborgene Tanzen, das die Städte unterscheidet, und die Gesichter auf der Straße, in denen unser eigenes sich badet und spiegelt, damit wir über uns etwas erfahren wie *nirgendwo* sonst. Unser kulturelles Leben brodelt wie unsere berühmten Bäder? — Budapest, die Bäderstadt! — Es siedet der osteuropäische Witz des Lebenwollens, des Überlebens, raffiniert, talentiert und pfiffig, ein wenig südöstlich von Švejk? Unumwunden: Ein kleines Schmuckkästlein mit doppeltem Boden im Schoß der Karpaten, das sind wir, wie es im Schlager heißt: Budapest, das ist mein Traum, ist für mich Paris? So gut stehen wir da?«

Die Städte und die Augen, 4

»Mit Budapest hatte ich nie Pläne, ich besaß und benutzte es ganz selbstverständlich. Geographisch lernte ich meine Geburtsstadt im wesentlichen durch Fußballplätze und die Kneipen in ihrer Umgebung kennen. Ich war nämlich lange ein Provinzfußballer mit einer vielversprechenden Zukunft. Das verging dann. Die vielversprechenden Zukunften werden von vielversprechenden Gegenwarten, später von vielversprechenden Vergangenheiten abgelöst, et nos mutamur in illis. — Unsichtbar durchziehen diese verborgenen Pfade die Stadt, durch und durch, von einem ruinierten Hartplatz zum anderen, Pfade, die keiner kennt, nur die Geheimgesellschaft um die heruntergekommenen, drittklassigen Fußballspieler und Vereine; phantastische Gestalten, die sich da zusammenfinden, seltene, im Aussterben befindliche Tierarten. Meine Stadtkenntnis war auf diese Weise völlig den *Launen* der vom Fußball-Unterverband Budapest überwachten Auslosungen ausgeliefert. Eine Mannschaft wie der Csillaghegyer Arbeiter Turnverein (wo ich spielte, das Vertrauen der sachkundigen Sektionsleitung genießend) verschlug es kaum einmal nach Soroksár, höchstens bei einem Pokalspiel. Und aus dem Pokal ist man schnell raus ... Für Budapest machte ich keinen Finger krumm, ich dachte gar nicht dran.«

Die Städte und der Name, 3

»Einen Namen.«

Landschaftsbeschreibung.

Die Städte und die Toten, 2

Stell dir vor, gütiger Auftraggeber (Mieter), es sei Nacht, also nicht nur dunkel, aber das Dunkel ist tonnenschwer, und du stehst auf dem Berg, der eher ein Hügel ist und nur hier Berg heißt, vor dir eine Stadt, klein wie ein Puppenhaus, viele kleine Lichtpunkte, die glitzern und pulsieren ... (Dazu schicke ich später noch einen Vergleich ... Beispiel: wie die phosphoreszierenden Krebse in der Bucht vor Balaklawà ... dort liegt übrigens unter einem Felsen die Flotte der Russen ... Das hat mir einer erzählt, der als Kriegsgefangener dort war: Stell dir vor, sie gaben uns Frauenunterhosen, das ganze Lager in Spitzenschlüpfern, mit Haut und Haaren. Halb Jalta lachte über uns.) Hinter dir steht eine Frau, so nahe, das gibt es gar nicht. Du hörst, wie die Luft in ihren Lungen umkehrt. Vielleicht will sie dich erstechen. Da hätte ich einen Rat: Fürchte dich. Flüsternd erzählt sie von einem anderen Mann, einem früheren, den sie sehr geliebt hat, dabei war er schon *damals* ein Niemand, weniger als ein Niemand, er war Leere, er war ein Häufchen Null, sie hatten ihm alles aus dem Leib geprügelt, den Körper, die Seele, die Vergangenheit, die Erinnerungen, einen Namen, die Frauen, die Frauen, sogar die Frauen hatten sie ihm aus dem Leib geprügelt. (Dalma sprach über Roberto.) Groß ist hier der Fluß.

Die Städte und der Himmel, 1

Diese Straße in diesem Teil des Vororts ist eine Allee, von Pappeln gesäumt, und sie führt schnurgerade an die Donau. An der dritten Ecke von den Schienen an gerechnet steht jeden Samstag, seit fünfundzwanzig Jahren jeden Samstag, ob es regnet oder stürmt, zwischen halb acht und halb zehn eine Frau. Sie war schon vor fünfundzwanzig Jahren alt, jetzt ist sie noch winziger, noch runzliger, noch weißer, inzwischen hat ihr Kopf zu zittern begonnen. Wer vorüberkommt, den fragt sie nach der Uhrzeit, zum Dank schwingt sie ihren Stock. Wenn sie mich sieht, tut sie, als ob sie sich freute. Ich hatte immer Angst vor ihr. Nie wagte ich zu fragen, warum sie dort stand. Heute habe ich mich endlich aufgerafft. Ein abstoßendes

Grinsen kroch in ihr Gesicht, eine Raupe, sie schüttelte sich vor Lachen. Meine Schwiegertochter … und mein Sohn … wir haben nur ein Zimmer … Ihr überlegenes, erstickendes Gelächter klang scheußlich. Aber dann schwang sie ihren Stock, einmal, wie üblich, hoch zum Himmel, und alles glättete sich.

VII.

Reisender *beschreibt* in seinem Bericht *eine Brücke, Stein um Stein.*

Telegramm

Doch welcher Stein ist es, der die Brücke trägt? Auftraggeber (Mieter)

Antworttelegramm

Die Brücke wird nicht von diesem oder jenem Stein getragen, sondern von der Linie des Bogens, den diese bilden. Reisender

Telegramm

Warum sprichst du von den Steinen? Nur der Bogen ist für mich von Bedeutung. Auftraggeber (Mieter)

Antworttelegramm

Ohne Steine gibt es keinen Bogen. Reisender

Oder wie eine Bekannte von mir sagt: keinen Schwanz.

Die Städte und die Augen, 5

Goethes Augen sind die einzige Sehenswürdigkeit, über die Weimar verfügt.

Die Städte und der Name, 4

»Glauben Sie mir, ich bin auch müde, nicht nur Sie. Ich könnte sagen, sehen Sie aus dem Fenster, aber im Souterrain wäre das ein schlechter Witz. Oder Sie würden glauben, ich ziehe Sie auf ... Ich bin auch enttäuscht, nicht nur Sie. Ich habe auch schlechte Laune, nicht nur Sie ... Ich glaube, jetzt haben Sie verstanden, wenn auch langsamer als erwartet, daß hier im Souterrain die herausragende moralische Stärke und die herausragende physische Stärke ohne Bedeutung sind. Wir unterscheiden uns nicht da, wo Sie es möchten. Nebenbei, ich lebe allein. Sie müssen sich was anderes ausdenken. Ich will nicht sagen, daß das nicht geht. Aber erlebt habe ich es noch nicht. Hier ist noch keiner so rausgegangen, daß ... Wer davongekommen ist, ist daran gestorben ... Schade um diese Fenstergeschichte ... Der Dächerwald, wie in Paris ... Europa ... Ich weiß, Sie sind fertig. Ich werde Namen sagen, Sie brauchen nur zu nicken. Haben Sie keine Angst.«

Die Städte und die Toten, 3

Ich zeigte Dalma die Stelle an der Donau, wo ich irgendwann einmal mit einem Mädchen gelegen hatte.

»Mein lieber junger Freund, Ihr Geschmack ist nicht bedrückend anspruchsvoll.« Aber sie hakte sich liebenswürdig bei mir ein. Sie sog an einer langen, leeren elfenbeinernen Zigarettenspitze. »Wissen Sie, Ihr Onkel ... ich weiß! ein entfernter und eigentlich kein Verwandter, verteidigen Sie sich nicht! ... Ihr Onkel, der wurde eine Marionette, sie machten mit ihm, was sie wollten. Man braucht die Mauer nur an einem Punkt aufzubrechen, schon löst sich ein Stein vom anderen ... bis nur noch das Nichts übrigbleibt. Dieses Nichts war Roberto, über diesem Nichts strafften sich die guten Tweeds ... vielleicht standen sie ihm deshalb so gut, da war nichts, was sie verderben konnten.« Ich preßte krampfhaft ihren Arm. Das Frühjahrshochwasser trieb zuweilen ganze, belaubte Bäume die Donau hinab. »Nach der Revolution schickten sie ihn in den Westen. Anfangs für kleinere Arbeiten,

Nachrichten aus der Emigration, Stimmungsberichte, unbedeutende Anwerbungen, dann bedeutendere, Agentenlisten, Gegenagentenlisten, Rückumdrehen übergelaufener Agenten, er arbeitete sehr gut, ihm fehlte die natürliche Angst, er war tollkühn wie der Satan, bis er ...« Sie verstummte. Biß sich auf die Lippen.

»Bis er was?«

»Sie wissen es, warum fragen Sie?«

»Bis er sich in Sie verliebte.«

»Er liebte niemanden, ich habe ihn geliebt.«

»Hat er auch mich nicht geliebt?« Sie zuckte die Schultern. »Doch! Mich liebte er.«

»Er hat niemanden geliebt, zermartern Sie sich nicht Ihr Hirn! Dann kam '63 der Plan ›Donau‹. Mit dem war nicht mehr zu spaßen. Bei dem hatten die Russen das Sagen ... wie immer ... Roberto war nicht zu bändigen. Er wird, sagte er, die Donau verdoppeln ... Damals trank er viel ... Und tatsächlich hat er sie verdoppelt! Platz und Einlauf, gleichzeitig für die Russen und die Amerikaner. Nicht wegen des Geldes. Geld interessierte ihn damals nur noch en passant. Sondern ... weil er die Welt an der Nase herumführen wollte. Weil er doch jemand sein wollte. Dabei war er ein Niemand.«

Unvermittelt hielt sie inne.

»Warum küssen Sie mich nie? Ist Ihnen nicht aufgefallen, daß Sie mich noch nie geküßt haben? ... Glauben Sie nicht, daß ich nicht sehe, daß Sie heute dasselbe Hemd wie gestern tragen!« Sie bemerkte immer alles an mir. Manchmal ärgerte mich das, manchmal erfüllte es mich mit wohltuendem Stolz. »Ich kannte ihn noch von Ungarn her, ich fuhr zu ihm in die Hortobágy. Ich war eine von seinen Geliebten ... bemerkt hat er mich erst später, in Wien. Am dritten Freitag eines jeden Monats bin ich mit dem Bus zu ihm gefahren ... Ich kam am späten Nachmittag an, immer jaulten Hunde, ich mußte läuten, am Gartentor hing eine Kuhglocke ... ich mag die Tiefebene ... und wenn ich zu ihm in die Lehmhütte trat, ging ich immer gleich zum Fenster. Wenn er mich betrogen hatte, lag da ein Stück Schokolade als Schmerzensgeld ... Die Donau endete im Landtmann.«

»Ich verstehe nicht.«

»Was verstehen Sie nicht?! Jemand hat ihn verraten.«

»Wer?«

»Ich.« Ich wollte weglaufen. »Bleiben Sie stehen! Bleiben Sie stehen! Sie Esel! Doch nicht aus Eifersucht, nur weil ich sah, wie sie ihn vernichteten. Ich habe ihn gerettet! Bleiben Sie doch stehen! Halt! Halt!«

Die Städte und der Himmel, 2

Wollt ihr mir glauben, gut. Budapest ist eine Stadt, wo, wenn es regnet, es wie aus Kübeln gießt. Ein Mann schleppt ein großformatiges Bild. Man merkt, es ist schwer. Das Bild stellt ein Atelierinterieur dar. Ganz unten, fast schon weg- oder rausgerutscht, ein Stuhl, ein profanes Kreuz. Das Bild ist heilig. Was bei Vermeer weggeblieben ist, könnte man denken. Das alles geschieht auf der Straße der Märtyrer, wo die Kohlenmonoxydkonzentration hoch ist wie nirgends sonst in der Stadt, irgendwie klebt die Luft zwischen den Häusern fest. Die stinkendste Straße Europas und als solche ein Unikum.

Die andauernden Städte, 1

In der Geschichte der Stadt Budapest gab es einen Tag, da starb allem und jedem die Mutter, jedem Regenwurm, jedem Maikäfer, jeder Pappel. Sogar denen starb die Mutter, die selbst nicht mehr existierten, kurz, es starb jede gewesene und jede künftige Mutter in der Stadt. An jenem Tag war dieses Sterben Budapest, aber ohne daß sich etwas veränderte. Als ich da sinngemäß zu schluchzen begann, sagte eine weiche Frauenstimme: Weinen Sie nicht,

Lieber. Aber als ich nicht aufhörte zu wimmern, sagte sie: Weinen Sie nur, Lieber. Und als ich verstummte, rief sie mich angsterfüllt mehrmals beim Namen und sagte: Alles ist gut, nicht wahr? Sie sind in Ordnung, nicht wahr?

VIII.

... Anfangs hatte ich daran gedacht, den einzelnen Kapiteln Speisen-Überschriften zu geben, zum Beispiel *Die Kutteln* oder *Kalbsbrust mit Trüffeln gefüllt,* und hinter die größeren Einheiten jeweils ein festliches Menü zu setzen. Ein Donau-Menü. Was ein Donau-Menü ist, wußte ich natürlich nicht, das mußte herausgefunden werden, ich schrieb Briefe an berühmte Köche, sie sollten nachdenken, schwatzen oder bluffen, nicht Geld noch Mühe scheuend suchte ich die großen Donau-Köche auf, einen Deutschen, Herrn Aspacher aus der Ulmer Gegend, aus Illereichen, dann Frau Bacher-Wagner aus der Wachau, ich aß mit dem berühmten Pál Kövi und futterte mich durch den alten Imre Gundel, die wandelnde Legende.

Aber irgendwie konnte ich meiner Leckermäuligkeit keine wahrhaft mitteleuropäischen Dimensionen verleihen, eher verstärkten sich nur die Snobkonturen, da halfen auch die Eintopfgerichte der Kneipen nichts. Dabei sind die Speisenbeschreibungen wirklich Landschaftsbeschreibungen, und der Koch läßt sich natürlich zu einer mythischen Figur erhöhen, einem Diener, einem Spezialisten, einem Künstler, einem Entertainer, einem Schöpfer, einer Mutter, die füttert.

Aus den Gesprächen und Speisen und Rezepten und Mahlzeiten sollte sich die Donau ergeben, die in ihnen zum Ausdruck kommende Tradition, Traum und Alltagspraxis sollten die Übereinstimmungen und Unterschiede entlang der Donau zeigen. Aber der Gesichtspunkt ist zu luxuriös, wenn auch überaus gewinnbringend. Halt dir, o

Auftraggeber (Mieter), stets vor Augen, Suppe nie beim Italiener zu essen! (Reiseführerprosa)

Die Städte und der Name, 5

»Auch das ist Budapest. Hier im Souterrain gibt es keinen Unterschied zwischen Männern und Frauen, zwischen Verfolgern und Verfolgten, hier gibt es nur den Augenblick. Machen Sie sich keine Vorwürfe, es ist nur geschehen, was geschehen konnte. Machen Sie auch mir keine Vorwürfe, das ist kein Kampf mit Sieger und Besiegtem, das ist eher so, wie wenn es regnet oder die Sonne scheint. Stimmt, es gibt die Dürre, und es gibt das Hochwasser. Ich sage das nicht als Warnung. Man wird Ihnen nichts mehr antun. Morgen werden Sie nach Hause gehen. Übermorgen wird man Sie in die Hortobágy aussiedeln. Das ist nicht gefährlich. Darf ich Sie besuchen? Mein Name ist Dalma.«

Die Städte und die Toten, 4

Oder hatte ich mir insgeheim vielleicht vorgestellt, an der Donau würde es anders sein? Dalma zeigte mir die unterschiedlichen Bewegungen des Wassers, die Strudel, die oft unsichtbaren Strömungen, kleinere Wehre. Wie oft sie hier gerudert habe. Und daß sie eine ganze Gesellschaft waren, eine richtige Bande, sie darin das einzige Mädchen. Sie fanden Minen, die sie an der Inselspitze explodieren ließen. Und als sie in der Sowjetunion war, habe man ihr das Große Wehr gezeigt. Es ist einzigartig in der Welt, das Wasser schlägt regelrecht Purzelbäume. Kein Schiff würde es passieren. Wirtschaftlich ist das natürlich ein böser Schlag für die Sowjetunion. Dalma sprach viel, sie hatte recht, wir fürchteten uns vor der Stille. Ihr Rouge war verschmiert, die Tränensäcke unter ihren Augen pochten, ihr Gesicht war nicht einfach häßlich geworden, sondern erschreckend. Als wollte sie sich nur andeuten, so und so bin ich gewesen, so *schön:* und das war unsagbar häßlich.

»Mein lieber junger Freund, Sie haben mich satt«, sagte sie plötzlich. »Aber fangen Sie jetzt nicht wieder an, herumzurennen.«

»Und warum nahm mich Roberto mit?«

»Du warst der einzige weit und breit, dem er vertraute. Der einzige zwischen Tokio und New York.«

»Und Sie?«

»Ach wo.«

»Und mein Vater?«

»Ach wo.«

»Und meine Mutter?«

Darauf antwortete sie nicht. Ich fragte erneut, sie schwieg.

Ich fragte erneut.

»Wenn du noch einmal fragst, ohrfeige ich dich.«

Da begann ich zu lachen, doch sie meinte vermutlich, dann würde sie mich töten, vernichten, in die Donau stoßen. Roberto sei '63 eingesperrt und erst '83 freigelassen worden, das heißt, er saß seine gesamte Strafe ab, was selten ist, aber aus irgendeinem Grund wollten sie ihn nicht austauschen.

»Roberto lebt?!«

Sie fuhr im gleichen Tonfall fort. Sie habe den Eindruck, man habe ihn gefürchtet, Roberto eingesperrt, das war für alle besser. Sie jedenfalls liebte ihn nie so sehr wie während dieser zwanzig Jahre. Am 2. September '83, als er entlassen wurde, besuchte er sie in ihrer kleinen Wohnung in der Mariahilfer Straße, da liebte sie ihn nicht mehr, da fürchtete sie sich nur mehr vor ihm. Er hatte sie verprügelt, kräftig, systematisch, lange geschlagen, fast totgeschlagen, dann war er in das kleine hintere Zimmer eingezogen, und aus dem kam er nur, um ins Badezimmer zu gehen.

Wie ein Romanheld, dachte ich geringschätzig. »Und was macht er?«

Dalma zuckte mit den Schultern. »Er studiert Landkarten. Schmiedet Pläne. Macht Aufzeichnungen. Unwichtig. Jetzt ... jetzt hat er gesagt, wir sollten den Plan ›Donau‹ gemeinsam umsetzen ... Daß ich ihn diesmal vielleicht nicht verrate. Unwichtig.«

»Ich verstehe nicht.«

»Verstehen muß man nicht. Mit dem Schiff reisen muß man, hinunter bis Tulcea.«

»Und ich hatte geglaubt, daß ich ... daß Sie und ich.«

Sie zuckte wieder mit den Schultern. »Auch glauben muß man nicht. Umarmen Sie mich.«

Ich nahm sie in die Arme wie ein Stück Holz. Mich genierte, daß sie so alt war. Ich roch ihre Zigarettenspitze. Sah, daß sich ihr Haar lichtete. Aber ich küßte sie, von oben, auf den Scheitel. »Und weiß Roberto, daß ich ... daß wir ...«

»Er weiß alles.«

»Läßt er mir etwas ausrichten?«

»Nein.«

»Will er mich sehen?«

»Nein. Er will niemanden mehr sehen. Er ist wie ein alter Mann. Wie ein einsamer Witwer, der voller Haß nur noch auf den Tod wartet. Und alles fällt ihm schwer, jeder Schritt, das Schneuzen, das Luftholen. Die ganze Nacht wimmert er, und jeden Tag trinkt er, solange er kann. Er will nicht ... beziehungsweise etwas, eines will er noch ...«

»Aber ich will ihn sehen!«

»Sie wollen hier gar nichts. Ihnen läßt er nichts ausrichten, aber mir hat er etwas ausrichten lassen. Daß ich ihm aus dem Wege gehen soll.«

»Wo ist er jetzt?«

»Sie sollten es nicht wissen wollen.«

»Sagen Sie es schon, ich bin kein Kind.«

Sie verzog den Mund. Ich hielt sie immer noch in den Armen. »Lassen Sie mich schon los!« Sie fegte mich von sich. Drüben ruhte das Schiff aus Wien, unser Schiff; es saß so würdevoll im Wasser wie ein fetter Priester ... Dalma sagte leise: »Dort ist er. Bei uns.«

Es wurde Abend. Ein Kahn zeigte sich auf dem Rücken der Donau, die altem Silber glich, im Kahn saßen weißgekleidete Frauen und ließen einen offenen, langen weißen Schleier über dem Wasser schweben, dann erschien im Dunkel des jenseitigen Ufers die Laterne der Anlegestelle, und nun wurde es still auf der großen Donau. Unsichtbar und träumerisch huschten die Wellen vorüber und trugen die Kunde von unserer Furcht und Ratlosigkeit auf die fernen Meere ...

Die Städte und der Himmel, 3

Wollt ihr mir glauben, gut. Budapest ist eine Stadt, wo in meinem Badezimmer seit Jahren ein Fremder sich morgens die Zähne putzt. Ich habe ihn noch nie gesehen. Er wiegt eine Tonne, von seinem Flanellpyjama abgesehen. Eine Leiche seiner selbst, erzählt man sich.

Die andauernden Städte, 2

In der Geschichte der Stadt Budapest gab es einen Tag, da gelang jedem alles. Er bleibe mir im Traum erspart! Soviel Leid hat noch keine Stadt gesehen.

Die verborgenen Städte, 1

Budapest gibt es nicht, es ist geflohen.

IX.

Telegramm

... *Vielleicht blicken die Terrassen dieses Gartens nur auf den See unseres Geistes* ... Auftraggeber (Mieter)

Antworttelegramm
In der Tat, da sind wir. Reisender

Die Städte und die Toten, 5

Was Budapest *von den anderen Städten unterscheidet, ist der Umstand, daß es anstelle der Luft Erde hat. Die Straßen befinden sich ganz in der Erde, die Zimmer sind bis zur Decke mit Lehm angefüllt, auf die Treppen legt sich eine andere Treppe im Negativ, über den Hausdächern lasten steinige Erdschichten wie Himmel mit Wolken... Nachts, wenn man sein Ohr an die Erde legt, hört man bisweilen eine Tür, die zuschlägt.*

Die Städte und der Himmel, 4

Eine Zeitlang, vielleicht noch heute, gab es in der ganzen Stadt das beste Hammelpörkölt im Góbé zu essen, am Josephsring. Dies geschah in der zweiten Hälfte der sechziger Jahre, nach der Lateinstunde — sic itur ad astra —; ich saß am großen (prunkvollen?) Panoramafenster zur Fiakergasse, wo jenseits der Scheibe, Zentimeter von mir entfernt, eine junge Frau stand, sie trug einen geschlitzten Kunstlederrock und schrie mit jemandem, den ich nicht sah. Ich bat den Kellner, Gewürzpaprika zu bringen. Inzwischen wurde die junge Frau von einem Mann geschlagen, sie bekam eine gewaltige Ohrfeige, sie blutete und langte nach der Stelle, sie bekam noch eine und sank mit einer halben Drehung an die Fensterscheibe, Gesicht und Lippen drückten sich an die Scheibe, sie hielt sich geradezu am Glas fest, rutschte dann langsam tiefer, ließ eine Speichel- und Blutspur zurück. Es war wie in einem Aquarium, wo sich nicht sagen läßt, was draußen und was drinnen ist. Ich esse derweil weiter und habe große Angst, das Hammelpörkölt ist ausgezeichnet. Das Hemd der jungen Frau ist gerissen, ich sehe ihre weiße Brust, sie ist wie aufgegangener Teig. Da sah ich zum erstenmal in meinem Leben live eine Frauenbrust.

Die schmierige Blutspur an der Fensterscheibe — so hoch stand das Wasser im schrecklichen Lenzmonat 1838, als das Eis brach und die Donau aus den Ufern trat, weil sich oberhalb der Insel Csepel, an der Kahlen Sandbank, allzuviel Eis gestaut hatte. Das von der Eisbank zurückgedrängte Wasser durchbrach den Damm zuerst am Klopfingerschen Haus (»die Öffnung wurde allsogleich verstopft«). Am höchsten stand das Wasser — dies zeigt die Blutspur an — am 15. März um 11 Uhr abends: 29 Fuß, vier Zoll, 9 Strich.

Die andauernden Städte, 3

In der Geschichte der Stadt Budapest gab es einen Tag, da wurde jeder von Darmwinden heimgesucht. Daher die vielen Windmühlen auf der Insel Csepel, aber sie haben sich nicht bewährt, vielleicht wegen der Kohletabletten. Eine Stadt, *die nur beim Kacken nicht auf ihre Interessen bedacht ist.*

Die verborgenen Städte, 2

Es gibt ein böses Budapest, es gibt ein genießerisches Budapest, ein machtgieriges, ein lässiges, ein schwermütiges, ein tiefes, ein geistreiches, es gibt ein beschissenes Budapest, ein verlogenes, ein schuftiges, ein herrschaftliches, es gibt ein unförmiges Budapest (Plastik), eins der Dichterlinge, eins der Volkswirtschaftler, eins der übertriebenen Großartigkeit und eins der übertriebenen Unterwürfigkeit. Dies ließe sich auch so beschreiben: *Glücklich ist es nicht, das Leben in* Budapest. *Die Menschen auf den Straßen ringen die Hände, schimpfen auf die weinenden Kinder, stützen sich an die Geländer am Fluß, die Schläfen zwischen den Fäusten, erwachen morgens aus einem üblen Traum und beginnen einen neuen ... Und doch*

— und so weiter, auch das ließe sich beschreiben, es ist so, daß in jeder Sekunde die unglückliche Stadt eine glückliche Stadt enthält, die nicht einmal weiß, daß es sie gibt.

Die Städte und der Himmel, 5

Das werktätige Volk der Stadt Budapest verwirklichte im Rahmen des am 1. April 1947 begonnenen Dreijahresplans den Wiederaufbau der Stadt, entwickelte in nie geahntem Maße die Industrie von Budapest und schuf moderne, neue Stadtteile und Wohnsiedlungen. Budapest ist eine Stadt, wo in einer solchen Neubauwohnung eine alte Frau jeden Abend vor dem Schlafengehen stolz brüllt: »Ich höre kaum noch! He! Was ist! Ich sehe kaum noch! Ich mach ins Bett! Alles tut mir weh! Niemand hat mich lieb! Mein Gedärm blubbert!« Triumph erdröhnt zwischen den Betonmauern. Als schriee sie: »Ich bin Gott immer näher!«

Die andauernden Städte, 4

In der Geschichte der Stadt Budapest gab es einen Tag, da war sie voll, completo, completo, nicht ein Bett war mehr frei. Die Fremden kreisten immer ungeduldiger durch die Stadt, hinauf in die Burg, hinunter in die Innenstadt, hinaus zum Hotel Wolga, zurück zum Teich ohne Grund, ein wahnwitziges Umherrasen war im Gange, man begegnete immer denselben Gesichtern, ein Zwillingspaar, eine dänische Gruppe, eine elegante Korallendame, und immer müder, completo, completo, und wäre die Stadt nicht Budapest, sondern Venedig, befände man sich schon in Mestre, wie ein Bienenschwarm von einem Hotel zum nächsten schwirrend, dann an der Brenta entlang hinauf Richtung Bologna, im dunklen Abend wuchsen mit ihren Schatten die vornehmen Patriziervillen zusammen, completo auch der Mond, die Villen hängen ins Wasser, und vor allen, wie anderswo das Auto, Motorboote, die ersten Motels sind auch hier voll, da wird plötzlich deutlich, daß sie verloren haben, sie gehören zu den Verlierern, alle Hotels und Motels der Welt sind completo, Budapest gibt es nicht, es hat aufgehört zu sein, und weggehen kann man auch nicht, nirgends in der weiten Welt ist Platz für sie, jetzt gäbe man sich mit sonstwas zufrieden, mit jedem Dreckloch, jedem Luxusprotz, nichts zählt mehr, selbst das nicht, daß man dann irgendwo doch noch eingelassen wird, eine alte Hexe nickt, ja, es ist Platz, und händigt einen riesigen Schlüssel aus, sie öffnen ein Zimmer, das geradezu ein Saal ist und fast leer beziehungsweise gefüllt mit einem Bett, groß wie ein Schiff, und das Bett gefüllt mit Gästen, die in Reihen liegen, man wendet sich ratlos ab, aber die alte Hexe stößt einen sanft zurück, mittlerweile läßt man alles mit sich machen. Wir stellen den Koffer neben das Bett (er ist wie ein Kind), ziehen uns aus bis auf die Unterhose und kriechen unter die Decke, unsere Kleider auf dem Koffer, neben uns eine ältere, kräftige Frau, ihr langes graues Haar breit auf dem Kissen, wenn wir uns im Schlaf versehentlich anrühren, spüren wir, wie heiß der alte Frauenleib ist.

An solchen Tagen ist Budapest wie Lennons und Yoko Onos Schachspiel: nur weiße Figuren, 32 Stück.

Die verborgenen Städte, 3

Budapest gibt es nicht, es ist weg, gestohlen, spurlos verschwunden, verschüttgegangen, wie vom Erdboden verschluckt, ausgebüxt wie ein treuloser Hund. Der Auftrag an die Abdecker ist ergangen. An der Stelle der engen Gassen befinden sich jetzt enge Gassen, an der Stelle des schwungvollen Halbkreises der Ringstraße die Ringstraße, und wo einst die an Denkmalen so reiche Burg stand, steht die an Denkmalen so reiche Burg, das gleiche gilt für die Menschen, auch für den Verfasser dieser Zeilen, auch für die Donau, natürlich auch für den Joliot-Curie-Platz.

Die andauernden Städte, 5

Es gab einen Tag, da stand allen Budapester Männern der Schwanz. Sie hatten kaum Platz nebeneinander in den schmalen Straßen (mittelalterlicher Stadtkern). Deshalb wurde die Stadt *behutsam* umgebaut. Wenn du das nicht siehst, Fremder, siehst du nichts von der Stadt.

Die verborgenen Städte, 4

—

Die verborgenen Städte, 5

Eine Stadt ist das, was sie sich von sich einbildet. Was sie von sich phantasiert. Was sie lügt. Flunkert, schwindelt. Was sie verdreht, erdichtet, mogelt. Eine Stadt ist der Stern, den sie dem Himmel streitig macht!

Aus meiner Rede wirst du den Schluß gezogen haben, daß das wirkliche Budapest *eine zeitliche Folge verschiedener, abwechselnd gerechter und ungerechter Städte ist. Doch worauf ich dich aufmerksam machen wollte, ist etwas anderes: daß alle künftigen* Budapests *schon in diesem Augenblick zugegen sind, das eine in das andere gehüllt, eng und gedrängt und nicht zu entwirren.*

20
Die Wahrheit

Aus Wien angekommen, erwartete mich eine Mitteilung in Sachen Schiff. Bis Budapest hatte ich die Donau in Teilabschnitten »absolviert«, und ganz am Anfang hatte ich angesichts der Annoncen der Donau-Dampfschifffahrts-Gesellschaft geplant, mich bis Sulina und zurück befördern zu lassen (aus streng beruflichen Gründen), wir hatten auch ein Datum im Frühjahr vereinbart, aber inzwischen war, wie die Journalisten sagen, die Freiheit ausgebrochen, und Hinz und Kunz wollte diese Freiheit besichtigen (an die eigene war er inzwischen gewöhnt, ein bißchen hatte er sie bereits satt, aber diese neuen schienen interessant), so rutschte ich auf der Liste immer tiefer, und schließlich fiel ich ganz weg, was ich mit einer leichten Kränkung vermerkte.

In Wien hatte ich eine musikalisch umrahmte Lesung, Jürg Laederach spielte Saxophon (*free,* auf seine rücksichtslose Weise, sehr schön), ich füllte die Pausen. Die Lesung begann ausgerechnet zu dem Zeitpunkt, um acht Uhr abends, als im Filmtheater Mödling (Babenberger-Gasse 5) der utopische Experimentalkurzfilm *Sonne, halt!* von Ferry Radax aufgeführt wurde (um mit Thomas Bernhard Praschl zu sprechen: ein verspieltes Traktat über Liebe und Einsamkeit), dessen Hauptdarsteller jener Konrad Bayer war, der sich 1964 das Leben nahm (Wiener Gruppe). Radax hatte seinerzeit angeblich von Walt Disneys Schwiegersohn eine 35-mm-Kamera bekommen, mit der fuhr der Stab nach Monterosso al Mareba, in dieses klägliche, ferne Dorf an der Donau. Zur Filmlegende gehört noch der Skandal, der bei der Übertragung im

Fernsehen ausbrach, da erschien mutmaßlich zum erstenmal ein entblößter Busen auf den österreichischen Bildschirmen, so daß die Erregung dieser kleinen Nation mit der großen Vergangenheit verständlich war.

Die Schiffsreise, so die Mitteilung, sei nun doch erledigt (?), ich solle mich entscheiden.

Das kam unerwartet, ich hatte es schon aufgegeben, ohnehin entscheide ich nicht gerne, lieber warte ich ab, daß sich entscheidet, was sich entscheiden muß. Es war nicht einfach. Auf meinen Reisen quälten mich ständig Gewissensbisse (was normalerweise nicht der Fall ist), im Grunde genommen stand ich im Bann der Vollständigkeit, des Neweklowskyschen »Donau-Absolutismus«, dieser Ahnung des Unmöglichen, unablässig hatte ich das Gefühl, etwas zu versäumen, einen *wichtigen Zentimeter* Donau zu verpassen, und obgleich ich wußte, wie lächerlich das war, fand ich keine Ruhe. Ich dachte allen Ernstes, wenn ich *redlich* reiste, könnte es tatsächlich passieren, daß ich irgendwo hängenbliebe für Jahre, an irgendeinem verdreckten oder malerischen Teil des Flusses. Und ich wußte, daß ich nirgends hängenbleiben würde. Ich setzte das Schreiben (oder, aufgeblasen: das Schriftstellerdasein) zunehmend mit dem Reisen gleich (und das Schreiben über das Reisen interessierte mich immer weniger oder wollte mich immer weniger interessieren), und da mußte ich selbstkritisch feststellen: Ich bin kein Reisender! Und die größte Ver- und Irreführerin ist die Donau selbst! Sie gibt einfach ein schlechtes Beispiel, indem sie stetig vorwärtsfließt! Als ob es um irgendeinen Sieg ginge: schau an, nach soviel Widrigkeiten nun doch! und jetzt werden wir auf Biegen und Brechen ins Meer münden!

Ich dachte nicht ernsthaft daran, mein Leben zu ändern. Die Gewissensbisse rührten also daher, daß ich mich beim Schreiben niemals einschränkte (natürlich schränkte es sich von selbst ein), wohl aber beim Reisen, da ich nur so tat, *als ob* ich reiste — und in Wirklichkeit nur schrieb. Das mag ein schlechtes Licht auf mich werfen, aber ich erlebte jetzt erstmals das Schreiben als Selbstbeschränkung. Es war kein gutes Gefühl.

Mittlerweile kam ich mit diesem Buch gut voran, ich erreichte Budapest, hatte also die Reiche Donau hinter mir, nun konnte die Arme Donau folgen, dazu paßten Schiffchenreisen nicht mehr, und ich hatte mir das Sammeln weiterer Erfahrungen ohnehin bereits aus dem Kopf geschlagen (bis Belgrad kannte ich die Gegend, und mit einem Freund hatte ich vor zwanzig Jahren im wesentlichen auch die »unteren Gewässer« schon einmal abgeklappert), ich hatte auch die Bibliotheken erledigt, quantum satis die Donau-Bücher gelesen, nie wieder; ich arbeitete mit vollem Krafteinsatz (schrieb *nur*), ein Weilchen redete ich mir zwar ein, die Kabine wäre nichts anderes als ein schwimmendes Arbeitszimmer, aber die Wörter, die niedergeschriebenen Wörter hielten mich gefangen und umzingelt, immerhin kenne ich mich gut genug, daß ich weiß, jetzt beeinflußt mich *alles,* ich wollte kein Risiko eingehen. (Einwenden ließe sich, wenn mich alles beeinflußt, dann beeinflußt mich auch das Nicht-auf-dem-Schiff-Reisen. In der Tat.) Ich sagte die Schiffsreise ab.

Bericht

Welcome aboard, bienvenu à bord. Es behagte mir, verwöhnt zu werden, obgleich ich wußte, dann ist nichts genug, Geld zieht Geld nach sich, Großzügigkeit Großzügigkeit, Lust und Laune Lust und Laune, wenn es eine Sauna gibt, wo ist dann das Fitnesscenter, wenn das Handtuch täglich frisch ist, wo bleibt dann der obligate

Dressing-gown, beziehungsweise warum gehört der nicht zum Service? Denn in je mehr Luxus man reist, um so knickeriger wird man.

»Können Sie nur von Geld reden?« fragte Lady Montagu von oben herab.

Der Mensch gewöhnt sich an die fröhlichen und luftigen schwedischen Stewards wie der Hund an die Flöhe. Da die Speisen von links und die Getränke von rechts nahen und da der Getränkesteward in Rot und der Speisensteward in Blau kommt, neigt man sich leicht nach links, wenn im Augenwinkel etwas Rotes auftaucht, und leicht nach rechts bei etwas Blauem. Das ist alles.

Nach der Vermutung der Lady hatte auf meinem Sakko ein 76er Château Latour einen Fleck hinterlassen, dessen Form der der Insel Csepel ähnelte. Soll ich zum Bridgelehrgang gehen oder zum Vortrag über Georg Lukács? Tausend Sorgen. Und es wäre an der Zeit, daß ich meine Tennisaufschläge in Ordnung bringe.

»Können Sie Walzer linksherum tanzen?« bestürmte ich die Lady.

»Können Sie nur über Genüsse reden? Über sonst nichts, kein Wort?«

Ich könnte noch die feinknochige Blondine erwähnen, ihre blasse, weiße Haut war durchscheinend, ihre Hände flatterten wie Vögel, überall an ihr sah (fühlte) man Knochen, Handknochen, Backenknochen, Schlüsselbein, Knöchelbein, Nasenbein, nie hatte ich so sinnliche Knochen gesehen. Sie las Tag und Nacht Joseph Conrad und gestand dem Kapitän, auch sie wäre gerne Kapitän. Der Kapitän senkte den Kopf und errötete.

»Mein Leben ist hart wie die Scheiße in meinen Därmen«, sagte er still.

Reisender an Bord zahlt einfach und bekommt doppelt

Reisender an Bord bettelt/kauft Geschichten.

»Wenn doch bloß was geschähe!« suggerierte eine Frau unter der Kommandobrücke.

»Pardon«, sagte er und zog sich feige in seine inneren Räume zurück. Ein andermal aber krähte er ebenso feige: »Okay, Baby, machen wir ein Faß auf!« Aber es gab auch Männer oder Frauen, die ihn nicht so verblödeten. Diese liebte er dann und packte sie in sich hin und her, ins Herz, in die Lungen, in die Leber und so weiter.

21
Fortsetzung der Wahrheit

Vor lauter Donau und lauter Mitteleuropa-Gebetsgemurmel wurde mir — nein, das ist kein gutes Wort: übel, sagen wir lieber, es machte mich wütend. (In patriotischen Angelegenheiten muß eben doch Thomas Bernhard maßgebend sein, nur wäre, was Ungarn betrifft, der Hochgebirgstrottel in Tiefebenetrottel abzuändern.) Diese Unmenge an Donaugedanken, Donauethos, Donauvergangenheit, Donaugeschichte, Donauschmerz, Donautragödie, Donauwürde, Donaugegenwart, Donauzukunft! Wovon reden wir? All dies Fließen ist verdächtig geworden. Donaunichts, Donauhaß, Donaugestank, Donauanarchie, Donauprovinzialismus, Donaudonau. Arme Gertrude Stein, wenn sie das hätte erleben können: die Donau ist die Donau ist die Donau …

Auf die Frage, was eine Fußballmannschaft zusammenhält, antwortet ein alberner Witz, einerseits der Alkohol, andererseits der unverbrüchliche Haß gegen den Trainer. Das. Das und nicht mehr war Mitteleuropa. Zumindest wurde Kunderas Definition nur von der Sowjetunion am Leben erhalten. Wie sie mir doch seinerzeit gefiel! Oder wie unverständig und unreif mir Handke vorkam, als er Mitteleuropa nur einen Begriff der Meteorologie nannte. Dabei hat er so recht! Und es wäre durchaus keine Geringschätzung des Gegenstands. Die Natur, auf die man sich berufen kann, ist nichts Geringes. Man versuche, mit einem aus Murmansk über die Kälte zu sprechen. Mit einem Inder über die Wärme oder den Regen. Es ist kalt, es regnet, ein Unwetter tobt, der Inn steigt, ich weiß, wovon wir reden. Wolken, Sterne, Winde und Stürme, Wasserstand, Niederschlagsmenge, Volkserfahrungen (Matthias bricht das Eis, Maienregen, Siebenschläfer).

Zusammenfassend: Wir sind Nachbarn. Uns blickt dasselbe Pferd ins Fenster, wir schauen auf denselben Garten, wir können uns darauf berufen, daß wir Hagelschauer und Hochwässer, die Zacken der Blitze, den Horizont im August, die Nebelfetzen, die morgendliche Glätte, eine zauberkräftige Frau, einen engelsgleichen Knaben, einen unerschütterlichen Mann, die großen, gemeinsamen, orgiastischen Mißverständnisse kennen.

Der Nachbar ist der, der existiert; wir sind nicht und können nicht allein sein, der Nachbar ist ewig. Und er sieht. Und auch wir sind Nachbar, der Nachbar unseres Nachbarn. Wir kennen einander also ein wenig besser als nötig. Nie bleibt etwas verborgen. Von Angesicht zu Angesicht: »Liebe, Haß, Hinterlist und Güte, Verlierer und Sieger, Leben und Tod.« Allem müssen wir ins Auge schauen. Der Nachbar zwingt zur Freiheit ... Wir wissen alles — über den anderen. Über uns selbst weniger, deshalb ist der Nachbar der Fremde. Der uns Schranken setzt. Behindert. Der Nachbar ist Gefangenschaft, ist der Zaun. Und wenn sein fettes Huhn noch einmal durch diesen Zaun zu uns kommt, drehe ich ihm eigenhändig den Hals um. Oder koche Hühnersuppe daraus, à la Újházy, und lade ihn ein. An unsere kolossale Völlerei werden wir noch jahrelang denken. Gurkensalat eingeschlossen. Später wird er mich verleumden, das Huhn habe ihm gehört. Was für ein Huhn?! Bloß gut, daß nicht auch der Gurkensalat durch den Zaun gekrochen ist! Dann lädt er mich zu einem hübschen kleinen Essen ein.

Das verdächtig bekannt anmutende fette Huhn setzt man geputzt und zerkleinert in 3,5 Liter Wasser zum Kochen an und gibt ein halbes Kilo Rinderknochen, Salz, Pfeffer, eine Messerspitze roten Paprika, einen Eßlöffel Tomatenmark, Suppengrün, Zwiebel, Knoblauch und

4—5 Pilze dazu. Bei schwacher Hitze weichkochen. Dann spritzt man einen Eßlöffel kaltes Wasser auf die Suppe und läßt sie zugedeckt 5 Minuten stehen (Methode meiner Großmutter). Abgießen, Fleisch raus und von den Knochen lösen. Die Suppe wieder aufs Feuer, Leberknödel hinein und kochen, die Champignons kleingeschnitten, das zerkleinerte Hühnerfleisch, Fadennudeln, einen Teil des Suppengrüns in Ringe geschnitten, den anderen Teil im ganzen, ferner pro Person ein Ei hinein — aber vorsichtig, 3 Minuten kochen, damit das Eiweiß hart wird, aber das Eigelb weich bleibt. In die Suppenterrine, serviert wird mit Schnittlauch oder Petersilie. Im Sommer können wir Schoten mitkochen, wenn wir Lust haben.

Eine unerklärliche und hochnäsige Erhabenheit liegt darin, wie man über Mitteleuropa spricht — man vernimmt die weiche, fistelnde Stimme eines geschmeidigen Fremdenführers, eine einschmeichelnde, ein klein wenig gekränkte Stimme: über die Fragmente aus der Römerzeit, die Triumphe des Barocks und das Wittgenstein vorwegnehmende Fehlen des (gleichfalls barocken) Taschentuchs der heimlichen Geliebten von Grillparzer, das, wie alles, ein Memento der Region ist, und überhaupt die Kulturgeschichte als Beruhigungstablette! Bildung als Museum, das Museum als Besänftigung und sogenannte Lösung — hier sind sogar Leid und Erniedrigung eine Art Anstecknadel des Sieges, Edelsteine einer hohen Auszeichnung. Als ob uns dieses Leid *von vornherein* über etwas erhöbe. Als ob sich hier in den »schweren Jahren« eine verborgene Reserve angesammelt hätte, ein Wissen, eine Frucht des Andersdenkens, die die Welt benötigt. Beziehungsweise das ist vielleicht irgendwie richtig (alles, was *anders* ist, wird benötigt), aber doch nicht auf diese aufklärerische, didaktische Art, sondern verborgen und in den *einzelnen,* nicht in die Gemeinschaft, eingeschlossen, in dem einzelnen, der Teil der Gemeinschaft ist. Aber dieses Wissen ist nicht *irgend etwas,* nicht etwas Nennbares, es ist eher eine Stimme, eine Stimmlage — und wenn ich selbst erhaben sein darf: eine Farbe auf der Palette des Europa-Chores, ein Zirpen im gregorianischen Wolfsgeheul.

In dem Film, den ich zuvor erwähnte, steht ein Ungar mit einer Frau im leeren Büro des fünfzigsten Stockwerks eines New Yorker Wolkenkratzers und versucht Ungarn auf ihr Gesicht zu zeichnen. Er bewegt den Finger zart über ihre Stirn (Győr, Komárom), biegt in die Augenhöhle ab (Visegrád) und weiter an der bebenden Nase entlang zu den korallenroten Lippen (Baja).

»Donau«, sagt sie vertrauensvoll.

Reisender und Ráckeve

Dann und wann übernahm er auch Nebenarbeiten, schwarz, im Hauptvertrag waren sie generell untersagt (doppelte Besteuerung und so weiter), aber für Verträge interessierte sich Reisender nur in Maßen. Er prüfte sie zwar fürsorglich, debattierte über Prozente und ließ sich Vorschüsse zahlen, aber eigentlich nur, um dem Auftraggeber (Mieter) den schuldigen Respekt zu zollen, der seine Selbstachtung ausschließlich aus seiner Großzügigkeit gewinnt.

Für die aus Ráckeve reiste er umsonst; die Idee stammte von Laci Szőke, er mietete den Reisenden jedes Jahr für einige Tage. Laci Szőke liebt Ráckeve wie besessen; gegründet wurde es von den vierzigtausend Serben unter Führung des Patriarchen Arsenije Čarnojević, die vor den Türken geflohen waren, auf der Insel Csepel, und seine Anziehungskraft auf den Fremdenverkehr ergibt sich aus der Soroksárer Donau, die fast als stehendes Gewässer gilt. Sie hat oben wie unten eine Schleuse. Boote, Bootshäuser, Schilf, Parkwälder, Badestrände, Fischbestand.

Zu den Sehenswürdigkeiten von Ráckeve gehört die gotische, griechisch-orthodoxe Kirche aus dem 15. Jahrhundert, einmalig wegen ihres gesondert erbauten Turms und der byzantinischen Fresken und Ikonen aus dem 16. Jahrhundert. Nicht weit entfernt, in Kleinkumanien, befinden sich Apaj (Reitschule) und die ausgebaggerten Teiche von Lacháza, Délegyháza!, fünf Seen mit kristallklarem Wasser, Badestrand + FKK-Gelände! (Mann, was für Titten!)

Von Laci Szőke war zu erfahren, daß Ráckeve die Mitte der Welt und die Donau zauberhaft ist, daß die Alten hier weise, die Jungen taufrisch und die Mittelalten fleißig sind, und was den serbischen Karpfen bei Jóska Pataki betrifft — dafür gibt es überhaupt keinen Ausdruck.

»Ráckeve hat Ráckeve vergessen«, sprach Laci Szőke düster. Reisender nickte, in Europa galt es als Routineaufgabe, sich (das heißt dem Auftraggeber [Mieter]) ein Gebiet zu entdecken beziehungsweise durch die dort Lebenden entdecken zu lassen. Erfolgverheißend war es nie, aber Reisender stand ja nicht für Triumphe unter Vertrag, sondern ... sondern für die Vergänglichkeit, als eine Art Sisyphos, nur ihm brauchte er sich nicht andauernd zu erklären; zum Schwatzen war immer die Donau zur Hand.

Jetzt fuhr er besonders gern hin, ein Tropfen im Meer, die Donau in einer Fischsuppe, auch das ist *Erkenntnis*. Ein stilechter und ernsthafter Einfall. Wo er Quartier nahm, wurde er sogleich als Familienmitglied betrachtet. Er bekommt, sagen wir, das Mansardenzimmer des halbwüchsigen Sohnes, der ihn aber erstaunlicherweise nicht zu hassen beginnt, sondern ihm zuliebe mit dem Staubsauger die schweren Teppiche reinigt. Die Männer im Haus nehmen ihn natürlich nicht ernst, für sie ist er etwas wie eine übergeschnappte entfernte Tante. Jedenfalls ist er ständig im Wege. Das strenge Matriarchat wird von großen und bösen Männerausbrüchen unterbrochen. Ungarn ist ein präemanzipiertes Land. Starke Frauen *und*

Männerherrschaft, eingeschüchterte Männer *und* ausgesaugte Frauen.

Situation und Einstufung des Reisenden änderten sich auch dadurch nicht, daß er scharfen Paprika mochte und trinkfest war; nu sag schon, sagten sie, das is halt so ne Tante. (In dieser Hinsicht konnte Reisender lediglich von Onkel Bandi Kasza in Verlegenheit gebracht werden, bei ihm nämlich mußte er, sobald Tante Lizi aus dem Zimmer ging, überfallsartig von dem versteckten Apfelbrand trinken, der, wer weiß warum, Calvados hieß. Wenn, sagten die Leute aus Ráckeve und hoben ihren strengen Finger, wenn etwas schiefgegangen ist, dann ist es beim Calvados schiefgegangen.)

Die Männer waren — na klar! — nicht eifersüchtig auf ihn, diesbezüglich irrten sie sich zwar ein wenig, aber im wesentlichen doch nicht. Immer umgaben ihn Frauen, Frauen jeglichen Alters, Mädchen, Ehefrauen, Mütterchen. Vor allem die alten Frauen verwöhnten und bemutterten ihn, sie boten ihm Likör an und erzählten mit schriller, wiehernder Stimme von ihren lange zurückliegenden Schwangerschaften. Meine Gebärmutter ist eingeschlafen, hat der alte Trottel von Doktor gesagt, meine Gebärmutter ist eingeschlafen, dabei war ich schon im vierten Monat. Die Backfische informierten ihn über ihre neuen Liebschaften, stellten sie auch vor, verlegen traten sie von einem Fuß auf den anderen, und er nickte, in Ordnung. Dann und wann kam die Nachbarin, er solle den Spritzkuchen kosten. Oder das Schweinsklauenpörkölt. »Sie können aber schön viel essen«, seufzten sie.

Laci Szőke begleitete ihn wie ein Schatten, er wollte sehen, wie sich seine innig geliebte Stadt dem durchdringenden und freundlichen Blick des Reisenden erschloß, denn es war nicht so, daß Ráckeve Ráckeve vergessen hatte, sondern Laci Szőke hatte Ráckeve vergessen. Will sagen, ein Ráckeve vergißt sich so, wie ein Laci Szőke es (und so vielleicht sich selber) vergißt.

Als erstes machten sie Misi Pesta und den Seinen ihre Aufwartung. Er ist der größte Donau-Angler. Er weiß alles über die Donau. Diese beiden Sätze sagten alle über ihn. Früher hatten sie einen Fuhrbetrieb. Wo damals die Garage war, steht jetzt eine Kneipe.

»Siehst du, hier ist der Bus hereingefahren.« Das zeigte er dem Reisenden jedesmal. Seine Mutter, Tante Pesta, war die Fahrerin gewesen. »Einmal haben wir die Kleine Zeitung verklagt, weil sie geschrieben hatte, sie rauche Zigarre, aber sie hat nicht Zigarre geraucht.« Sie machten pleite im Ersten Weltkrieg, erholten sich, machten pleite im Zweiten und erholten sich, dann wurden sie auf die Kulakenliste gesetzt. Mietling (so nannte sich Reisender bei sich, wenn er schlecht gelaunt war) stieß einen tiefen Seufzer aus, unablässig die gleiche Geschichte. Die Amtspersonen kamen verstaatlichen ..., na, Tante Pesta, Sie wissen, warum wir hier sind. Warum denn, mein Junge? Sie hatten einen aus Budapest dabei, der wußte, was zu sagen war. Wir nehmen für das Volk zurück, was des Volkes ist. Tante Pesta, geborene Rákhel Vida, nickte heiter, gut so, gut, wenn es wieder dem Volk gehören wird. Sie ging ins Haus, sie bewegte sich so ruhig und geschmeidig, als wollte sie Wein holen, na dann prost, trinken wir aufs Volk, ich bin Volk, du bist Volk, über uns keine Wolk'.

Sie holte nicht Wein, sondern einen Strick. Ging zwischen den Männern hindurch — sie stoben auseinander wie Hühner — zum kleinen Birnbaum und warf den Strick über den dicken unteren Ast, während sie ihn band, brummelte sie mit ihm, sprach, alles hier ist das Werk meiner beiden Hände, ich sag euch aus dem Kopf alle Bustouren und alle Kilometer seit 1928 auf, jeden verdammten Meter, ich erinnere mich an jeden Radwechsel, im Schnee, im Sandsturm, im Frühlingshochwasser, ich kann von jedem Ziegelstein im Haus sagen, was er mich gekostet hat, wieviel Schweiß von mir daran klebt, ich weiß auch die Namen der Fahrgäste, und sie wandte sich den Männern zu, den von deinem Vater, den von deinem, den von deinem Großvater, von deinem, von deinem ..., und sie zeigte auf jeden einzelnen. Als sie zu dem Mann aus Budapest gelangte, von dem sie keinen Angehörigen befördert hatte, und ihm in sein teigiges Gesicht sah, kam ihr alles Leid in den Sinn, der dreimalige Neuanfang, der Brand, das Hochwasser, die Russen, und was sie empfand, war nicht mehr Zorn oder Furcht, sondern Müdigkeit, sie sah die Männer schon nicht mehr, auch das Haus nicht, sie sah nichts mehr außer dem kleinen Birnbaum und dem Strick.

»Habe ich dir das schon erzählt?« fragte Misi Pesta.

»Sicher, ist vorgekommen.« Mietling nickte.

»Dann haben sie das Haus doch nicht verstaatlicht, weißt du ... beziehungsweise nicht weggenommen. Die *stürmische Trauer* meiner Mutter hat sie fortgepustet.«

»Die stürmische Trauer«, brummte Mietling alljährlich. Sie gingen angeln. Er sah nur zu. An der Donau wurde Misi Pesta ein ganz klein wenig aufgeregt, eher nur aufmerksamer. Misi Pesta weiß immer, wo sich der Fisch aufhält. Mietling versuchte zu ergründen, worin diese Fähigkeit besteht, aber nichts, nichts. Er und Pista Mike. Die beiden wissen es hier in Ráckeve am besten.

»Siehst du? Siehst du, wie groß er ist?!«

Mietling sah es nie. Er sah höchstens, wie sich das Schilf bewegte, wenn die Karpfen an den Strünken knabberten. »Ich sehe. Das scheint mir ein kapitales Exemplar zu sein«, log er höflich.

So saßen sie stundenlang dort, zu zweit, ohne einen Laut, Misi Pesta produzierte sich nicht, da!, zeigte er bisweilen, meistens fingen sie nicht einmal Fische, Mietling bekam Gummistiefel, eine Windjacke; von weitem sah er aus wie jeder andere. Die Stille tat ihm wohl, aber er war nicht gerührt von den Einheimischen, er tat, was ein Reisender zu tun hat — kommen, Quartier beschaffen, gehen, sich nach den Schiffs- und Zugfahrplänen richten. Er lernte, daß das Bläßhuhn nach Fisch schmeckt, daß die Pfaffenlaus ein kleiner Fisch ist, was ein Blinker ist, daß für den Zanderfang Pista Mike die Rute am besten vorbereiten kann, daß der Teichkarpfen so dumm ist, daß es genügt, das Geräusch einer eisernen Zille nachzuahmen, und schon schluckt er den Haken, weil er daran gewöhnt ist, daß ihm im Fischwirtschaftsbetrieb das Futter aus eisernen Zillen ins Wasser geworfen wird, er wußte, wo unter der Brücke der Riesenwels unter den Gänsen gewildert hatte, das Wasser brodelte nur so, er mußte an die fünfzig Kilo haben, sie gaben ihm auch einen Namen, den sie aber nie aussprachen, aus Respekt, auch dem Mietling verrieten sie ihn nur zögernd, sie nannten ihn Tschukasch-Willi, nach Dschugaschwili, also Stalin, also nicht aus Respekt, sondern aus Angst sprachen sie seinen Namen nicht aus, höchstens »der Willi war hier« oder »sie haben den Willi unten an der Roseninsel gesehen«, so zogen sie den Schrecken an sich, die Furcht, die damals auf jedem Augenblick, auf jedem Atemzug lastete, sie vermenschlichten Stalin und konnten *real* hoffen, ihn eines Tages zu fangen, es gab Anzeigen und Verhöre, aber wie sollten wir, sagten sie bei *denen,* einen Wels Tschukasch nennen, wo das doch einen Hecht bezeichnet, und da die Polizisten ebenfalls praktizierende Angler waren, regelte sich die Sache. Bei Misi Pesta wirkte sogar die Handbewegung stolz: »Wir haben ihn nie fangen können. Nie.«

Zur Regel gehörte auch die Besichtigung von Jani Száles »Champignonstall«. *Das wächst wie dem Jani Szále seine Champignons,* sagen sie hier auf der Insel seit Jahrhunderten verschmitzt, was bedeutet, daß etwas wächst und auch nicht, daß einer ein bißchen Räuber und ein bißchen Gendarm ist, daß es ist, wie es ist, aber wenn wir sagen, es ist so, dann ist es doch nicht ganz so und so weiter, der Spruch zeugt vom tiefen Nachempfinden der ungarischen Geschichte, die dem toten Flußarm ähnelt. Die Száles sind hier eine angesehene Familie, jeder zweite heißt János, sie hatten Helden im Kampf gegen die Türken und auch Fischdiebe, ihren Namen leiten sie gern von *szála,* Saal, ab, ihre Ahnen hätten die Mädchen mit Vorliebe in großen Sälen tanzen lassen, andere dagegen von *csálé,* daß sie also so etwas wie Dorfnarren gewesen wären, was ebenfalls eine ehrenwerte Vergangenheit und Tradition ist. Mietling mochte diesen großen, klobigen Mann, der selbst so ist wie der Champignon-Spruch, einer, der herpaßt und weiß, wo er lebt; nicht gebildet, sondern intelligent. Mietling behauptete boshaft, er widme sein ganzes Leben den Champignons, seine Familie, die vielen kleinen Száles, habe er in ein einziges Zimmer gepfercht und die anderen den Pilzen zur Verfügung gestellt.

»Und das hier, siehst du, ist der Leitchampignon«, pflegte er laut Mietling zum Mietling zu sagen, »er ist der kräftigste, hinter ihm rotten sich die anderen zu einer Bande zusammen, und dann los! Dann fangen sie an zu wachsen wie die Pilze. Siehst du, das ist so wie bei der Bienenkönigin und ihren Bienen.«

Danach folgte eine Calvados-Ehrenrunde bei Bandi Kasza, der nach '56 wegen illegalen Grenzübertritts gesessen hat, »ein harter Bursche, ein Draufgänger«, er befand sich schon auf freiem Boden, kehrte aber zurück, um die Schuhe seines Freundes zu holen, da schnappten sie ihn (nach einer anderen Version handelte es sich um seine Krawatte, das ist die Feiner-Pinkel-Version, und es gibt noch eine Hurenbock-Version, der zufolge ihm ein Frauenschlüpfer das Genick brach), weshalb er sich in jedem

Jahr am 23. Oktober von Amts wegen, nach einem bestimmten Plan und mit Vorsatz betrinkt, Bier zum Grundieren, dann leichte Spritzer aus weißem Sandwein, schwerere Rotweine, zwischendurch zufällige, hysterische »Calvadosse« beziehungsweise ab und zu ein Gesundheitsspaziergang zum Kleinen Kormoran (Kneipe), anschließend 24 Stunden Schlaf. »Ich habe das Gedenken an die Revolution gewahrt.« Tante Lizi versuchte anfangs, ihn einzuschließen, aber da ging Onkel Bandi einfach durchs Fenster, samt Rahmen und Mückengaze. »Ein Kasza läßt sich nicht noch einmal einsperren.«

Jeden Sommer zeigte Laci Szőke dem Mietling den Badestrand, die Lichtung zwischen den Bäumen, wo die legendären und verbissenen Kopfball-Duelle stattgefunden hatten, er zeigte ihm, wo Szepi Garai Blut gekotzt hatte, dabei war es nur Rotwein, weil er den Lórévern viermal den Ball ins Tor gesetzt hatte, sie sahen sich den inzwischen verschilften Winkel an, wo '64 die gesamte Stürmerreihe aus dem Kahn ins Wasser gekippt und Marci Zsák ertrunken war, »genau wie Manchester United!«, sie fuhren ein Stückchen Kahn, umrundeten die Niemandsinsel und fanden die Furt nicht, durch die man bequem zur Runden Sandbankinsel gehen konnte ...

Immer apathischer lauschte er diesen zeitlosen Geschichten und betrachtete er diese Menschen, wie sie von den alten Zeiten erzählten, als die guten Gespräche noch nicht vom Fernsehen zerstört wurden (derweil läuft der Apparat, überhaupt sah Mietling hier zum erstenmal, wie das Land fernsieht, daß der Fernseher ständig eingeschaltet ist, aber niemand wirklich hinsieht, höchstens für Minuten, vollkommen Amerika!), also Selbstbetrug, Nostalgie, Laci Szőke sucht seine verlorene Jugend, Gerührtheit, Süßlichkeit. Man sollte es ihm sagen. Alter Junge, ob du's glaubst oder nicht, Ráckeve ist nicht der Mittelpunkt der Welt. Woraufhin Laci Szőke vermutlich beglückt den

Kopf schütteln wird, für ihn!, für ihn doch! Woraufhin er wiederum wird endgültig mit den Schultern zucken müssen, na und?

Immer nahm er sich Zeit, querfeldein zu gehen, einfach so. Zu gehen, soweit das Auge reicht. (An einer Donaubiegung des Buches nahm ich mir vor, den ganzen ungarischen Abschnitt des Flusses zu Fuß abzuschreiten. Wem ich davon erzählte, der gab, vornehm ausgedrückt, seinem Zweifel Ausdruck; alle lachten mich aus. Allein K. wartete mit einem pragmatischen Ratschlag auf, aber auch er schmunzelnd, wie mir schien, er empfahl mir die richtigen Schuhe. Die sind Grundlage, Werkzeug, sagte er in gewohnter Wortkargheit. K. führt eine ziemlich unglückliche Ehe, er hat zwei Söhne und zwei Töchter; er versuchte auszubrechen und verliebte sich in einen Jungen, einen seiner Schüler, aber dann wollte er um den Preis von soviel Freude doch nicht soviel Schmerz bereiten [angenommen, Freude und Schmerz bilden ein Wortpaar]. Einmal begegnete ich diesem Jungen im Fahrstuhl eines Hotels in der Innenstadt. Musik erklang, wir huschten aufwärts und sahen uns lange an, dann sagte er statt eines Grußes: Ich wünsche ihm alles Gute. Das soll ich ihm sagen? Ja. Mehr nicht. Das ist ziemlich viel, meinte ich wichtigtuerisch. Auf Wiedersehen, er nickte, und beim Hinausgehen berührte er meine Schulter. Bestimmt geht er auf irgendwessen Zimmer, dachte ich feindselig. Ich entsinne mich nicht, ob ich es ausgerichtet habe.) Auf dem kleinen Damm entlangzugehen an einem Vorfrühlingstag, wenn Gott sei Dank noch alles leer ist, die kleinen Hütten für die Wochenendler, höchstens ein emsiger Rentner kramt im Schuppen. Es muß schrecklich sein, wenn hier alles voller Menschen ist, eins rührt ans andere, alles ist klein, niedrig und eng. *Mittelmäßig.* Mittelmäßige Häuser, mittelmäßiges Wochenende, mittelmäßiges Ehepaar, mittelmäßige Ehe, mittelmäßige Leben.

Mittelmäßig als Grundwort. Das Hauptwort des Kádár-Systems. Es gibt Freiheiten, aber keine Freiheit. Die Ungarn haben für diese Mittelmäßigkeit das Wort *buhera,* das etwas ähnliches zu sein scheint wie der Ausdruck »fröhlichste Baracke«, von außen gesehen, auf Feuilleton-Ebene — buhera aber von innen, aus der Praxis.

Von innen gesehen ist die fröhlichste Baracke weder fröhlich noch traurig, sondern grau, und von innen war die Baracke nicht zu sehen, nur das Linoleum, das Isolierband, das Flakon, die Kombizange, die Schrankwand Bonanza oder so, von innen war nur das unermeßliche, verkrampfte Bemühen zu sehen, der Kunststoff, der Klebstoff, der Schaumgummi, das Kleben, das Ersetzen, die importierten Fenster und Türen aus Hongkong, all das Herumstehen, die Anbaumöbel, das Tricksen, Stumpfheit und Wachheit, Amnesie und Aufmerksamkeit, alles, woraus erbaut wurde, wovon man nicht weiß, was es war, aber es war etwas, denn es lebten Menschen darin (irreal nicht existierend, sozusagen), etwas Zusammengemurkstes, Gepanschtes, Zurechtgebogenes: Mittelmaß, buhera.

Buhera ist auch Geschicklichkeit und Geschäftigkeit in einem, ist zugleich Kenntnis des Terrains, Wissen, worauf es ankommt, wie man übers Eis geht, ohne auszurutschen, wem man Bescheid sagen und was man ihm zustecken muß. Aber es ist nicht einfach und zumindest nicht ausschließlich Betrug, nicht nur pfiffige Anpassung an die Umstände. Buhera ist vor allem anderen Sieg: Hier ist zwar alles Mist, und es stimmt auch nicht, daß ich eine Ausnahme bin, aber *das hier* habe ich immerhin zuwege gebracht. Doch nicht nur Sieg, auch Niederlage: Wer etwas zuwege bringt, der hat keine Träume, wird nie mehr träumen. Buhera ist das Unentschieden, ein Unentschieden, das einer Niederlage gleichkommt, nichtsdestoweniger bringt es uns einen Punkt ein, und den werden wir am Ende der Meisterschaft brauchen. Buhera ist Überleben — man weiß nur nicht, um welchen Preis.

Mietling stapfte weiter durch das Herrenlose Tal bis zu den Teichen, bis zu den Anglerhütten, dann vom Ufer weg, am Becser toten Arm entlang. Ins Wasser gesunkene Bäume, trockenes Schilf, seine Schrittgeräusche ließen die Frösche hüpfen, als hätte er nach ihnen getreten, ein verhinderter Fußballspieler. Dort dann, in Höhe der Kisházer Flur, formte sich in ihm auf einmal das Bild, wofür alles Reisen ist: *er begriff Ráckeve.* Daß es also Hunderte solcher Siedlungen an der Donau geben mochte, aber Ráckeve war eben: dies. Das Inventar der Geschichten ist endlich, eintönig, und einen Misi Pesta gibt es überall, aber nur dieser eine flüstert nach fünf Stunden Schweigen aufgeregt, asthmatisch keuchend: Da!, an jedem Strand gibt es Kopfballduelle, aber nur hier sieht man Vater und Sohn einander gegenüber mit *ebensolchem* Körper (später der Großvater, fast zuviel als Zugabe: drei Generationen voller Muskeln). Mietling stutzte. Wie ein (unmotiviert) enthusiastischer Elefant zottelte ein verstaubter SIL-Laster vorüber. Wieder war er bei der Frage der *Einmaligkeit.* Auch Ráckeve erhält seinen Sinn durch den Tod. Deshalb ist er hier. Schnell kehrte er im Becser Gasthaus ein (er kehrte früher oder später in jedem Gasthaus ein, das auf seinem Weg lag), um einen »heilkräftigen« Gespritzten zu trinken. Sollte das alles sein? Asthma, ein Muskelbündel, ein abschüssiger Uferabschnitt, ein gebrochener Zweig? Alles, damit ein Ort Mitte der Welt ist? Vielleicht. Wie üblich ging er auf einen Sprung ins André-Kertész-Museum und sah sich die »Dörfliche Madonna« an, eine junge Bäuerin stillt ihr Kind, alles um sie herum ist ärmlich, nur ihre Brust ist reich, die Aufnahme entstand am 26. September 1920 in Szigetbecse.

Man hielt ihn für einen Ausländer, die Kartenabreißerin redete ihm freundlich zu: »Geh nur rein, geh nur …

guck nicht so ... nix Geld ... aber beeil dich, ich muß ja auch mal mittagessen.« Mietling sah die Frau lange an.

Es wurde warm. Der Asphalt dampfte, als er zurückging. An jeder Bushaltestelle sah er nach dem Fahrplan und kontrollierte die Abfahrtszeiten. Ungefähr fünf Minuten Differenz. Ihm fiel wieder der Film ein, wo der Kabinenwart sagt, die Welt habe gar kein Herz. Das würde er Laci Szőke nicht sagen. Beziehungsweise doch. Wieder sah er sich, eine Fata Morgana — einen simplen Nietzscheaner, nicht ich denke, es denkt —, wie er sein Ich schmolz, verstreute, zwischen die Wassermoleküle stopfte, ins Schilfgras, unten, wo es fault, Karpfen ins Maul und natürlich Frauen in den donauduftigen Schoß.

Ráckeve endet feierlich mit serbischem Karpfen bei Jóska Pataki. Die zusammengeschobenen Tische werden auf dem Hof von Laci Szőkes Onkel Jani eingedeckt, unter dem Nußbaum. Es ist, als säße ganz Ráckeve dort, Frauen tummeln sich geschäftig, bieten an, füllen Wein nach, aus der fernen Küche erteilt Marika Anweisungen. Man spricht über ernste Dinge, daß Kapitän Cousteau die Donau überprüfen, daß er nach dem Nil und dem Amazonas die Donau vermessen werde, Wasserreinheit und die Staustufe Bős-Nagymaros, denn er vertritt die Meinung, alles Leben stamme aus dem Wasser; Mietling sitzt schweigend, lauscht und ißt, der serbische Karpfen ist tatsächlich tadellos.

»Gewürze und Sud.« Pataki nickt bescheiden. »Glaub mir Alter, auf den Speck kommt es an.« Das wiederholt er mehrmals, als ob Mietling Zweifel daran hätte. »Auf den Speck. Und auf die Zeit.« Darüber lachen sie. Sie lachen über alles. Jemand war *Pferdemaler* in Amerika. Das Weinglas muß man, wie eine schöne Frau, unten anfassen, damit es hübsch klingt.

»Klinge ich hübsch?«

Mietling sucht, wer das gesagt hat. Dort drüben ein

funkelndes Frauenaugenpaar. Oder eine Katze? Miez, Miez. Eine Katze. Ein leichter Wind schwenkt die Lampe, die vom Nußbaum hängt, es schwankt der Tisch, der Hof. Buhera auch dieser Hof, aber der Himmel, der große Baum, der gedeckte lange Tisch, das Tellerklirren sind so echt, als säßen wir in einem Tschechowschen Garten, wenn auch die Frauen in den breitrandigen Hüten und den weißen Kleidern, die drei Schwestern, fehlen, und wir dachten auch nicht, wir müßten nach Moskau, nach Moskau, nach Moskau gehen, dort würde dann alles gut werden.

»Man kann nur *von unten* reisen«, brummte Mietling, aber er wollte zu niemandem mehr sprechen. Mit jemandem ein Gespräch anknüpfen, das wußte er, geht nicht ohne jede Gefahr.

Mietling schaut im Fischgeruch eines hässlichen Morgens in Baja in den Spiegel

»Nach meinem sorgfältig rasierten Gesicht und meinem vollen, kohlrabenschwarzen Haar zu urteilen, kann ich nicht älter als dreißig sein.« (Die ungarischen Männer nämlich erinnerten stark an die Sackhüpfer aus der Oper *Nymphe des Dnjepr.*) Fischsuppe zum Frühstück — das hätte er sich nicht zugetraut.

22
Fortsetzung der Fortsetzung der Wahrheit (Reisetagebuch)

Die Stimme im Telefon klang fern, leise, unentrinnbar, sanft und brutal, als spräche sie geradewegs aus dem Himmel, aber es war Andris Tüske aus Nagyvárad, wie vom Ende der Welt zwar, aber doch nicht aus dem Himmel (meiner Ansicht nach). Ob es bei dem bleibe, was wir besprochen haben, na klar, es bleibe dabei, so ich, nicht einmal ahnend, worum es sich handelte, ist gut, Meister, sagte er fast ohne Spott, dann erwarte ich Sie Freitag nacht in Kocsárd, und die Verbindung brach ab.

Andris Tüske hatte ich Anfang des Sommers in Kolozsvár kennengelernt. Ich hätte tausend und einen Grund gehabt, seine Bekanntschaft zu suchen (in aller Kürze: ein liebenswerter Mensch), aber ich ähnelte da schon einem Hund des seligen Pawlow, ich setzte mich allein auf das Wort »Donau« in Bewegung, und ich hatte gehört, die Tüskes seien seinerzeit ins Donaudelta ausgesiedelt worden. Zärtlich fiel ich also über ihn her, wir saßen in einem pferchartigen Restaurant und tranken ein Bier, unumwunden: Pferdepisse, daß ich es sofort abstreiten würde, wenn jemand behaupten wollte, dieses Bier hätte ich getrunken. Zweifellos wurde es getrunken. Dann achtete ich doch nicht auf seine Donaudelta-Geschichten — seinen Vater, einen Geistlichen, hatten sie eingesperrt und sie, die Mutter mit den sieben Kindern, ins Delta verbannt, nach Feteşti an der Kleinen Donau, am Borcea-Arm, die Mutter konnte nicht Rumänisch, und es gab da ein *Gefangenenschiff*, das die Rumänen den Franzosen abgekauft hatten, die »Gironde«, es hatte

Zuchthäusler in die Kolonien befördert, und die Kinder sollten in Erfahrung bringen, ob ihr Vater auf dem Schiff war, an einer Stelle war das Ufer eine zehn bis fünfzehn Meter hohe Sandwand, dorthin setzten sie sich, hintereinander und einander bei den Händen haltend, vorn der Miklós, der mutig war wie ein Löwe, immer wieder löste er ein Stück von der Sandwand, über der sie saßen, das dann mit Gepolter in die Donau stürzte, aber er war nicht nur mutig, sondern auch ein erstaunliches technisches Urtalent, mit zwölf Jahren baute er seiner Mutter eine Waschmaschine, nicht lange, und aus der Umgebung kamen die Leute mit ihrem Kram zu ihm, und das Eis, und das Hochwasser, und die Fische; überhaupt, wie das Leben voll und ganz vom Wasser, vom Fluß bestimmt wird ... — in seinem Tonfall lag etwas Ausgeglichenes, Heiteres, nicht Humorvolles oder Ironisches, eher die Gelassenheit, wenn jemand verstanden hat, versteht, was mit ihm passiert ist; er sprach ausnahmslos über Erlittenes, Schlimmes, Verschleppung, auch aus der späteren Zeit, als die Securitate ihn beobachten ließ, über die Verhöre, die Angst; Selbstmitleid klang nicht einmal in Spuren an, nur die schöne Ungewißheit, die Kriterium auch der sichersten Wahrheit ist, die Furcht, etwas auszusprechen, und der Rausch, wenn man es ausspricht; ich beobachtete, wie er sprach, wie er seine Worte aufeinandertat und zurückzog und doch dortließ, wir tranken das Gesöff, eine unbeschreiblich bizarre Musikkapelle trat in Aktion, Geige, Tasten, Schlagzeug, zwei Gewerkschaftsvertrauensleute aus den frühen siebziger Jahren, an langen Tischen drüben an der Wand brachten Männer in Anzügen Trinksprüche aus (nachmittags um vier aßen sie zu Mittag oder zu Abend), eine einzige Frau war mit ihnen, gerötet, wir wurden immer mehr, die Stadt kam zur Musik, jung und alt, gemischt, auch afrikanische Studenten, oder arabische?, palästinensische?, ich lauschte dem zarten jungen Mann, betrachtete seine schmalen Handgelenke und segnete das Schicksal, daß ich auf ihn gestoßen war. Es war nicht Zuneigung oder Freundschaft, was ich für ihn empfand, es war mehr und weniger: weniger, weil es nicht um mich ging, mehr, weil ich denken mußte, daß dieser Saal ja etwas grundsätzlich *Freundliches* an sich hatte, wenn man so einfach und ohne jede Anstrengung auf solche Leute stoßen konnte.

Die Verbindung war unterbrochen und die Sache damit entschieden. In Osteuropa (ich weiß: Mittel-! Mittel-!) nimmt die Vorsehung oftmals die Gestalt eines Telefons an, als Tarnmantel. Rumänien ist telefonisch praktisch unerreichbar. Wie Wärme, wie ein Kribbeln breitete sich in meinem Körper das Gefühl der Hilflosigkeit und Ausgeliefertheit aus. Ich wurde ruhig und heiter — ich brauche nicht zu überlegen und abzuwägen, übermorgen nacht werde ich in Kocsárd oder so erwartet. In diesem Augenblick — ein wenig übertrieben! — sagte das Radio an, im Delta sei die Cholera ausgebrochen, es gebe bereits Tote, und die Grenze nach Bulgarien sei gesperrt. Na gut. Soll ich nun das hier weiterschreiben oder aber mein Testament? Oder ist es ernstzunehmen? Wie gefährlich ist es? Nachsehen.

*

Heute habe ich auf der Karte Kocsárd endlich gefunden. In Wirklichkeit Székelykocsárd. — Oh, Székelykocsárd! Dunkles Geheimnis meines Lebens!

Ich will mich vor dem Fahrkartenkauf drücken. Ich werde versuchen, ihn meiner Schwägerin aufzubürden, die in der Nähe des Bahnhofs arbeitet, oder meinem Bruder, der sowieso alles erledigen kann. Aber erst einmal probiere ich es mit meinem Sohn. — Neulich war eine vornehme, abendländische Dame hier zu Besuch, eine enthusiastische Ungarnfreundin, erstmals für eine längere Zeit, erstmals allein und auch ein wenig allein gelassen in der Stadt. Mit großer Zufriedenheit und wohltuender Schadenfreude hörte ich, nachdem sie all die kleinen Prüfungen hinter sich hatte, die wir gar nicht mehr bemerken, ging sie in ein Reisebüro, um sich eine Fahrkarte für den Zug zu kaufen, und als das Fräulein bei ihrem Gruß nicht einmal den Kopf hob, brach sie in Tränen aus. Sie stand nur da und schluchzte. (Nebenbei bemerkt, unabhängig vom Gruß hätte sie *dort* sowieso keine Fahrkarte bekommen.)

Soeben hat mein Sohn angerufen, die Schlange sei dreihundert Meter lang, was er machen solle.

»Dich anstellen«, habe ich mit der indignierten Stimme meines Vaters gesagt und aufgelegt.

Ich sitze in meinem Zimmer, und andere verändern mein Leben. Du mußt sein (ihr) Leben ändern. Unsinn.

Meine Schwägerin kommt mit der Fahrkarte. Es verkompliziert sich. Mit dem Balt-Orient-Expreß soll ich es nicht erst versuchen, da ist kein Mitkommen, außerdem hält er nicht in Kocsárd, nur in Războieni. Aber nachmittags gibt es einen Entlastungszug. Und in Kolozsvár muß ich sowieso umsteigen. Meine Schwägerin entbindet in zwei Wochen; alles an ihr ist schön rund.

Ich mache mir Sorgen. Ich bin ein bedeutender Sorgenmacher unserer Zeit. Ich male mir aus, wie ich auf dem ausgestorbenen, nächtlichen Kolozsvárer Bahnhof sitzen werde, in der Ferne jault ein Hund, und unter dem Schleier der Nacht ziehen traurige Gäule ein Fuhrwerk. Im Stroh ein blaugesichtiger Toter. Es wird finster sein, es wird still sein, und ich werde frieren. Und Angst haben. Angst habe ich lange nicht mehr gehabt, zuletzt als Kind. Nächtliches Hochschrecken bei den lauten Worten Erwachsener. »Wenn du noch ein Wort sagst, bringe ich dich um.« (Frauenstimme, Mezzosopran.) Oder als ich mich in einem Bunker aus dem Zweiten Weltkrieg verirrte. Das war am schlimmsten. Denn es war wie in einem Film, was bedeutet, daß alles mögliche passieren kann, aber ich wußte in jedem Augenblick, daß das alles wirklich war.

Seither bringe ich diesen Bunker und diese Angst mit denen von Clara durcheinander. Ich hatte auch sie nach der Donau gefragt, sie gebeten, irgend etwas zu sagen. Statt eines Briefes schickte sie mir einen Haufen Zettel, auf dem Umschlag stand kein Absender, aber ich erkannte ihre Schrift. Die Zettel waren numeriert. (Warum?)

1. Der Tod ist ein Meister aus Deutschland (Celan). Kennen Sie das?

2. Ceauşescu = König Vón

Legenden - - - Attila, Suleiman, Karl der Große; die sechs Namen der Donau; Rhein, Main, Donau = Flüsse Attilas

Passau = bayerisches Venedig

Die Piazza Navona; in Berninis Statuengruppe die Donau als Symbol Europas

Linz = kleines Ruhrgebiet; sein Rhythmus ging in Bruckners 7. Symphonie ein

Ady = wir schauen nach Westen — werden aus dem Osten unterdrückt

Die Donau herab kommen die Ideen

3. Leider fällt mir bei der Donau auch ein, daß Gabi Tölgyesi, der mir den Hof machte (er war 11½ Jahre alt), samt seinen Eltern '44 hineingeschossen wurde, Márti Taub, die 15 war, überlebte trotz 3 Schüssen, sie klammerte sich irgendwie an einen Schleppkahn und verbrach-

te einige Stunden im eisigen Wasser, bevor sie, halb abgehäutet, an das inzwischen leere Ufer kroch. (Sie ist eine großmäulige, schöne Jüdin geworden, die mit jedermann Bekanntschaft schließt und allen vorschwindelt, sie habe vier Kinder, was ihr immer geglaubt wird, groß wie ihre Brüste sind. Immerfort entzünden sich ihre Gelenke, die der Finger beispielsweise auf die Größe von Tennisbällen. Aber jetzt hat sie einen russischen »Energetiker«, der mit Handauflegen heilt. Irgendein Jura. Dreißig ist er! Dreißig! schreit sie mir ins Telefon. Denn sie schreit ständig.)

Wie ich schon erzählte, trat ich aus der Reihe, denn ich hatte auch vorher nie durch den Pissegestank des Tunnels gehen können, wenn wir dort spielten. Ich trat aus der Reihe. Niemand folgte mir. Ich wußte nicht, wohin sie uns bringen wollten, ich ging ins Judenhaus zurück, Inselstraße 41, vielleicht wäre meine Mutter wieder da, die sie weggebracht hatten. (Ich lese durch, was ich geschrieben habe, und sehe, es hat mich so aufgeregt, daß ich eine Menge Schreibfehler begangen beziehungsweise gemacht habe.)

Es regnet. Ob es irgendwo auf der Welt Schuhe gibt, die nicht durchweichen? — Ich nehme eine halbe Salami mit und Schnaps, den für uns. Kaffee nicht. Schon letztens hatte ich Schwierigkeiten, ihn zu *übergeben.* Wie ist das eigentlich? Perlen für die Wilden oder einfach Hilfe? Wie innig liebte ich meine Westverwandten wegen der Suchard-Schokolade ... Kaffee als Nationen erhaltende Kraft. Wenn, oh, die Welt wär' Gottes Hut, stünd' Ungarn ihm als Feder gut. Wenn. If you need me, Jagger-Richard, wenn.

*

(West-)Bahnhof. Eine ältere Frau zankt mit ihrem Sohn, tappt umher, ist fahrig, in Panik. »Beeil dich doch, schnell«, so scheucht sie den Jungen. Man merkt, es ist schwer, ein Junge zu sein.

Durch eine Reihe von Zufällen stellt sich heraus, daß Războieni und Székelykocsárd ein und dasselbe sind. O Gott, bloß gut, daß ich ungarisch spreche und die Stadt kenne wie meine Westentasche, so finde ich mich gerade noch zurecht. Vor fünf Jahren brachte ich meine nach Wien zurückreisende Schwägerin (eine andere, inzwischen nicht mehr Schwägerin) wie ein erfahrener Mann von Welt zum Zug, zu dem aus Wien nach Bucureşti. (Ist das der Wiener Zug? fragte ich, ja, antwortete man mir.) Im letzten Moment sprangen wir ab wie von einer Straßenbahn und irrten zwischen den Schienen umher wie auf einem Feld. Ich trug sechs (6!) Koffer auf einmal. Ich war erfüllt vom Gefühl des Stolzes, die Frau meines Bruders von dem des Hasses. In der Zwischenzeit sind beide Gefühle verblaßt, aber nicht ganz verschwunden.

Ich habe eine Platzkarte, das ist jetzt der einzige Fixpunkt. »Mein Bruder ist unterwegs, eine Hose kaufen. *Denn* zehn Minuten hat er noch!« höre ich vom Gang. — Oder überzeichne ich die vom »Ostwärtsreisen« geweckte Angst? Wäre es nur Reisefieber? Möglich. Aber hier beginnt tatsächlich eine andere Welt. Mit einem anderen Ja, einem anderen Nein, einem anderen Niemals, einem anderen Ewig, einem anderen Endlos, also mit einer anderen Geometrie; anders sind die Ehre, das gegebene Wort, die Rache, anderes versteht man unter Recht und Pflicht; um es kurz zu machen, ich reise einige hundert Kilometer und werde einer ganz anderen Interpretation des Aristoteles begegnen. (Dort werde ich sehen, daß dieses Anderssein kein *solches* ist. Einfacher. Wortloser, ohne Worte. — Nachträgliche Anmerkung.) »Eine kapitale Hose.

Sie knittert nicht, Gevatter. Du steigst in Torda in den Zug, Gevatter, und in Arad steigst du aus wie ein Herr.«

Wie viele speckige Gesichter! — Ächzend setzten wir uns in Bewegung.

Mietling verlässt Ungarn in südlicher Richtung, Arm in Arm mit der Donau

Winke, winke! (Im Sinne von: Wackeres Volk, freie Erde, bezauberndes Land — ich muß Abschied nehmen von Dir, die Erinnerung an Dich wird unauslöschlich leben in meinem Kopf und Herzen, bla, bla. Geschehen am Flußkilometer 1433, was, nach dem anfänglichen Zögern, mehr oder weniger die Hälfte des Flusses ist.)

Telegramm über das Wenn-Dann

Unser Schiff näherte sich Novi Sad, wo einstens das gleichmütige Wasser aufgeblähte Leichen in Richtung Belgrad schwemmte. Die Donau hält alles aus, wie der Mensch. Der Fluß ist hier wie einer, der nicht weiß, was er will: wie ein guter Schauspieler, der einen Betrunkenen spielt, der also nicht schwankt und nicht stottert, auch nicht erbricht — pure Anstrengung, daß niemand etwas bemerkt, pure und, wenn er wirklich talentiert ist, vergebliche Anstrengung. Aus der Ferne beobachtet der Fruška Gora unser Mühen. Der Berg ist ruhig, sagen die Hiesigen, sagen sie zum Berg, damit auch die Donau versteht, was gemeint ist. Der Berg ist ruhig, die Donau verzeiht.

Ich stellte mir alles serbisch vor, serbisch waren die Frauen, serbisch die Donau, serbisch die Luft, die Sonne, serbisch die Nacht, serbisch die Bewegungen und Wörter, serbisch die Serben. Ich kann jeden lieben. Mir fiel ein Telegramm von dir ein, ich war wütend auf dich. Wenn du jemanden wirst hassen können, dann wirst du endlich

Ruhe finden, dann bist du am Ende deines Weges. — Damals hast du mich zum erstenmal geduzt.

Bericht über Leichen, Zahnheilkunde und Mathematik

Wir stützen uns auf die zeitgenössischen Aufzeichnungen des Georges Tim Aar, der seit seiner vertanen Kindheit um die Füße Prinz Eugens wuselte. Seine Glaubwürdigkeit dokumentiere ich mit einer kurzen Anekdote. Gegen Abend wurde der Rangälteste, Karl von Lothringen, gefragt, ob man am 12. September 1683 den entscheidenden Schlag gegen den in seiner Überheblichkeit zaudernden Kara Mustafa wagen solle oder erst am Morgen des nächsten Tages, worauf der erfahrene Karl mit einer in der gesamten Kriegsgeschichte einmaligen Argumentation aufwartete: Ich bin ein alter Mann und will nachts in Ruhe schlafen.

Dreiunddreißig Jahre später warteten die Ratgeber des Prinzen sorgenvoll auf ihr Oberhaupt. Aber Prinz Eugen hatte, um ein Wort unserer Zeit zu gebrauchen, soviel Talent wie die Sonne. Der türkische Großwesir Damad Ali vertat seine Zeit an jenem durchscheinenden Augustmorgen 1716 ahnungslos vor der Festung Pétervárad (Petrovaradin, Peterwardein), als der Savoyer über den rechten Flügel der Türken herfiel, wobei einer der eigenen Flügel von der Festung selbst und der andere von der Donau, der Beschützerin europäischer Werte, gedeckt wurde. Die Idee des Prinzen war einfach wie jede große Idee (»er denkt, daß ich das denke; also denke ich das nicht«), einfach, aber nicht trivial, das heißt, es starben sehr viele Menschen. Die Ufersümpfe schluckten allein sechstausend Türken.

Die Donau ist in dieser Gegend ein Vielfraß. (Januar '42, November '44 und so weiter, Aufhacken des Eises, Hineinschießen von Juden und Serben, An-die-Wand-

Werfen von Säuglingen, Zusammendrahtung, Genickerschießung und Verbrennung ungarischer Hinzurichtender, erzwungenes Gehen über Glut, Häuten bei lebendigem Leib, Abreißen der Hoden mittels Kneifzange, Anbringung von Sprengkörpern an den Beinen von Kindern, anschließendes Schießen auf sie bis zum Treffer, Zersägen an der Hüfte, Pfählen und so weiter. Und so weiter: das ist der andere Name der Geschichte. Und so weiter: das ist das Gewicht der Zeit, die schmutzige Unpersönlichkeit. Und so weiter: das Gesetz; mein Herr und König, dir lege ich mein Leben, meinen Tod in die Hände.)

Auch Damad Alis persönlicher Mut half nicht. Über die Größe seines riesigen Prunkzeltes nur soviel, daß die gemeinsame Arbeit von fünfhundert Mann nötig war, es aufzustellen.

Aar berichtet, er könnte gar nicht anders, über den schrecklichen Untergang des Grafen von Breuner. Über ihn müssen wir wissen, daß er ein Onkel der damals noch in den Kinderschuhen steckenden Schwarzenbergs war, ein Universaltalent, Dichter, Arzt und Verehrer der Mathesis, Liebling des Eugenschen Generalstabs.

Auf sein zahnheilkundliches Wirken wurde ich in der Handschriftenabteilung der Zagreber Bibliothek aufmerksam, beim Durchsehen der Aufzeichnungen Klaudia Mágris'. Auf seine Art ist dies, und es ist vielleicht keine Unbescheidenheit meinerseits, wenn ich das hier sage, eine echte Sensation, wenn auch eine uninteressante. Von Breuner, der Vater der Stomatologie!

Klaudia Mágris war ein interessanter Farbtupfer der ungarischen Zeitgeschichte, eine namhafte und berüchtigte, aufklärerisch emanzipierte Person des 18./19. Jahrhunderts, Briefpartnerin der George Sand und nach Augenzeugen eine sehr schöne, kälbchenäugige Frau, die sich jedoch ständig selber Unheil über ihrem hübschen

Kopf zusammenbraute, sie hatte auch literarische Ambitionen, ihr Buch über die Habsburger fand allerdings nur bei Joseph II. Gefallen. (Und Joseph II. war kaum Habsburger …) Dem Tratsch zufolge flog die Mágris als Kind auf die hochangesehene Kaiserin und später ebenso bedingungslos auf Kossuth. Ein ausgemachtes mitteleuropäisches Phänomen, dabei gab es das damals noch gar nicht (weil es nicht nötig war). Diesen Widerspruch witterte die Zeit, das Jahrhundert des Sieges duldete keine Frauen der Niederlage, wie leidenschaftlich sie auch sein mochten, die schöne Klaudia mußte fliehen, und zwar Hals über Kopf und in Männerkleidern, zu denen sie sich in sonderbarem Verlangen hingezogen fühlte, vor allem zu den feinen, leichten italienischen Sakkos. Sie ließ sich in Triest nieder, wo sie eine Art Grande dame der Stadt wurde. Für Italo Svevo gab sie das Modell zu *Ein Mann wird älter* ab. Und wir wissen von Flaubert, der außerhalb seiner Bücher ein erstaunlicher Schwätzer war, eine Tratschsuse, daß nicht einmal Turgenjew viel Federlesens machte, wenn es um diese eklektisch-schicksalhafte, hochbegabte, ungewöhnliche Triesterin mit den bildschönen Hüften ging. Angeblich plante sie ein Buch über die Donau, wofür sich jedoch nirgends schriftliche Belege finden, wenn nicht — Kopfneigen! Kopfneigen! — *hier.*

Von Breuner vermengte gemahlenen Donausand mit in Quecksilber gelöstem Kupfer und Silberblei, womit er die Grundlagen des Plombierens schuf. (Löchermörder, das war sein Spottname im Lager.) Vor allem aber war es das sanfte, empathische Herangehen an fremde Münder, was bei von Breuner revolutionär war. Die Zeit hätte einem kariösen Zahn oder einem eitrigen Abszeß nicht viel Aufmerksamkeit gewidmet. Doch Prinz Eugen erkannte sofort die mentale Bedeutung der Zahnheilkunst, seine Veranlagung nicht zügelnd hielt er dem Grafen die Treue. (Er hatte noch einen anderen, persönlichen Grund, über den wir aber aus Scham schweigen wollen. Lediglich um Mißverständnissen vorzubeugen, setze ich hinzu, daß es sich nicht um eine sexuell motivierte Leidenschaft handelte — ja, so seltsam es klingt, das gibt es!, angeblich —, aber das mag schon genügen, denn es macht den Fall noch schrecklicher, macht ihn demütigend und teuflisch, und er hörte nie auf, zwischen Peinlichkeit und Großzügigkeit zu pendeln.) Viele Schlachten gewannen sie so zu zweit, Füllungen, Brücken, Prothesen, Wurzelbehandlungen, Vipla-Zähne gegen die Osmanen! Christus, hilf! — Schweren Herzens und mit Unbehagen denken wir an die Tatsache, daß im Lauf der Geschichte der menschliche Verstand stets in den Kriegen seinen Höhepunkt erreichte, der dort verwirklichte Organisationsgrad lag um ein Vielfaches über dem des Alltags (*das* war die Richtung des Talents!). Und entstand nicht die lineare Programmierung, die als Wiege der Rechentechnik anzusehen ist, auf Bestellung der amerikanischen Armee, um ihre Bedürfnisse, Wünsche und Hobbys zu befriedigen? O ja.

Aber womit sich von Breuner wahrhaftig ins Gedächtnis der Gebildeten einprägte, das war seine unbedeutende, interessante Rolle in der barocken Mathematik. Wenn Fermat der Fürst der Laienmathematiker ist, dann ist von Breuner ein namenloser Verwandter aus der Provinz, dem jedoch beim Festessen gleichfalls ein Gedeck aufgelegt wird. Auf den Quellen des Spätbarocks rudernd gelangte der Graf an seinen eigenen, engen Ort. Von Breuer bringt so entwaffnend und sympathisch wenig, nun ja, ausgerechnet in die Infinitesimalrechnung ein, daß das allein schon eine ernsthafte positive Aussage über die Struktur der Schöpfung, ein rühmliches Schweigen über ihre Erhabenheit ist — und das zu Beginn des 18. Jahrhunderts, also im letzten Augenblick.

Zu den Bernoullis hatte er ein intimes Verhältnis. Die ganze Familie hing enthusiastisch dem Leibnizschen »calculus« an. Bernoullis gab es so viele, daß man mit ihnen die Straße hätte pflastern oder, wie die Ungarn sagen, die Donau stauen könnte, womit ich nicht behaupten will, wir seien wieder beim Thema, denn auch wenn es zuträfe, daß die Donau das Alpha und Omega von allem ist, bliebe noch eine Frage offen, die man sich spätestens bei Tulcea stellen muß: was nämlich das Alpha und Omega ist. Von Breuner war befreundet mit Jakob (Jakob I.), dessen Tod 1705 ihn sehr mitnahm, besonders, weil sie verzankt waren. Das kam so: Der jüngste Bernoulli, Johann, gab dem älteren Bruder Jakob die Aufgabe, zu bestimmen, welches die Kurve ist, an der unter dem Einfluß der Schwerkraft ein von Punkt A ausgehender Körper in der kürzesten Zeit an Punkt B gelangt. (Gut zweihundert Jahre später griff der fruchtbare, nette Simenon sie auf geistreiche Weise in seinem Krimi *Der Teppich von Khorassan* auf, wo es darum geht, ob der Gattinnenmörder [also der Gatte] innerhalb von siebzehn Sekunden und so weiter und so fort. Maigret argumentiert, der kürzeste Weg zwischen zwei Punkten sei die Gerade, und vergißt, daß er den Weg mit der kürzesten Zeit suchen muß. Er sieht seinen Irrtum bravourös ein und macht den Mörder traurig dingfest, der, von diesem Attribut abgesehen, ein wirklich sympathischer, melancholischer Bursche ist.) Jakob legte — richtig — die Zykloidengleichung vor. Von dieser Kurve stellte sich heraus, daß der entlang der Kurve fallende Körper, von welchem Punkt der Kurve er auch ausgeht, immer in der gleichen Zeit zum tiefsten Punkt gelangt, was bedeutet, daß die Zykloide auch eine Tautochrone ist. — Denken wir nur an das Gleichnis von den Arbeitern im Weinberg. Da ist es, als ob die Arbeiter an einer Zykloide in den Weinberg glitten und das Geld zeitproportional bekämen, *deshalb* alle gleich viel. Es gibt Zeiten, wo das bereits einem Gottesbeweis gleichkäme …

Jakob, Zahn um Zahn!, stellte dem jüngeren Bruder als Revanche das isoperimetrische Problem, er sollte also herausfinden, welches unter ebenen Flächenstücken gleichen Umfangs den größten Flächeninhalt hat. Später fand es Anwendung bei den schäbigen französischen Friedensvereinbarungen nach dem Ersten Weltkrieg, als Grenzen festgelegt wurden; dort erwähnte man den Stacheldraht noch im Scherz (oh, französischer Esprit!), Vyx benutzte einmal auch den Ausdruck eiserner Vorhang (rideau de fer) und heimste damit Erfolg ein, nicht wissend, daß er über die Zukunft sprach. Nur einer schwieg, Graf Apponyi, in vier Sprachen, mit makelloser Aussprache. Daß das Selbstbewußtsein und Selbstvertrauen der Nation verletzt wurde, war das wahre Problem, nicht der enorme Gebietsverlust. Die gemeinsamen auswärtigen Angelegenheiten unterstanden Czernin. Zwischen ihm und Clemenceau vermittelte eine Schwester der Königin Zita. Man erinnert sich vielleicht an die von Clemenceau inspirierten Schlagzeilen: Graf Czernin hat gelogen! — Nein, gelogen hat er nicht!!!

Zurück zu Johann. Er gab eine falsche Lösung — die Entscheidungen von Versailles und Umgebung halten das zerstörerische Feuer des Nationalismus immer noch am Brennen —, die von Jakob öffentlich kritisiert wurde, deshalb kam es zu einem Streit, der in einem Brüdern unwürdigen Tonfall ausgetragen wurde und in dem von Breuner für den jüngeren Bernoulli Partei ergriff, ein Irrtum, der zwischen ihm und seinem Freund Jakob Zwietracht stiftete.

Sie trafen sich auch weiterhin, aber irgendwie war es nicht mehr wie früher. Sie schätzten und respektierten einander, vielleicht umarmten sie sich weniger heftig, das heißt, sie achteten die guten Eigenschaften des anderen und ärgerten sich über die schlechten. So verging in Basel allmählich eine große Männerfreundschaft, ungefähr zur

Zeit des Aufstands des dreisten Thököly — und das eines dummen Mathebeispiels wegen ...

Übrigens gefiel Jakob unter den ebenen Kurven besonders (fast schon besonders) die logarithmische Spirale ($r = ae^{k\Phi}$), und zwar so gut, daß er sich die Zeichnung dieser Kurve aufs Grab setzen ließ, dazu die Inschrift eadem mutata resurgo, verändert auferstehe ich als der gleiche, was darauf hinweist, daß die aus der erwähnten Kurve abgeleiteten neuen Kurven teilweise gleichfalls logarithmische Spiralen sind.

Von Breuners schrecklicher Tod scheint etwas anderes zu beweisen. Auf die Leiche beziehungsweise deren scheußliche *Überreste* stießen die siegreich vorwärtsgaloppierenden Pálffy-Husaren. Unweit der Pétervárader Anhöhe hatte man den Grafen neben einer kleinen Kirche an einen uralten Baum gebunden, an Hals und Beinen gefesselt und zu Tode geprügelt, während Damad Ali vor seinem auch von uns schon bewunderten Prunkzelt stand und befriedigt zuschaute, nicht ahnend, daß es bald auch um ihn geschehen sein würde. In Wirklichkeit aber endete Breuner nicht so, sondern noch gräßlicher, er starb nämlich nicht an den Schlägen; die spätere Obduktion (*frühzeitige* Verfärbung der Haut, Erstickungsanzeichen) ergab eindeutig, daß den Tod eine seltene, wilde Ameisenart verursacht hatte, die Tiere hatten den vielseitigen Grafen, Liebling Prinz Eugens und Freund eines Bernoulli, schlicht und einfach zerfressen ... Was für ein Donauufer!

Wie auch immer, Europa erschuf eine neue Mathematik.

Was nun den im Januar 1699 geschlossenen Frieden von Karlowitz betrifft, so war dessen einziger Verlierer das unabhängig davon stolze und begabte ungarische Volk, das aus dem türkischen Regen in die österreichische

Traufe geriet. Und was den großartigen Traum Rákóczis (1676—1735) betrifft … lassen wir das. Auch der Sonnenkönig ließ uns in der Scheiße sitzen.

Hier wird jetzt in den Budapester Boutiquen selbstklebendes Ungarn angeboten. Es hätte so manches Mal Absatz gefunden. Kleb, Magyare …

23
Fortsetzung der Fortsetzung der Fortsetzung der Wahrheit (Reisetagebuch)

Von Zeit zu Zeit dringt zarter Zwiebelduft ins Abteil. Ich blicke hinaus: Szolnok.

Man plaudert. Wie störend mein Schweigen da wirkt. Ich werde auch etwas sagen.

»Sie sagen, junger Mann, nach Osten fahren Sie? Immer nur nach Osten? Aber wenn Sie dabei bleiben, wohin kommen Sie da? Na? Na? Nach Westen, jawoll! In den westlichsten Westen. Eine verrückte Sache, daß die Erde rund ist! Verstehen Sie? Die Hoffnung. Daß es nichts Östlichstes gibt!«

Auf der Flur steht ein Schwein, den Kopf hoch erhoben. Ein stolzes Schwein, schau an.

Ich versuche zu lesen. Jonathan Harper (Bram Stoker: *Ausgewählte Schreckenstaten des Grafen Drakula*) bestärkt mich darin, daß jetzt der Osten beginnt. Ich prüfe die Eckzähne der Mitreisenden. Der männliche Teil des Ehepaars belehrt mich gutmütig. Unbekannte solle ich lieber deutsch als ungarisch ansprechen. »Es könnte schwierig werden.« Aber in Alt-Rumänien oder in der Gegend des Donaudeltas dürfe ich ruhig ungarisch sprechen, dort habe das nichts zu bedeuten. Nichts. Er wolle mir keinen Schreck einjagen, sondern helfen. »Es ist nicht ratsam.«

Sie erzählen mir ihre Budapester Erlebnisse. Wie sie sprechen, so haben wir in den siebziger Jahren über Wien gesprochen. Die Frau schüttelt den Kopf, sie versteht nicht, wie jemand mehr haben wollen *kann,* als es im Kaufhaus Sugár gibt. »Noch mehr wollen, das ist nicht normal.«

Später nicken sie ein. Vermutlich träumen sie das gleiche, denn sie legen fast gleichzeitig die Hände in den Schoß, jeder seine in seinen.

Bei Biharpüspöki trete ich auf den Gang. Das Bahnhofsgebäude liegt fast völlig im Dunkel, nur ein mattes gelbes Licht beleuchtet es, eine Stimmungslampe im Salon. Ich betrachte das Gleis neben dem unsrigen, auf das aus unserem Fenster das Licht fällt. Abfälle, Flaschen, Papier, eine trocknende Scheißewurst. Und da erblicke ich auf einer Schwelle zwei Gegenstände, zwei vollkommene Formen, Formen der Natur, so, als wäre es, sagen wir, ein Vogue-Foto: An ein Chanel-Fläschchen (Eau de Toilette, Egoiste, für den Mann) lehnt sich ein Hühnerei. Ein verrücktes Stilleben.

Auf dem nächtlichen Bahnhof von Kolozsvár (Cluj, Klausenburg) wimmelt es von Menschen. Er widerspricht meinen Phantasievorstellungen so sehr, daß er ihnen fast schon entspricht. Die gleiche Erschrockenheit. Als wäre Krieg. Alles ist wie in dem Film *Brasil, Brasil* oder in dem alten, schwarz-weißen Orwell 1984, also hinter der abgewirtschafteten Kulisse ein entwickeltes, verborgenes Funktionieren. Entwickelt: sprich unbekannt. Auf den ersten Blick wirkt auch der Wartesaal riesig, aber er schrumpft in dem Maß, wie ich mich auszukennen beginne.

Hier sind alle möglichen Leute. Ein Herr wie von der See, mit makellosem Strohhut. Ein schilfrohrdünner, an allen Gliedern zitternder, säuerlich riechender Alkoholiker. Ein Mädel im Minirock (gut). Das gleiche als Junge. Strizzis. Ein Mädchen, noch ein Kind, sie mustert mich und sieht zehn Jahre älter aus. (Oder blickt sie nur so *zurück?*) Fliegende Händler, Lotterie, Kaffee, Brote mit Aufschnitt. Für wieviel Geld würde ich eins davon essen? Chatwin fällt mir ein, Bruce Chatwin, der an irgendwelchen chinesischen Eiern gestorben ist. Er war ein großer Reisender. Die Verkäuferinnen sind häßliche alte Weiber, ihr Leben ist schon abgelaufen, sie schlafen nie. Es ist zwei Uhr nachts.

Zusehends finde ich mich zurecht in dem wirr bewegten Durcheinander, Ausgang, Auskunft, WC. So verringert sich meine Angst. Ich bin wie ein pingeliger Westler. Ich horche, ob ich ein anderes Gefühl in mir habe als das Bloß-schnell-weg. Nein. Als Ulrich fürchte ich mich nicht, aber alles hier ist furchtbar. Furchterregend.

Von Zeit zu Zeit ertönt der Lautsprecher, dann kommt es zu einem großen Tumult, Leute beginnen zu rennen, die eine oder andere Ecke leert sich und füllt sich wieder. Alles scheint zufällig. Werde ich es merken, wenn der Zug nach Kocsárd kommt, mein Zug?

Zigeuner sind da, einer ist blond, ein klassischer »Osttyp«, Jeansanzug aus der Innenstadt. Manche zählen Geld, tauschen. In der Fensternische eines Seitengangs ein *hard porno*. Als die hexenähnliche Putzfrau an ihnen vorübergeht, schwippt sie mit dem Schrubberstiel dazwischen. Ohne ein Wort treten sie heraus, bringen sich in Ordnung, Rock runter, Reißverschluß hoch, und schlendern zurück. Ich sehe in ihre Gesichter und sehe nichts.

Während ich auf dem Bahnsteig umhergehe, blicke ich in einen anderen Wartesaal. Leute sitzen auf Bänken, schlafen. Wie Tote: keine Bewegung, nicht eine. Pompeji. Ich schaue minutenlang hinein; nichts.

Eine schwarze Herzogin im dunklen Coupé. Sie sehe ich, wenn ich die Augen öffne. Sie schaut mich an. *Das gleiche* träume ich manchmal. Die Nacht verrinnt. Als sie aussteigt, sehe ich von weitem, daß sie ihre Papiere zeigen muß. Ich höre sie laut lachen. Auch den Polizisten.

*

Ich bin am Ufer der Maros, im Haus von György, der Andris Tüskes Bruder ist. Ein stilles, strenges Haus am Ende der Welt — mit dem natürlichen und selbstverständlichen Anspruch auf Vollständigkeit. Ich betrachte die Maros und stelle mir vor, sie sei die Donau. Es kostet nichts. György erzählt, im Dezember sei der Strom abgeschaltet worden, so daß sie nicht einmal Wasser hatten (Elektromotor). Sogar die Windeln mußten sie in der Maros waschen. »Die Maros frißt das Ufer auf.« Sie mußten auf einer steilen, schwankenden Leiter hinabsteigen. Er zeigt mir die Stelle. »Der Fluß hat sich ein neues Bett gesucht. Dort floß er früher.« Das Wasser ist unvorstellbar schmutzig, ich tauche die Hand ein, ziehe sie heraus, man sieht, bis wohin es reichte. Das nahe Kraftwerk erwärmt den Fluß, deshalb sind die Fische verwöhnt. »Fischer und Jäger haben leere Ranzen.«

Konturen einer strengeren Lebensauffassung. — Gestern habe ich, der eingefleischte Papist, zwei kalvinistische Gottesdienste absolviert. Zuviel. Heilige Jungfrau, hilf, flüsterte ich Andris zu, als wir in die zweite Kirche traten. Ökumenisches Grinsen.

»Ich habe Stille gehalten«, sagt am Morgen die Großmutter. Abends singen sie gemeinsam Psalmen, die Brüder und ihre Frauen, junge Frauen, junge Männer. Ich schweige mit ihnen. Daran habe ich schon lange gedacht: wie gut es wäre, singen zu können (wollen). Mir fällt ein, beim Ministrieren habe ich einmal als Zeichen meiner Gutwilligkeit die zweite Stimme der Hymne gesungen, was jedoch vom Herrn Pfarrer (Pater Brogli, falls der Name jemandem etwas sagt) — warum? — als *falsche erste* verstanden wurde, er rief mich, zischelte seitlich: »Unnötig. Mein Sohn, unnötig. Wir sind genug.«

Laut Großmutter breitet sich die Cholera auch in der Luft aus. (Daher der Spruch: Wer einen Pfaffen sieht, wird sterben — weil der ja womöglich einen Cholerakranken beerdigt hat ...) Deshalb fahren wir nicht zur Donau. Genauer gesagt vielleicht, wir fahren und fahren doch nicht. Die Zeit hier ist eine andere. — Am Morgen bin ich daraufhin auf meine Uhr getreten, versehentlich, mit feinem Knistern, wie auf einen Maikäfer. Ich liege im mittleren Zimmer. Hin und wieder taucht, wie in einer Mándy-Novelle, jemand auf, macht eine beschwichtigende Handbewegung, nickt oder schließt die Augen oder seufzt und verschwindet wieder. Alles hier ist sanft und leise. Grob dagegen sind die fernen, ernsten Berge, grob der schlammige Hof, grob der Fluß, grob das Dorf, grob die dunkle, kalte Nacht. (Von der Kocsárder Bahnstation kommend: ein Auto, wie es durch das tote Dunkel gleitet, zwischen Pfützen und Schlaglöchern, immer wieder bremsend, an schäbigen Häusern und Fabrikmauern vorbei — als gäbe es nichts Lebendes außer uns.)

In aller Frühe trappeln die Kinder (3 + 2) über mich hinweg, im Halbschlaf konstatieren sie, daß ich ein großer, nicht näher bestimmter Fisch sei, den unseren gemeinsamen Hoffnungen zufolge sie aus der Maros ziehen werden (Undine-Anfänge). Gestern hörte ich den Kleinsten beten (ein dickköpfiges kleines Luder): »Jetzt bitte ich dich aber zum letztenmal, lieber Gott, ich möchte artig sein.« — Im übrigen, es ist vielleicht keine Übertreibung, durchdringt das ganze Haus die, sagen wir es so,

Gegenwart Gottes beziehungsweise, was nicht das gleiche ist, die Berufung auf seine Gegenwärtigkeit. Das alles entwaffnet und stimmt zugleich gereizt.

Ich blättere ein Buch auf (irgendein Bibelkommentar) und finde einen Satz von Oscar Wilde: Ich kann allem widerstehen, nur der Versuchung nicht. — Indeed, Sir.

Die Fliegen krabbeln mir ins Haar. Ich würde sagen, sie bauen ein Nest.

Ausflug zur Tordaer Schlucht. Wieder die *entnervende* Schönheit der Natur, Bergbach, himmelhohe Felswände plus altungarische Sage. (»Wir stehen nun an der Mündung der Schlucht. Wörter sind zu kraftlos, diesen Punkt zu beschreiben. Es ist, als hätte ein Sturm tausend Pyramiden Ägyptens aufeinander getrieben oder als stünde eine Vielzahl abgebrannter Kirchen und Türme vor uns; als ragten unter dem schmalen Bändchen des Himmels die Trümmer einer Vielzahl braun, rot und weiß gebrannter Säulenwerke, Kirchen- und Turmfronten empor. Stummes Schweigen überall, nur das Rauschen des Baches stört die Stille der Öffnung. Die Brust erschauert über dieser großartigen Wüstenei.«) Ich lernte jedoch die *mici* kennen, was man, glaube ich, mitsch zu sprechen hat, aber ich sage nur Mitzi, ein Landstrich, reich an *mici,* auf Schritt und Tritt werden *mici* gebraten, auf dem Rost, über offener Flamme, gewürztes faschiertes Fleisch, sehr schmackhaft. Doch weder Bier noch Wein. Nicht einmal Wasser, nur ein unmögliches Erfrischungsgetränk, gelb und klebrig, am ehesten noch als Pferdespucke zu bezeichnen. Im Flaschenhals ein Fliegenkadaver, unausweichlich, die Pferdespucke plätschert über ihn hinweg — die Donau am Eisernen Tor? Keine Übertreibung von mir. Pferdespucke auf rumänisch: suc.

Szene: An beiden Ufern der Maros wird geangelt. Manche haben Zelte mitgebracht und nachts dort geschlafen. Ich glaube sogar den Stoppelbart zu sehen. Rufe von hüben nach drüben, rumänisch. Etwas wie »männliches Schäkern« wohl. Holzhand! Walfischjäger! Es kommt zu einem Streit. Einer zieht sich aus, will herüberschwimmen, Genugtuung verlangen. Er kommt auch, aber hier ist inzwischen ein junger Mann eingetroffen, »jemand, der respektiert wird«, als er diesen sieht, beginnt er zurückzuweichen und bittet den jungen Mann übertrieben unterwürfig um Entschuldigung. »Ich bitte euch sehr. Ich bitte dich ganz sehr. Entschuldigt.« Sie werfen ihm einen Stein hinterher. Meine Gastgeber genießen es sichtlich, daß ich die Szene nicht verstehe, ich verstehe nicht, wie die heftige Kampflust so schnell in den heftigen Rückzug umschlagen konnte. Ungarn, Rumänen, die Maros.

András und György haben jeder ein Büro, das eine zur Szamos, das andere hier zur Maros. Ich hätte allmählich auch ein Büro nötig (wie auch eine Geldbörse, einen Doktortitel, eine Schwester und eine Sekretärin — hauptsächlich letztere: sie nähme mir die Korrespondenz ab, schriebe Maschine, würde die kleineren Reisen selbst abwickeln, Pferde mieten und Kohlepapier besorgen, staubsaugen, Verträge schließen, übersetzen und Bankkredite auftreiben, sie wäre nicht auf ein Liebesverhältnis mit mir aus, würde aber manchmal ihre kühle Hand auf meine stürmisch zerplagte Stirn legen, und sie würde Zigarre rauchen, und sie wäre nur ein kleines bißchen klüger als ich, und sie würde, taktvoll, ohne ein Wort zu sagen, meine Romane über die Donau beenden.) Mein Büro ginge, wohin sonst, zur Donau, mein virtuelles, imaginäres, prinzipielles und ideelles ka-und-ka-habsburgisches, mitteleuropäisches, osteuropäisches, postmodernes, realistisches, gut, meinetwegen: narzißtisches Büro. In uns begegnen sich die Erfahrungen dreier Flüsse.

Versuchen wir's. Wenn es offenkundig große Probleme gibt, kehren wir um. Ich male mir aus, wie wir listig die Quarantäne umgehen. Keine Spuren hinterlassen. — Wir sehen jemanden in einem Holzhaus, in einem kahlen Birkenhain, wie ein ungeheuer langweiliger (und nicht synchronisierter) Ausschnitt aus einem ärmlichen russischen Film, der Mann, ein Fischer, ein alter Lipowaner, stirbt gerade unter Qualen, springt auf, hetzt wie wahnsinnig aus dem Haus, rennt durch Pfützen, brüllt und fuchtelt, peitscht das Wasser… »Hör, Andris, laß uns von hier weggehen. Ich werde mir, wie immer, das Donaudelta erfinden.«

Habe den Brüdern (zu akzeptablem Preis) einige Ausdrücke abgekauft, darunter diesen: »jd. auf die Gabel nehmen« (sticheln, spotten).

In Vásárhely laufen wir zufällig ihren Eltern über den Weg. Die Mutter klein und strahlend. Ich kann — anderthalb Minuten lang — hemmungslos meinen Mutterhunger ausleben. Sie scheint es zu wissen. Scheint alles zu wissen. Das ist fast so nervend, als ob sie wirklich die meinige wäre, meine Mutter. Ich stelle mich vor. Mein Name, sie hört es, ist gut; die Frage sei, ob ich ein gutes Herz habe. »Das ist wirklich die Frage«, sage ich und grinse glücklich. Darauf sie, neckend und streng: »Solche Straßenbegegnungen mag ich nicht. Bei uns zu Hause wär's besser, ich würde dich unter die Lupe nehmen und sehen, ob ich mit dir schimpfen muß.« — »Ich bin jemand, der gut ausschimpfbar ist«, sage ich stolz.

Über den Vater habe ich schon viel gehört. Neidvoll lauschte ich, wie sie schwärmerisch von ihm erzählten.

Daß er, als er aus dem Gefängnis kam, von dem im Lauf der Jahre angesammelten Geld einen Plattenspieler kaufte. Nicht Brot oder Milch, einen Plattenspieler. Und Mozarts g-Moll-Symphonie auflegte. »Mozart, damit wir Lust zu leben haben, aber die g-Moll, weil er uns mit nichts verschonen wollte.« Meine eigene Vaterschaft fällt mir ein. Ich werde nie irgendeine Platte auflegen, und meine Kinder werden nie solche Geschichten über mich erzählen. Wenn ich an den Vater der Tüske-Söhne denke, halte ich das — diese meine Kümmerlichkeit — für einen großen Fehler; nein, nicht für einen Fehler, sondern für etwas, das »schlechte« Folgen haben wird. Dieses Etwas trägt den Namen Tragödie.

Wir sagen, wohin wir wollen. Und das mit der Cholera. Daraufhin reicht uns der Vater die Hand: »Viel Erfolg, meine Söhne.« Als ob ich auch sein Sohn wäre. »Der Bessere soll siegen.« Die Mutter umarmt uns. »Ihr seid verrückt. Das hat keinerlei Sinn. Geht nur.«

Der sozialistische Menschentyp

Der sozialistische Menschentyp — der ich bin — raffte sich auf und reiste in ein Nachbarland, das ich jetzt nicht beim Namen nennen möchte, jedenfalls in eins, das gleichfalls dieser Tage seine, sozusagen, Freiheit erlangt hatte und zu dessen Lob ferner anzuführen ist, daß die Sonne dort früher aufgeht als hier.

Unser Mann kam in die Berge, in ein Dorf, kleiner als klein, wo ihn zwei erstaunliche junge Leute erwarteten, die ihm beim Reisen halfen. Aber nicht über sie will ich jetzt sprechen und auch nicht über das *stille Haus* am Ende der Welt, nicht über die quecksilbrigen Kinder, die auf dem Hof allein spielen müssen, weil es im Dorf keine Gleichaltrigen (mehr) gibt, die Ungarn sind (oder Ungarisch können), nicht über die in dem stillen Haus sanft hinwegschwebenden Frauen und nicht über die unerwartete *Vollständigkeit* (die Vollständigkeit kommt immer unerwartet), die dieser Mann in zwei Tagen dort kennenlernte, als er mit Freuden sah, weil er es sehen durfte, unter wie andersartigen Bedingungen man irgendwie in die gleiche Richtung streben kann — es wird von etwas viel Uninteressanterem oder Bescheidenerem, aber doch Lehrreichem die Rede sein.

Dieser sozialistische Menschentyp dachte vielerlei von sich — nicht viel, sondern Vielfältiges —, aber nicht im Traum wäre ihm eingefallen, daß er ein sozialistischer Menschentyp wäre. Er bezeichnete sich nicht unbedingt als frei, vorsichtig wie er war, aber letztlich, wir wollen es offen gestehen, dachte er doch, das System hätte ihn nicht infiziert, jenes System, das nicht mehr existiert. Alles hatte seinen Preis, den zahlte er, aus, erledigt. Und er war sehr froh, daß das Ganze so nett zusammenbrach, er empfand es als Befreiung, da er jetzt viel Kraft übrig hatte, da er nicht mehr ständig auf der Hut zu sein brauchte, oder höchstens in dem Maß, wie es normal ist.

Das erste, was er in diesem fremden Land bemerkte, war das Fehlen von Bier. Dann das von Wein. Dann das von Mineralwasser. Was nach drei Tagen durchaus nicht mehr spaßig ist, weil man ja, wenn man nicht trinkt, auch zum Essen keine Lust hat, der Mund klebt einem zusammen und so weiter. Hiernach bemerkte er die Armut, sie fiel ihm auf. Das Schäbige, das Verschlissene, der Staub, die abscheulichen und offenkundig überflüssigen Fabrikmonstren, die kaputtgemachte Natur, Staudämme, zu denen extra das Tal gebaut werden mußte, wahnwitzige Kanäle, in die das Wasser gläserweise getragen werden mußte, Armut, eine so *heftige* Armut, wie er sie vergleichbar zu Hause kaum gesehen hatte.

Das bekräftigte den Reisenden in seiner Meinung, das Selbstbildnis seines Landes, demzufolge ihm das Schicksal besonders schlimm mitgespielt habe, sei absolut falsch, verlogen und nichts anderes als Selbstmitleid. Gekränktheit und Gejammer als ungarische nationale Eigenheit. Man jammert. Über die wilden Türken, über die tranigen Österreicher, über den schändlichen Frieden von Trianon, über die Engländer, und dann zu allem Überfluß auch noch die Russen. Oh, oh, welch Mißgeschick. Dabei ist das meiner Ansicht nach nur ein europäisches Durchschnittsschicksal. Von Zeit zu Zeit verschwanden hier Länder von der Bildfläche, wurden verschoben wie ein Schrank, und früher oder später kamen auch die Russen. Wozu uns bedauern.

Aber kommen wir endlich zur ideellen Aussage. Die drei gehen am Abend in ein Hotel und möchten ein Zimmer mieten. Es ist dunkel, sie sind müde, die Auswahl ist nicht groß. Der sozialistische Menschentyp ist ziemlich viel herumgekommen, und war er auch kein Mann von Welt, so wurde er sich doch immer mit Portier und Kellner einig. Das Hotelfoyer war dem Beilager einer kommunistischen Parteizentrale mit einem Bahnhof entsprungen. Da schöpfte er noch keinen Argwohn. Doch dann begann eine merkwürdige Verhandlung zwischen dem Portier und den beiden jungen Männern, und wenn er dazwischenfragte, winkten sie ab, als wäre er ein Kind. Auf einmal breitete sich Angst in ihm aus, er sah, daß hier der Portier der Herr war, alleiniger Herr über Raum und Zeit, daß hier nur möglich war, was er wollte, sofern nicht eine unbekannte List Veränderungen brachte.

Das war der erste Abend. Von da an verlangte er von Kellnern nichts, er bat nur; wurde er übers Ohr gehauen, zahlte er und schwieg. Er spürte, das war ein fremder Ort, an dem fremde Gesetze galten, und er war froh, daß er lebte. Nichts Dramatisches geschah, nur daß er leiser sprach, daß er Tag und Nacht wachsam war wie ein Tier und die Ohren spitzte, all sein Ausgeliefertsein trat zutage, alle Erschrockenheit, alle Hemmungen, alles, was er halt doch vom System geerbt hatte, er, der sozialistische Menschentyp.

Dann kam er nach Hause, und jetzt lebt er glücklich und zufrieden, bis an sein Ende.

MIETLING SCHREITET UNERSCHÜTTERLICH: VORAN

Lange folgte ihm von Nándorfehérvár (Beograd) her das Glockengeläut, welches Julius II. angeordnet hatte, noch vor Hunyadis berühmter Schlacht, laut Aar als Bittgebet und Gelübde, nicht, wie man gemeinhin glaubt, als Erinnerung an den (seltenen) Sieg, und wer je mittags im Ungarischen Rundfunk das maschinelle Glockengedröhn gehört hat, ahnte wohl schon, hier wird ausgiebig auf ungarische Art kompensiert.

Wir befanden uns im Lande des Danilo Kiš.

Eines trübseligen Herbsttages wurde Mietling aus Paris angerufen. Eine lachlustige, *heisere* Stimme sprach aus dem Hörer, hör mal, du dummer Ungar. Mietling hegte eine tiefe Zuneigung zum Träger dieser Stimme, von dem es meistens hieß, er sei Serbe, obgleich seine Mutter doch crna-gorac war und sein Vater ungarischer Jude, er selbst aber vermutlich der einzige Jugoslawe, in ihm gipfelte die absurde Idee, die Jugoslawien heißt, er war für sie quasi der einzige Existenzbeweis, Beweis dafür, daß die verschiedenen Völker einander nicht nur zu morden, sondern auch zu bereichern verstehen. *Dieser Reichtum war Danilo Kiš.* Auf der Welt, der ganzen Welt hatte er den schönsten Adamsapfel. Er hatte einen regelrecht französischen Adamsapfel, zumindest in Mietlings Augen verkörperte dieser Mittelostmischeuropäer den Franzosen als solchen, Klugheit, Erotik, Esprit, Strenge, Manneswürde und männliche Selbstironie, Clown und Moralinstanz, pardon, und Leichtigkeit; Gewicht und Gewichtlosigkeit, das war Danilo Kiš, Tod und Unsterblichkeit in einer Person.

Zu ihrer ersten Begegnung kam es so: Es fand einmal etwas sehr vornehmes Konferenzähnliches statt, so glanzvoll, daß Mietling, als er am ersten Abend aus dem Aufzug trat, dieser vergoldeten und verzierten Kabine, und im Empfangssaal Umschau hielt, staunend gewahrte, daß man dort entweder Nobelpreisträger war oder Millionär. Im Grunde genommen vermochte er auch sich selbst nach einem solchen Ausschließungsprinzip zu identifizieren, er schaute in einen Barockspiegel, sah, daß der da weder dies noch jenes war, und nickte: dann bin ich das also. Er blieb am Rand stehen und betrachtete den Trubel, das Knistern, die Sektgläser, Smokings und Ohrgehänge, ein farbiger amerikanischer Film, Ballsaal, Musik: Tschaikowskij. Er kannte niemanden, höchstens von Bildern.

Da kam auf der anderen Seite des Saals ein schwarzer Wind auf, eine schlaksige, baumlange Erscheinung in kariertem Sportsakko brauste durch die Gesellschaft, es war, als würfe dieser Orkan alle um, aber doch so, daß er sie gleich wieder auf die Beine stellte mit einem graziösen Handkuß ..., nein, nicht mit einem Handkuß, südlicher, schroffer, die Frauen also am Hintern und die Männer am Chemisett packend, aber mit der Leichtheit eines Handkusses, mit wuchtigem Charme — und vor dem Mietling stand sein älterer Bruder (denn Mietling war arm an älteren Brüdern und liebte es, seine Beziehungen ins Familiäre *herunter*zuholen, er sehnte sich nach Schwestern und Müttern, dachte sich Väter aus und Brüder und so weiter, und so weiter, das ist so einfach wie Sackhüpfen), der Unbekannte schrie wie ein Romanheld Ottliks, umarmte, drückte, begutachtete den Mietling: Du! Was! Na! Also! Ist gut. Ungar! — und in diesem Augenblick konnten alle erfahren, die ganze glitzernde Gesellschaft, wer Mietling eigentlich war, Mietling war also der, den der Heisere, sagen wir es so, liebte.

Hör mal, du dummer Ungar, sprach die Stimme aus Paris (»ich bin heiser, habe mich in Dubrovnik besoffen«), und daß es in Ungarn angeblich *irgendwelche* Tropfen gebe, wenn Mietling ihm die schicken könnte, aber es sei nicht wichtig, er bitte hauptsächlich nur der Frauen wegen darum, damit die sich beruhigen, na, dann mach's gut, du Rindvieh. Die Stimme sprach trefflich Ungarisch, nicht akzentfrei, aber geschmeidig, von innen her, erfinderisch. Mietling konnte ziemlich gut schweigen, auch auf jener Konferenz, sie spazierten viel miteinander herum, Arm in Arm, wie zwei Freundinnen, und Mietling hörte ihm zu, aufgeregt und gerührt ließ er sich in dessen interne, berufliche Angelegenheiten einweihen, daß er seit zwei Jahren nicht mehr schreibe und für wie wertlos er seine Werte halte, er habe gerade die Eigenschaften satt, die man an ihm lobe, dann sprach er lange über das »Leben«, das etwas anderes sei als die »Literatur«, um ganz am Ende zu sagen: Mich interessiert nur die Form, die Form, verstehst du?! Dummer Ungar, kannst du das begreifen? Ja, du blutsaugerischer serbischer Nationalist.

Diese Arzneitropfen waren gerade nicht zu bekommen, Mietling lief überall umher, er ging auch zu dem Filmregisseur, der einen Film über den sozialistischen Leidensweg der Tropfen und die Diskriminierung des Erfinders gedreht hatte, der Regisseur versprach zu helfen (und half auch), aber er ging überallhin, er rief Organisationen an und Freunde, Apotheken und eingefleischte Feinde, dann lief er zu den Nachbarn und weiter in die nahe Schule, hernach ging er nach Hause, legte sich hin und schlief wie tot, und auf einmal setzte die Flut ein, Unbekannte klingelten, Männer, Frauen, Alte, Junge, Kinder, guten Tag, das ist für diesen Danilo, und sie brachten und brachten die halbvollen Fläschchen, die Reste, alle hielten sie gegen das Licht und schüttelten sie, damit Mietling sah, daß sie nicht leer waren, farbige Flaschen, Phiolen, Senfgläser, eine Bierflasche, im Namen des Lehrerkollegiums, im Namen der Fußballmannschaft, im Namen der Kirche, das bringen wir für Daniel Kiš, sagten sie, wenn er so schwer krank ist, sie sprachen über diesen unbekannten Kranken, als kennten sie ihn sehr gut, als liebten sie ihn, als hätte jeder von ihnen seine knochige, große Hand ergriffen, als hätten sie ihn lachen sehen, als wüßten sie von dem unheilvollen Leuchten in seinen Augen, wie ich es in keines anderen Menschen Augen gesehen habe, diesen Furor, als hätten sie ihn, horribile dictu, gelesen.

Ein letztes Mal telefonierten sie Anfang Oktober miteinander, er verstehe die Beschreibung nicht, die Mietling den Tropfen beigelegt habe, natürlich habe er geahnt, daß das Formulieren nicht zu Mietlings Stärken gehöre, dafür habe es *Anzeichen* gegeben, aber ..., und so weiter, frivol und ungerührt über den eigenen Tod, denn worum sonst wäre es gegangen, wir schwatzten darüber, ob das Verhältnis Tee zu Wasser auf dem Weg zu seinem Tode 3 : 1 oder aber 1 : 3 sein sollte. Aber da war seine Stimme schon so heiser, so breiig, so wenig aus Danilos Kehle kommend, daß ein irdisches Wesen sie nicht mehr hätte hören dürfen.

Mietling hat ein Regal, IKEA, mit den Resten, den übriggebliebenen Flaschen, den Tropfen, und schon beim bloßen Hinsehen hört er die Stimmen jenes verzauberten Nachmittags, die der alten Frau, die des beschwipsten Kantors, den Straßenkehrer, guten Tag, hier sind die Tropfen, für diesen Danilo, von dem Sie gesagt haben, daß er gesund werden muß, für den, damit er gesund wird, Sie werden sehen, er wird gesund werden, und alles wird gut.

TELEGRAMM

Denke daran, daß du keine andere Wahl hast. Auftraggeber (Mieter)

TELEGRAMM

Erbitte Antwort. Text des vorigen Telegramms: Denke daran, daß du keine andere Wahl hast. Auftraggeber (Mieter)

ANTWORTTELEGRAMM

Ich denke. Sincerely: Mietling

Wir schritten keineswegs unerschütterlich voran, sondern sehr wohl erschüttert. Die Zeit war geborsten wie die Schale einer Melone, eher noch wie die Tordaer Schlucht, und Dalma stürzte hinein. Es half nichts, daß wir seit Tagen zusammen auf dem Schiff fuhren, miteinander redeten, herumstanden, aßen, nichts taten, wie es sich gehört, wir standen unter der Botmäßigkeit der Vergangenheit. Die Vergangenheit hieß Roberto. Seine Kajüte war ständig geschlossen. Aber ich sah, daß Dalma jede Nacht hineinhuschte. Ich war nicht eifersüchtig, eher blöd. Doch Blödheit Unschuld zu nennen ist falsch.

Gemächlich, in würdevoller Ruhe zog das Schiff mit uns durch die gestirnte Sommernacht. Seine Rippen, Planken und Kajüten, alles, was aus Holz, Eisen, Messing und Werg war, sein ganzer Leib vibrierte: ohne Unterlaß, fein, nicht ertappbar. Uns war, als verspürten wir nicht das Vibrieren des Schiffes, sondern innerlich das Pulsieren und Beben nur unserer Gedanken oder nur unserer Wünsche und Erinnerungen, deren lebendiges, ewiges Flackern, eingeschlossen in das sichere Schiffsgewicht der Ruhelosigkeit.

»Lieber junger Herr, ich habe mich aus Ihnen entliebt.«

»Warum?« fragte ich fröhlich.

»Seien Sie nicht ordinär.« Dalma wurde ernst. »Sie wissen es genau. Weil Sie mich nicht wollen. Sie ertragen mich, aber Sie wollen mich nicht.« Schnaufend lehnte sie sich an die Reling. Betrachtete das dunkle Wasser. »Warum sind Sie nicht aufrichtig? Sagen Sie doch, was Sie wollen! Mich? Schweigen Sie nicht. Bitte antworten Sie. Bitte. Wollen Sie mich?! ... Gut, ich kenne Ihre Antwort ... Aber was dann? Die Donau? Wollen Sie die? Hoffen Sie wieder, ja, daß die Donau etwas mehr ist?! Was mehr? Mehr als was?«

Sie begann an mir zu zerren.

»Wollen Sie? Ihn sehen? Sie können ihn ansehen. Sie müssen nur lauern. Das machen Sie sowieso gerne. Sie schauen nicht, Sie lauern nur. Sie haben gar keine Augen ... Glauben Sie, das kann man lange machen? Wie stellst du dir das vor? Daß du andere Leben belauerst? Mich belauerst und die Schichten des Blutes an meiner Hand siehst? Oder meine Beine? Meine Waden? Und auf was lauerst du bei deinem Onkel? Worauf? Auf wen? Dein Lauern bezieht sich auch auf dich. Und wie wird es am Ende sein? Daß du aus dem Sarg heraus lauerst? Ein wirklich poetischer Gedanke.«

Weinend lief sie davon. Was rennt sie herum. Dann blieb sie stehen. Ich empfinde Verachtung für sie. Betrachte ihr Gesicht, diesen gelben Fleck dort drüben. Aus voller Kraft hineinschlagen. Mit der Faust. Oder sie würgen.

Sie kommt zurück, lacht unter Tränen: das Gesicht wie ein dampfender, schöner Morgen.

»Sie würden Ihren Onkel nicht wiedererkennen. Er ist aufgedunsen, groß, wie ein Luftballon.« Nach einer kleinen Pause: »Sein Körper ist so abstoßend.« Das kann nicht sein. Ich sah seinen Hut vor mir, seine gepflegte, wohlriechende Hand, sah undeutlich einen eisernen Zaun, wie wir nachts dort stehen, wie er herüberlangt und ich ihm die Hand küsse. »Abstoßend. Fettwülste hängen an ihm herab wie Aasfleisch. Er ist in seinem eigenen Fett begraben.« In Amsterdam hatte ich einmal ein Mädchen gesehen, auch sie war in ihrem eigenen Fett begraben, sie saß in einem Schaufenster, am Donauufer, und ihrem Lächeln merkte ich an, daß sie nur auf mich wartete. Oje.

»Und was ...« Ich vermochte es nicht auszusprechen.

»Was was?« brauste sie auf.

»Was soll man denn machen!«

Wir schrien.

»Er hält sich für die Donau ... Sieh mir in die Augen, brüllte er. Wer bin ich? brüllte er. Sag meinen Namen. Nicht einen falschen, nicht einen erdichteten, nicht einen Künstler-, nicht einen Deck-, den ordentlichen Namen! Nenn mich beim Namen, brüllte er.«

»Ja«, sagte ich, als ob ich verstünde.

Also, Roberto habe einen Tick: er sei die Donau. Er bildet sich ein, er sei die Donau, aber konkret, also daß das hier Passau und jenes dort Eschingen ist, und sie muß ihm jede Nacht die Donau zeigen, er schnappt ihr Handgelenk und führt ihre Hand, jede Nacht, die ganze Donau entlang, ich betrachte diese Hand, ich laure, mit angehaltenem Atem laure ich, sagen Sie, was ist das?, vielleicht die Burg Szendrő?, nein, meine Liebe, das ist mein Schwanz, am Handgelenk hat sie einen Verband, Blut schlägt durch die Gaze, sie sieht, daß ich es sehe. Eine alte Hand, gequälte Hand, frauliche Hand, verräterische Hand, zärtliche Hand, jüdische Hand, Mutterhand, Mamme, Jahrhundertehand, Wonnehand, Schmerzenshand, Hand des Erinnerns, Hand der Vergangenheit, Hand des Schweigens, der Stille, der Lüge, Hand der Liebe, Hand der Einsamkeit, Hand der Opferbereitschaft, Hand des Ausgeliefertseins, der Eigensucht, der Demütigung, der Niederlage, des Todes, die Hand fliegt die Donau entlang, eine Mannes-Donau, eine Körper-Donau entlang,

— hinweg über die Moldova-Insel, die gedunsenen Falten der Stirn, die früher als riesige Treibsandbank bekannt war; hinten die Festung Galambóc, die formvollendetste vielleicht an der südlichen Donau, wie ein mittelalterliches Coronett auf dem Kopf eines hübschen Lords, so wohlkomponiert und bewußt sitzt sie auf dem kuppelförmigen Hügel. Dieser bildschöne Jüngling war Lady Montagus Onkel. »Die Serben sprechen angeblich«, und die Lady richtete den Blick auf mich; es ist nicht angenehm, in einem weiblichen Augenpaar ein Weltreich zu erblicken; mit diesem Handikap müssen die Engländerinnen leben; »die Serben sprechen, vermutlich den Slowenen zufolge, sogar das Serbische mit Akzent.« In unserer Verwirrung, die die Verwirrung einer Zivilisation war, eines sich selbst verlierenden Europas, man denke an die allgemeine Verblödung nach Jalta, und es ist fraglich, ob die des reservierten Westens größer war, der sie gar nicht bemerkte, oder die des darbenden Ostens, der sie zwar bemerkte, aber sogleich seinen Unterdrückern ankreidete, in unserer Verwirrung lachten wir. Hier in der Gegend ist eine blutsaugende Mückenart sehr verbreitet, im vergangenen Jahrhundert brachte sie ganze Rinderherden und Gestüte um, die Golubacer (auch Golumbacer, nach Galambóc) Mücken. Und hier befindet sich der berühmt-berüchtigte Babakai-Felsen, wie der würgende Kopf eines garstigen Steinzeitmonsters ragte er aus den Strudeln, dies ist die Stelle, wo die dem Feuer entsprungene Cicelle Rozgonyi — vgl. das Gedicht *Frau Rozgonyi* von István Kormos — mit ihrem Männer beschämenden Mut unserem König Sigismund das weinselige Leben rettete. Ebenda, nicht weit vom Ufer und nur Eingeweihten bekannt, befindet sich ferner ein erstklassiges Restaurant, das »Chez Babakai«, der gestrenge Gault-Millau bewertete die Leistung des erfahrenen Jussuf und seines Teams dieses Jahr mit 17 Punkten. (Ein echter Geheimtip!) Das Flüßchen Pek ganz in der Nähe ist reich an Gold. Nach dem Volksmund begründete hier die Familie Desewffy ihr Vermögen, als ein faustgroßer Goldklumpen der badenden Comtesse Tina gegen den Oberschenkel patschte, so daß sie mit Wehgeschrei zusammenbrach. Später wurde sie Tänzerin zwischen Los Angeles und Mexico City. Bekanntheit erlangte sie dadurch, daß sie penibel die europäische Zeit beibehielt und einfach nach dieser lebte (auch ihr Körper). So konnte es geschehen, daß Vorüberkommende eines heißen Nachmittags eine Gestalt erblickten, die mit einem Sektglas in der Hand den Highway entlang Walzer tanzte. In der Comtesse war Mitternacht und Silvester;

— bei zunehmender Nähe des Eisernen Tors gleitet die Hand hinter das Ohr, unweigerlich erhebt sich die Frage, was gewesen wäre, wenn die Donau hier hätte umkehren müssen. Man stelle sich vor, wie sie sich beschämt zurückschlängelt, zurück auch wieder aus den Nebenflüssen, pardon, Verzeihung, oh, wo wäre dann dieser ruhmreiche mitteleuropäische Fluß, der zwar unendlichen Schmerz auf dem Rücken trug, aber immerhin *jemand* war, ein Niemand wiche zurück um das Knie bei Esztergom, pardon, pardon — in der Tat läßt sich die Frage stellen, wo die Donau in den vergangenen vierzig Jahren entlanggeflossen ist ...;

— wie ist die Natur, wenn es nichts Heroisches gibt?, ist das *absolute* Fehlen des Heroischen (der rückwärts schleichende Fluß) nicht heroisch?, läßt sich das Heroische unheroisch betrachten? — der Schiffskapitän jedenfalls mied findig das Wort Depression, er berief sich auf seine nicht behandelbare Melancholie und ging am Eisernen Tor in Pension;

— am Eisernen Tor erkannte Graf Széchenyi am

24. Juni 1830 die Bedeutung einer Regulierung der Unteren Donau, und nachdem er sein bescheidenes, doch wohlschmeckendes Mittagsmahl eingenommen, bereiste er auf seinem hölzernen Schiff »Desdemona« den Fluß in voller Länge. Spätestens bei Drenkova, wo ein starkes Dröhnen und Rauschen zu vernehmen ist, hier zieht sich nämlich ein vom Ufer vorspringender Berg, der Bosman, durch das Flußbett, die Wasserflut schäumt, als siede ein Feuerkessel, der sich auf 120 Fuß (rund 40 Meter) Tiefe in das Gestein gebohrt hat, und die beiden Ungeheuer Kozla und Dojka, Klippen und Felsbänke, streiten um die Richtung, die das Wasser nehmen soll, und wenn nicht bei Drenkova, dann am gefürchteten Greben, welches Wort im Serbischen Felsklippe und im Nichtserbischen Angst und Schrecken an sich bedeutet, und wenn wir von unten kämen, von Ismail her, mit einem Schlepper, beladen mit Erz oder Bleibenderem als Erz, begänne an diesem Punkt, an den grauslichen Flecken des Halses, der ganze Schiffskörper zu zittern, dann hier also muß die übliche Frage gestellt werden, auf die selbst der große Széchenyi keine Antwort wußte: Hast du gebetet, Desdemona?;

— die Frauenhand fliegt, wer weiß, wo sie zur Ruhe kommt (sie verschwindet im Sumpf der Achselhöhle). Beim Staudammbau kam die wundervolle Insel Ada Kaleh unter Wasser. Enthauptung von Agas, Zollausland als Brutstätte des Schmuggels, krumme und winklige, türkisch anmutende Gassen, haarige Brustwarzen, jedoch vergaß man auf dem Berliner Kongreß 1878 zu entscheiden, wem die Insel gehören sollte, auf diesem Kongreß bewegte Gyula Andrássy die Russen zum Nachgeben, und leider bekam er internationale Zustimmung zur Okkupation von Bosnien und der Herzegowina, »le beau pendu«, den schönen Gehenkten, nannte man ihn verniedlichend, eine Anspielung darauf, daß ihn der Kaiser, dessen Außenminister er inzwischen war, in der Revolution von 48/49 in effigie zum Galgen verurteilt hatte, Graf Gyula, der allein das Budapest des ausgehenden Jahrhunderts erfunden hat, schlenderte des öfteren mit dem russischen Außenminister Gortschakow (den viele wegen seiner hervorstehenden Schneidezähne nicht mochten und spöttisch »den Wolf« nannten; sein Leben nahm eine tragische Wendung, als im ersten Jahr dieses Jahrhunderts seine Kinder und seine Frau bei der schlimmen Hochwasserkatastrophe an der Wolga ums Leben kamen; sogar Lenin erwähnt ihn als den »armen Gortschakow« in: Briefe an Tatjana Samoijlowa, Szikra, 1951, Budapest) Arm in Arm durch die Berliner Korridore, und als der ungarische Politiker nicht ohne Hintergedanken gefragt wurde, ob er sich mit dem Russen wirklich so gut verstehe, antwortete der hübsche Mann lächelnd: Wenn mich jemand in den Abgrund stoßen will, ist es am besten, ich nehme ihn beim Arm;

— als wir uns dem riesigen Schleusensystem näherten, sprach der Kommandeur des Schleusenturms ein Grußwort, das gigantische Schleusentor begann sich unverzüglich zu schließen, wir traten ans Heck des sowjetischen Schiffes, »wie es sich für manierliche kleine Jungen gehört« ..., aber da eilten die sowjetischen Matrosen, die mit ihrer uniformen Kahlköpfigkeit dem da allmählich am Ende seiner Kräfte angelangten und mit seinen hysterischen Ausbrüchen selbst die Treue seiner Freunde auf die Probe stellenden Majakowski verblüffend ähnlich sahen, an die Reling und fingen unter schriller Heiterkeit, denn so ist der Sowjetmensch, der homo sovieticus, in der Not ein echter Freund, und in der Freude ... Freude gibt es nicht, sie fingen an, mit netten Matrosengeschenken zu werfen: Erinnerungsgegenstände, Fotos, Gummischutzmittel in Hülle und Fülle, einige romantische Kalaschnikows! ein T 54, aus dem wie ein Projektil eine haarige Kokosnuß kullerte, gefüllt mit erhabenem rumänischem Ţuica, das heißt Pflaumenschnaps, Sehnsucht und Haß in den Fingern, dann von neuem nichts. Die Durchschleusung begann, das Wasser wurde abgelassen, acht Stockwerke hoch ragten über uns die schmierigen Kammerwandungen, wir fühlten uns wie in einem Schacht, langsam öffnete sich das entgegengesetzte Tor der Schleuse, die hereinscheinende Sonne durchwärmte die Gruftstimmung. Doch was da geschah, wünsche ich auch meinen Feinden nicht. Die plötzlich angelassene, tischgroße Schraube des sowjetischen Dieselmotorschiffs wühlte das Wasser in der engen Schleusenkammer derart auf, daß wir untergingen. Der Kommandant des sich entfernenden sowjetischen Schiffes, Majakowski, winkte mit höflich bedauernder Geste: gegen die Gesetze der Hydromechanik sei auch er machtlos, nicht schießen, Genossen! Dies ist die authentische Story seines Selbstmords;

— die Hand verbirgt ihre Langeweile durch Bewegung, kriecht hierher, tappt dahin, ist fortgeglitten aus dem Schoß der Karpaten, diesem ungebetenen Schutz, und die Donau trieb so glatt, so sanft in ihrem uferlosen Bett wie die Theiß. Kalt ließen die Hand die Weidengebüsche der Auen (bau auf dem Hügel, wenn du nicht vom Hund gebissen werden willst, von der Donau also, das sagt ein rumänisches Sprichwort, auf ein unübersetzbares Wortspiel mit Hügel bauend), kalt ließen sie das ebenmäßige Hochplateau zur Rechten und die kontinuierliche Entwicklung der Bewässerung in der bulgarischen Landwirtschaft, Widin berührte sie kaum, dabei erinnert dort eine Gedenktafel an Lajos Kossuth;

— wie Svevo der Triester und Broch der österreichische Joyce, so ist Christo Botew der bulgarische Petőfi, beim Aufstand von 1876 warf er sich bei Kozloduj in das Getümmel, wo ihn sofort eine verirrte türkische Kugel in die Stirn traf. Verirrt — von wegen! Die Aufzeichnungen

(Driault, Aar) berichten von bestürzenden Grausamkeiten, die von der Pforte dorthin beorderten irregulären türkischen Krieger und tscherkessischen Banden setzten Dörfer in Brand, als wären sie Talglichter, sie schändeten Männer in ihrer Ehre und Frauen in ihrem Fleisch und zerstückelten Kinder; allein in der Kirche von Batak metzelten sie zweitausend Menschen nieder, hier hatte, die Hilfe Gottes erflehend, das ganze Dorf Zuflucht gesucht, groß und klein, doch die Pläne Gottes sind, vulgär ausgedrückt, unergründlich. Knöchelhoch stand in der Kirche das Blut. Diesem Beispiel folgten, bemerkt Aar, achtundsechzig Jahre später in Oradour-sur-Glane die deutschen Faschisten. Mein Freund aus Komárom erzählte, er habe '56 tatsächlich im Blut gestanden (es floß ihm oben in die Schuhe), das sei keine Metapher, es sei ein Waten gewesen. Und es klebe und sei gar nicht rot! Bei Kozloduj aber, am Ort der vermuteten Fußspur Botews, Hand in der Fußspur, entstand der moderne Gebäudekomplex des ersten bulgarischen Atomkraftwerks, daher der Spruch: Der hinkende Botew kommt nach, denken wir an den hinkenden Tschernobyl;

— das Streicheln näherte sich Russe, jedes Streicheln nähert sich Russe, der Körper wird eins!, in der Ferne zeichnete sich der gezackte Gebirgszug der Karpaten ab, ein unwahrscheinliches Trugbild, auch die Hügel von Orjachow brachten kein Erbeben, dabei hatten schon die Römer erkannt, wie wichtig dieser prächtige Beobachtungspunkt war, und vergebens war der hiesige Streifzug der Ungarn im 13. Jahrhundert gewesen, und vergebens wird wieder und wieder sonnenklar, daß für die Niederlage bei Nikopol der französische Hochmut ausschlaggebend war, sie wünschten sich sehnlich den Sieg, kannten aber die türkische Kampfweise nicht und hörten nicht auf die *klugen* Ungarn; der Kaftan hing in die Wildbretsauce, mit diesem Spruch bewertete man jahrhundertelang die talentlose Kriegsführung Sigismunds, eine Anspielung auf den Mißerfolg und die charakterlosen Zugeständnisse an die ehrgeizige französische Küche;

— der Dschungel der nicht verfolgbaren Donauarme auf der rumänischen Seite in hemmungsloser, tobender Langeweile, darin liegt etwas Gutes, die Hand ist nicht ungeduldig, sie ist zwar nicht ohne Ziel, doch ihr Ziel ist nicht benennbar, selbst wenn wir »Dinge« nachträglich beim Namen nennen (vgl. die legendäre Langeweile der Flaubert-Romane), die Inseln und kleinen Sandbänke wandern hier ohne Unterlaß, sie haben ein als konstant anzusehendes Inneres, das durch die üppige Vegetation bereits endgültig gebunden ist, der Volksmund spricht einfach von Möse, der Inselmöse — interessant ist in diesem Zusammenhang die Geschichte des deutschen Wortes Inselfotze, das aus »Insel futsch« abzuleiten ist, Ende der Insel, Schluß, aus, für den Deutschen wäre demnach das Ende gerade das, was der Anfang von allem ist, zugegeben, wahrhaftig, auch das Ende von allem, dort endet der Mensch, wenn er Mann ist, um nunmehr den Pfaden der bulgarisch-deutschen kollektiven Vernunft zu folgen;

— um den stolzen Titel, südlichster Punkt an der Donau zu sein, kämpften Swistow (Novae) und Wardim genauso wild wie Kecskemét und Kiskőrös um Petőfi. Wir könnten glauben, am südlichsten zu liegen sei eine Frage der Fakten, wenn es zwei Zahlen gibt, ist die eine größer als die andere, oder umgekehrt, oder sie sind gleich. Quartum non datur. Nicht so die Donau. Sie läßt sich nicht arithmetisieren, und wie Wittgenstein, der Anekdote zufolge, nicht gewillt war, Russell zu glauben, daß es im Arbeitszimmer keine Krokodile gebe (er konnte mit dem Satz nichts anfangen), war auch die Donau ungläubig; es ist eine andere Frage, daß Russell den exzentrischen Österreicher deshalb eine Zeitlang für bekloppt hielt, erst später bekam er eine differenziertere Meinung von ihm, aber nicht etwa aus philosophischen oder logischen Gründen, sondern weil er ihn liebgewann. Ob dann Wittgenstein auf seiner geheimnisvollen Oslo-Fahrt *diese* Zuneigung oder Zuneigung im allgemeinen meinte, als er sagte, Unterseeboote blieben den Frauen weiterhin versperrt, da sie nicht entsprechend umgebaut werden könnten: das zu entscheiden sei die bittere Pflicht der Fachmänner. Es geht nicht nur darum, daß die Donau ihr Flußbett veränderte, nein; beide Städte schalteten sich aktiv in das Wirken der Natur ein. Unter dem Schutz der Nacht verbreiterten sie das Bett oder füllten in der anderen Stadt den fraglichen Abschnitt auf. Es ging um Meter. Der Kampf uferte aus. Eine Wardimerin blieb lieber ledig, als daß sie einen aus Swistow geheiratet hätte. Aber sie schliefen nicht einmal miteinander in einer Gegend, wo man entweder aus Swistow stammte oder aus Wardim, da schwammen sie zum Fummeln lieber auf die Insel Belenski. (Sogar der progressiv gesinnte Midhat Pascha wurde in dieses unwürdige Gezänk hineingezogen.) Als dann zur Zeit des Hochwassers von 1838 beide Städte die Dämme öffneten und von der zürnenden Flut weggefegt wurden, sie aber, bis sie ertranken, stolz schrien, sie seien die Ersten, sie seien die Südlichsten, kamen sie endlich zur Vernunft. Das sozialistische Bulgarien löste das Problem, indem es die unterhalb von Wardim einmündende Jantra zu einem Teil der Donau erklärte und den Titel samt der mit ihm verbundenen Steuervergünstigung der Stadt Nowgrad verlieh; nach Schiwkows Sturz wurde die Vergünstigung gestrichen … Wer weiß, was kommt;

— Russe (Rustschuk), der Körper hat seine ureigenen Pfade, und diese Wege sind verschlungen, bei Silistra, am Flußkilometer 375,1, winken wir Bulgarien zum Abschied; die Hoden, die beiden Hügel des Hintern, das Dunkel, die Brücke von Cernavodă; stimmt es, daß du mich dein Seelchen nennst und sagst, ich sei für dich das

Meer? sie waren bei Brăila: Weihrauch und Hammelgeruch. Weißt du, was der erste Satz war, was du sagtest, als wir uns begegneten? Du sagtest, wir sollten anfangen, Abschied zu nehmen, das sagtest du statt eines Grußes. Das habe ich nicht gesagt. Ich habe nur geantwortet;

— in wilder werdender Landschaft wird auch der Reisende wilder;

— es ist dunkel, öliges Dunkel vereint, der levantinische Kaufmannsgeist hält seinen molekularen Schmaus. Das Wasser hier ist nun sehr groß; wir müssen uns daran gewöhnen, es Donau zu nennen. Zwei Körper beben. Vor Galaţi (Galatz) liegt »wie der Kadaver eines treuen Hundes das dreigeschossige ausgebrannte Schiffswrack ›Poseidon‹«. Jahr auf Jahr kommt, Jahr auf Jahr geht, sagt Eminescu, in dem die rumänische Dichtung den feiert, der bei den Ungarn János Arany ist. Das Meer kennt seine Fische, stimmt es nicht? Wie die Nähe von Breg und Brigach, so wirft auch die des Meeres Fragen auf, die nicht beantwortet werden können. Jede deiner Bewegungen ist mir vertraut, nicht so, daß ich sie kenne, sondern daß sie niemals fremd sind;

— du;

— im Mündungsbereich ist das Wasser *brackig,* hier vermischt sich das süße Wasser des Flusses mit dem salzigen des Meeres, ich werde dich nicht abwaschen! dreck dich nur ein! Wenn ich dich nicht mehr liebe, erwarte ich wenigstens, daß du mich befriedigst! Rede nicht soviel. Das Plätschern der Ruder durchbricht die Stille, erschrokken fliegen Wasservögel auf, die im Schilf- und Grasmeer nisten. Die hängende Fettwulst begräbt Tulcea. Ich betrachte Dalmas Hand, den Verband. Es zuckt um ihren Mund, außer sich zerbeißt sie die Luft geradezu, als ersticke sie, immer wieder schließt sie die Augen, während sie den Bauch und den Schoß streichelt, massiert und streichelt, als wollte sie von draußen ergreifen, was drinnen ist. Als tauche sie aus Wasser auf. Dieses Bild bewahre ich von ihr. Immer heftiger wogt der Körper, der Horizont öffnet sich auf einmal zur Unendlichkeit. Jetzt. Du silberne Möwe, schwarzes Wasser — — —

Gemächlich, in würdevoller Ruhe zog das Schiff mit uns durch die gestirnte Sommernacht. Seine Rippen, Planken und Kajüten, alles, was aus Holz, Eisen, Messing und Werg war, sein ganzer Leib vibrierte: ohne Unterlaß, fein, nicht ertappbar.

Ich bückte mich, um Dalmas Hand zu küssen, und sie schlug mich aus der Rückhand so ins Gesicht, daß sofort Blut zu fließen begann.

24
Fortsetzung usw. (Reisetagebuch)

Wenn ich in Brassó (Braşov, Kronstadt) morgens aus dem Hotelfenster (Kat. 1A, 500 Lei) sehe, blicke ich auf einen Kasernenhof; hinten, wie ein Irrtum, ein disproportionierter Block: der Berg, als glitte er gerade auf oder in die Stadt. Nebelstücke, Nebellaken hängen in der Luft, das fahrige, schlampige Wirken einer faulen Riesenhausfrau anzeigend.

Gestern die Empfangsdame des Hotels, wie sie nicht grüßt, nur registriert, kopiert, Pauspapier einlegt, woanders registriert, korrigiert, Quittungen schreibt. Diese Maschinerie ist der Sozialismus. Und unsere Freude, daß sie uns für den dreifachen Preis *doch noch* ein Zimmer gibt. Und die Dankbarkeit, daß sie uns nicht verhaften läßt. (In *jenem* Film hieß es auch: Pförtnerland. Ein Land der Pförtner, das war Mitteleuropa.)

Am Morgen höre ich den folgenden Satz: Hau matsch klock beziehungsweise dse taim? — Aus meinem Mund.

Ohne Uhr: Es ist nicht sieben, sondern Morgen. Es ist wieder früh, ist vor Mittag, ist Mittagszeit, ist nach Mittag und geht wieder auf den Abend zu, ist Abend, man ist also müde. Ich orientiere mich an Zeichen, an Signalen meines Körpers, aus der Umgebung, der Natur. Wir gehen gleich: das ist nicht jetzt und nicht in fünf Minuten, sondern: wenn wir den Kaffee ausgetrunken haben. Wir können nicht bleiben, müssen sofort gehen: das heißt, wir begleiten unsere Gastgeber zur Arbeit, zurückgekommen, wärmen wir das Hammelgeschnetzelte wirklich nicht auf, wir trinken nur Wein, einen leichten Fichtenschnaps, dazu ein paar Sandwiches, und wir gehen tatsächlich, wir haben doch gesagt (früher hätte ich es so ausgedrückt: vor zwei Stunden haben wir doch gesagt), daß wir nicht bleiben können, *sofort* gehen müssen.

Das bedeutet kein langsameres, kein ruhigeres Tempo, die Meßart ist eine andere, und die bei ihr zu beachtenden Elemente sind andere.

*

Hotel-Versionen: An der Rezeption eine alte, angemalte Frau, am Tisch vor ihr sitzt ein arroganter Jüngling, zwischen den beiden eine offene Weinflasche, keine Gläser, aber ein Päckchen Karten und Reisepässe. Kein Platz, sagt die Frau vergnügt. Aus der Ferne, von einem Korridor oder aus dem Obergeschoß, lachende Frauenstimmen. Wir sehen uns an, András, György und ich. Wir würden so gerne hier schlafen. Weiter.

Cabana Fîntîniţa Haiducului, wir würden sonstwo bleiben, wenn nur Platz wäre. Die Nacht ist kühl. Dieses Motel ist wahrhaftig sonstwo. Wir schlafen zu dritt auf zwei zusammengeschobenen Betten, das Laken zerrissen, fleckig. Im WC Erbrochenes und Geschissenes (und ich). Als wir die drei Treppen zu unserem Zimmer hinaufsteigen, sitzt schlafend ein Mann in der Korridorecke, den Kopf im Nacken, schnarchend, die Stirn verschwitzt. Die Hand im Schoß, in der Hand ein Messer. Räuberbrunnen?, -quelle? So irgendwie heißt das Motel.

Törcsvár. Wir haben die Touristenattraktionen satt und setzen uns in das Wirtshaus *Hanul Bran*. Essen *mici* mit *mici*, Senf gibt es nicht, aber Wein (Murfatlar). Der Kellner ein Typ aus Bukarest, freundlich und überlegen, großmäulig, hilfsbereit, gutaussehend, mit Mundgeruch. Halbdunkel, Rauch, das schmerzliche Rumoren Angetrunkener. Draußen, oben, ein dunkler Block, die Burg Draculas, tot. Kaltes Mondlicht glimmt an des Kellners Eckzähnen, sagen wir einander.

Mietlings Vorbild ist András Visky, dieses siebenbürgische Unikum des vergangenen Jahrhunderts. Wegen seiner hohen Stirn trug er den Spitznamen Himmels-Andreas. Er war ein eingefleischter Reisender. Wußte alles, was ein Reisender wissen muß — wie man in der Nachsaison aus Manchester über Berlin nach Ulm ... Alles. Daß die geringste Wassertiefe der Furten zwischen Dévény und Szap 15 dm beträgt, daß in Budapest im Durchschnitt von 15 Jahren 32 eisige Tage gezählt wurden und daß die Schiffswerft in Korneuburg 300, die in Linz hingegen 700 Menschen beschäftigt, und der Winterhafen von Újvidék (Novi Sad) hat eine Gesamtfläche von 7 Hektar. Brüder, die Exaktheit muß man leben, hat er oft gesagt. Und er konnte alles erreichen, alles erledigen, ohne draufgängerisch zu sein, ein sanftes Brüder! genügte, und die Probleme lösten sich von selbst. Himmels-Andreas!

*

Richtung Tulcea, von Brassó ein voller Tag.

Rumänien: eine Tarkowskij-Paraphrase. Die Fabrikschlote: Phalli des Satans, wie der Dichter sagt. Sie speien gelbe, blaue, purpurfarbene, rosige Wolken. Etwas ist mächtig in Aktion, man sieht es, und überaus vergeblich, man sieht es. Wärmekraftwerke, chemische Fabriken, Ölraffinerien; Ploeşti-Stilleben: In dem alles bedeckenden Staub, mit dem Aktions-Monstrum als Hintergrund, sitzt ein schäbiges, sehr krummbeiniges Mütterchen am Fabriktor, die alten Hände im Schoß, starr nach vorn blickend, während Zentimeter von ihr entfernt hausgroße Dumper rangieren. Wenn du auf dieses Lebewesen schaust, diese krumme Winzigkeit, weißt du mit Gewißheit, hinter ihm rangiert das Nichts, dieses zweitklassige zwanzigste Jahrhundert.

Wir bewegen uns durch eine langsame, langweilige Gegend, an der Ialomiţa entlang. Auch wir sind langweilig: wir nähern uns, warten: es gibt uns nicht. Am Straßenrand werden Melonen feilgeboten, sehr billig, und gegrilltes Fleisch. Nein. Wir haben Angst vor der Cholera. Über den Acker saust ein Windwirbel. Wie er arbeitet! ruft András. Als bedauere er den walzernden Wirbel. Oder als wäre er neidisch. — Am Brunnen eine Kuh. Wir müssen uns hinter ihr anstellen. Ich habe lange keine Kuh mehr aus solcher Nähe gesehen, ein interessantes Tier, die großen Augen, die rauhe Zunge. Für mich gehören sogar die Fliegen dazu. Es ist warm. — Ein Fohlen liegt im Schatten, lieblich wie ein kleines Kind. — Jemand steckt sich zwei Handvoll gefülltes Kraut in die Hosentaschen.

Bei Slobozia biegen wir nach Feteşti ab, wohin man die Tüskes deportiert hatte. Die eiserne Auslegerbrücke von Ferdinand Saligny ist wirklich imposant. (Ich notiere die Zahlen und die Inschriften, und den Zettel verliere ich.)

Für die beiden Begleiter ist das eine vertraute Gegend. Sie stoßen sich an, siehst du? hier ist es! hier haben wir auf Mutter gewartet!, und sie deuten in Feteşti auf einen Park. Es war kalt und dunkel und roch nach Fisch.

Der Hauptarm der Donau und der Borcea-Arm. Hier beginnt bereits die Verästelung, »ein tobendes Tohuwabohu von Armen«. Die Straße verläßt den Strom und kehrt zurück, und nach einer Anhöhe sehen wir ein ausgetrocknetes, breites Flußbett, unten fremdartig geschwungene Boote, fauliger Schlamm, der Gestank einer nahen Abfalldeponie. Wir stehen am hohen, steilen Ufer, gegenüber die Auwälder und vor uns das breite Donaubett. Leer. Der Fluß verschwunden. Ein mäßiger Scherz. (Der Zufall wollte es, daß ungefähr beim Schreiben dieser Zeilen der Verfasser dieser Zeilen mit Claudio Magris zusammenkam, der im Budapester Italienischen Kulturinstitut gerade einen Vortrag darüber hielt, wie er sein Leben der Donau weihte, wie er die Donau zum Hüter des kosmischen Gewissens machte, auf ähnliche Weise wie Joyce den Herrn Virág. Oder er sprach über etwas anderes. Das persönliche Leben hat weder Gewicht noch Ansehen noch Tragisches. Die Zeit vergeht, das ist das Leben, Triumph der Gesetze der Physik; und der Mensch ist nichts anderes als das anämische Kind dieses Gesetzes. Auf dem abendlichen Empfang dann stellte der Verfasser dieser Zeilen seinem leicht an der Schwere des Donaubuches tragenden Kollegen die hinterhältige Frage, wie man so ein Donaubuch beenden solle. Magris lächelte freundlich, die Frage keiner Antwort würdigend, und antwortete: Man sollte das Wasser aus der Donau pumpen. Und sah mich an, fröhlich wie ein Kind. Der Verfasser dieser Zeilen schwieg bekümmert, wieder würde ihm niemand helfen, über das Auspumpen war er schon hinweg, ihm fiel das Bild ein, wie sie zu dritt im Gestank standen, Wald und Kähne, Schwalben in der hohen Sandwand, Gestank, Wald, Kähne, Sand, Schwalben und die Vergangenheit, und unter ihnen wogte das Nichts. — Nota bene, unzutreffend ist das Gerede, der Verfasser dieser Zeilen und der große Triester hätten sich öffentlich geprügelt. Nicht auf dieses vermeintliche Duell bezieht sich Magris' Aufsatz *Illazioni su una sciabola,* Historische Schlußfolgerungen aus einem Schwert.)

Sechzig Kilometer sind es bis Tomi, wo der in Ungnade gefallene Dichter Ovid noch in der Verbannung ein treuer

Sohn Roms blieb: Mit der Waffe in der Hand verteidigte er die Mauern Tomis gegen die eindringenden Barbaren.

Schweißkapuze, Schweißtüll, wieder und wieder an mir festtrocknend. Ich lecke über den Handrücken; salzig. (Ob ich das Meer bin? Gestrichen.) Die Brüder erzählen, zuweilen sich wiederholend, von ihren Spielen, vom Baden, vom Schlittschuhlaufen, dann neuerlich, wie sich alles um die Donau drehte, die Donau als Totalität, als Tyrann, als Willkürherrscher, kleiner Potentat und König, Mäzen, Mutter und Verpflegungsoffizier, und daß auch Franziskaner hierher verbannt waren, zwanzig freundliche junge Männer, die ihnen gutgelaunt ein neues Schilfdach über die Köpfe bauten, weil das alte ein Excrementum taugte, und einmal gruben sie sie aus dem mannshohen Schnee, einer von ihnen hatte in Bukarest bei Steaua Fußball gespielt, andauernd kamen sie mit Lockangeboten, aber er ging nicht, dabei hätte er nur irgendein Papier unterschreiben müssen, von ihm hörten sie, daß Puskás neuerdings in Spanien spielte, aber die Spanier erlaubten nicht, daß er auch mit rechts schoß, weil sie fürchteten, seine Schüsse könnten tödlich sein, deshalb versiegelten sie sein rechtes Bein. Und sie kannten auch ein Mädchen, das schon Mutter von zwei Kindern war. Warum? Weil es so schön war mit den beiden Männern.

András bemerkt, daß die Geschichten nicht von dem handeln, was wir sehen, daß sie keine *Annäherung* bringen … Wenn du hörst, daß der griechisch-orthodoxe Priester auf den Kübel steigen und dann predigen mußte — das ist eine Geschichte. Aber wenn du das Finstere erlebst, erlebst, daß eine Geschichte geschieht, das Ausgeliefertsein also, und daß du Teil der Finsternis bist — dann wird das Ufer der Donau auf einmal unruhig. Glauben Sie mir, junger Mann, hat die ledige junge Mutter zu dem fußballernden Franziskaner gesagt, glauben Sie mir, es gibt nicht nur Sätze. Und umgekehrt, fuhr András fort, das Gefühl der Sicherheit, daß alles an seinem Platz ist, er verhört mich, ich schweige, er ist auf jene Weise erbärmlich dran, ich auf diese. Es ist finster, aber die Furcht ist vorüber. — So taktvoll und bescheiden hatte ich noch keinen Menschen über seine Leiden sprechen hören.

Wir huschen durch winzige Dörfer. Lehmhütten, halb eingestürzte Zäune, Staubstraßen, nie gesehene, auffällige Armut. Einmal eine schöne Villa, gepflegtes Dach, luftiger Laubengang, Obstgarten, Panorama zur Donau. Hier ließe es sich leben. (Hier mit Dalma zusammenkommen? Die an der Cholera stirbt? Und mit dem übergeschnappten Roberto?)

Die Dobrudscha: Speisekammer Rumäniens.

*

Die Nacht war schrecklich, die Wände glühten vor Hitze, und ich machte den Fehler, das Fenster zu öffnen. Die Mücke von Tulcea ist ein böses, schonungsloses und ausdauerndes Biest. Alle halben Stunden wachte ich schweißgebadet auf. Als hätte ich mit Katzen gekämpft, mit fauchenden, quakenden, brüllenden Katzen: Mücken, die einem das Blut erstarren ließen.

Gestern abend lernte ich ein Kind kennen. Oder es mich. Beziehungsweise wir lernten uns vielleicht nicht kennen, sondern ... Ein hübscher Bengel. Schneeweißes Hemd, schmutziges Gesicht. Das glänzende schwarze Haar wie das eines Indianers, wenn er es schüttelte, flog es wie das Licht, schwarzes Licht. Wir waren im Dunărea untergekommen, dort war er mir schon aufgefallen. Als er mich erblickte, begann er zu lächeln, und er konnte gewissermaßen nicht den Blick von mir wenden, während er, Faxen machend, zurückwich.

Auf der Straße dann schien er uns zu folgen, aber ganz ungezwungen. Er wirkte wie ein kleiner Hund, verspielt, anhänglich, unberechenbar, leicht. Wir schlenderten mit den Tövis zur Donau, schweigend, die ganztägige Autofahrt hatte uns müde gemacht. Im Hotel Delta saßen wir oben auf der flurartigen Terrasse, in Gesellschaft von »leichten, weißen Weinen« (Călugăreni), vor uns wand sich ölig-schwarz die Donau, manchmal sah ich hin, so, daß meine Gefährten es nicht merkten — und da tauchte er wieder auf, diesmal mit zwei Freunden, sie spielten Gitarre, sangen, alberten. Und von neuem sah ich, daß er mich glücklich angaffte, sie gingen von Tisch zu Tisch, warteten manchmal gar nicht, ob sie Geld bekommen würden, wirbelten weiter. Als sie zu uns kamen, strich ich ihm über das glänzende Haar. Fast hätte ich ihn am Ohr gekrault. Wieder lachte er, da bemerkte ich, daß er ein Mädchen war. Sie kamen an diesem weichen Sommerabend noch mehrmals zurück. Zuletzt winkte er, sie von unten, dann stiegen sie zu dritt in einen Kahn und verschwanden im Dunkel der Donau.

Ich klaube mir die toten Mücken vom Leib. Die Dame vom Empfang hat gesagt, es gibt und es gab keine Cholera, man dürfe nur nicht aus der Donau trinken. Mein Kopf schmerzt.

25
Der lange Tag

Mietling schmerzte der Kopf. Eine böse Hand lag in seinem Nacken, eine andere auf seinem Scheitel, eine dritte auf seinem Gesicht, und die drei Hände versuchten sich einander zu nähern. Mietling leistete Widerstand. Seit seine Mutter gestorben ist, vor zehn Jahren, am 14. August, ist jeder vierzehnte August lang, nicht gut und nicht schlecht, nur lang. Er selbst ist nicht traurig, er denkt nicht an seine Mutter und nicht daran, daß er verwaist ist, der Tag soll nur zu Ende gehen, daran denkt er, und der Tag will und will nicht enden. Vor zehn Jahren ist meine Mutter gestorben: das ist der Satz, den ich den ganzen Tag über nicht zu meinen Reisegefährten sagen werde.

Er nahm sich seine Notizen vor, das Notizbuch, in das er beispielsweise die Anschlüsse eingetragen hatte, und überflog, was zu tun war, er mochte den Alltag, er würde sich noch das Meer ausdenken müssen, das große Meer, das grandiose *mar,* er würde in Sulina herumlungern müssen, sich die Lotsen ansehen, die Baggerschiffe, die Uferpromenade entlanggehen, ein Blick auf das *Kilometer-Null-Schild der Donau* und natürlich auf das Meer. Das Meer ist nicht Ziel, sondern Feind. Tod. Das Meer ist nicht unendlich, im Gegenteil, es ist die Endlichkeit selbst. Die Donau ist das Unendliche. Wie kann das Ende eines Unendlichen endlich sein? Dergleichen pflegt er Frauen zu sagen. Oder Männern, als sagte er es Frauen. Als sagte er es Männern; egal. Dazu lacht er ein bißchen. Beziehungsweise kann die Grabstätte des Unendlichen anders sein als endlich? Gerede. Das ist Wasser, wenn auch salzig, kein Fluß. (Wenn man nicht weiter kann, hört man einfach auf, sprach die Donau in ihrer deutschen Muttersprache und strömte in das schwarz genannte Meer.)

Er wird in Sulina zum Hauptpostamt gehen. Sich anstellen und beim Anstehen in seinem Notizbuch blättern. Einen März gab es dieses Jahr schon. Es kommt vor, daß in einem Jahr zweimal März ist, da muß man sehr aufpassen. Einmal träumte er, die ganze Donau sei zugefroren, über die volle Länge, er lief sie auf Schlittschuhen ab und bekam von jedem Punktrichter sechs Punkte, da nützte auch der Einspruch der DDR nichts. Damals gab es sie noch, die DDR. Wieder wird ihm *alles* einfallen: er wird sich wirklich tummeln müssen — zurück nach Donaueschingen.

Er wird (wenn es soweit ist) drei Telegramme aufgeben.

TELEGRAMM
Ich liebe dich. Stop. Mietling

TELEGRAMM
Stop. Stop. Mietling

TELEGRAMM
Ich hatte einen Onkel. Stop. Mietling

Das geht, dachte Mietling vor dem Reisebüro in Tulcea, als Ende geht das. Es wird wahrhaftig ein langer Tag; ein langer Tag zum kurzen Abschied? — zuviel. Mietling sah man die Kopfschmerzen so deutlich an, daß man ihn als Ausländer ansah. Bald wird das kleine schwarzhaarige Mädchen auftauchen, sie lacht und flitzt weiter, zur Isaccea-Straße hinüber, dann kehrt sie zurück, sie kommen in einer Gruppe, das Mädchen blickt ihn abwartend an, er blickt ebenso zurück wie bisher, er grinst, oberflächlich und ein wenig blasiert, weil er dem Mädelchen die Freude ansieht, die er ihr bereitet.

Sie werden bis Crişan auf einem Schiff mit dem Namen »Pelikan« (Pelicanul) reisen. Es legt später ab als geplant, angeblich warten sie auf eine Gruppe Italiener, aber sie kommen nicht. Als sie endlich abfahren, steigen Ausländer in den neben ihnen ankernden Wasserbus, Fotoapparate, Videokameras und so weiter. Das »plebejische« Publikum auf dem »Pelicanul« pfeift sie fröhlich aus. Eine Frau in korallenroter Bluse hilft einem unsäglich dicken Mann in weißem Anzug die Stufen hinauf.

Sie werden anmutige Kähne sehen, in dem einen wiederum das schwarzhaarige Mädchen, aufmerksam betrachtet sie den Mietling, bevor sie mit ihren Freunden davonrudert, aus dem anderen winkt der alte Fischer mit einem Fisch. In Crişan werden sie im Hotel Lebăda essen, saure Welssuppe (eine gute Fischsuppe kann man, wie behauptet wird, nur aus Donauwasser kochen, also dort, an Ort und Stelle, und nur aus frischem Fisch, bei dem man sieht, daß im warm werdenden Wasser der eine oder andere größere Brocken noch zuckt), und Murfatlar trinken. Mietling stellte sich auch den Wels vor, er wird ein bißchen zu fettig sein, aber sonst sehr gut, es wird ein Gefühl sein, als schneide er Knochenmark. Sie werden zwei rumänischen Fräulein den Hof machen, nicht stürmisch, nur in dem Maß, wie das Menü es erheischt, und da wird, wie vom Himmel gefallen, seine kleine Freundin am Tisch stehen, ihm unauffällig einen Zettel zustecken und weglaufen. Auf dem karierten, aus einem Heft herausgerissenen Blatt Papier werden Zahlen stehen, eine Multiplikation:

240 · 210
48
―――――
50400

und daneben, mit großen Buchstaben, I AM A WOMAN. Mietling wird denken, dies ist der erste Satz, den sie zu mir gesagt hat. Bisher haben sie nichts gesprochen, sich nur gefreut. Die Donaugräfin, ja, sie ist es. Wenn ich drei Augen hätte, ich sähe mit keinem aufs Papier, wird sie einmal übermütig sagen.

Krepierte Fische haben schlechte Laune, sagt vertraulich der arrogante Kellner. In einem Bogen kehren sie zur Alten Donau zurück. Die Zweige der Weiden fegen geradezu über das Deck, die Vogelwelt verdichtet sich, Lotusinseln, am unterspülten Ufer in die Knie gesunkene Bäume, smaragdgrün wiegt sich das Schilfmeer im Wind, die Sonne scheint, das Licht ist kräftig, einmal habe ich in der Camargue, dort irgendwo, ein Kruzifix gesehen, auf dem Christus so zufrieden, so selbstgefällig darauflag, als sonnte er sich ... beim Sonnenbad ... Die Fremdenführerin eine gelbhaarige, vergnügte Studentin. Sie spricht gut Französisch. Für ihre Aufgabe ist sie absolut ungeeignet, sie läßt keine einzige Information durchsickern. Ihr müßte ich alle meine Geheimnisse anvertrauen.

Seerosen, Wasserkürbisse, Mila 23. Hier wurde Patzaichin geboren, der weltberühmte Kanadiersportler, ein Naturtalent. Neben uns rudert eine alte Frau in Volkstracht, vom Schiff ein Ruf: Patzaichins Mutter! Mietling lacht und lacht. Aber später gefriert ihm das Lachen auf den Lippen, verblüfft gewahrt er, daß es hier nicht drei Donauarme gibt, sondern gewissermaßen beliebig viele, nach jeder Biegung kann es passieren, daß wir eine Donau vorfinden, ein Flußstück, so groß, daß man es Donau nennen kann und muß. Oder eher *donauartig*. Die Donau erlischt und wird donauartig. Sie ist nicht gealtert, die

Leidenschaft geht ihr verloren, hier fließt sie nur noch, weil das Bett sich neigt. Vielleicht, denkt Mietling, ist es so, daß sie am Kasanpaß zum letztenmal richtig lebt. Hier geht es um nichts Besonderes mehr, Hochwasser oder dergleichen, hier muß nur noch gemündet werden.

Wenn sie wieder in den Hauptzweig gelangen, wird ein Windstoß einer Frau unter den Rock und ihn ihm praktisch ins Gesicht blasen, merci, Madame, wird Mietling laut sagen. Neuerlich verlassen sie die drei »rostigen Schwestern«, die drei toten Urwesen (Jezer, Mîndra, Costila), die Zeit verrinnt träge, schon spürt man die Nähe der Fischmehlfabrik, den Gestank, da überholt sie der Wasserbus mit den Italienern, HALT, SONNE! wird Mietling rufen hören, der Fette im weißen Anzug steht mitten auf dem Deck, allgemeines Erschrecken, in seinen Händen eine Maschinenpistole, die Leute sprengen auseinander, nur Dalma steht neben, steht hinter ihm, wartet, daß alles geschehe, was geschieht, Halt, Sonne! ruft Roberto wiederum und nimmt die untergehende Sonne aufs Korn, die hinter der Flußbiegung, über der Stadt wegkippt, zähnefletschend, mit verquältem Gesicht beginnt Roberto zu feuern, zappelt dabei, als verliere er das Gleichgewicht, als lange, als schnappe er nach der Sonne. Mietlings Blick folgt den Geschossen, die sich akkurat der Sonne nähern, Roberto feuert, die Beine gegrätscht, das Gesicht schweißglänzend, er schnauft, Dalma schweigt, halt, Sonne!

Auf dem Platz sah Mietling das Mädchen noch einmal. Er hatte sich vor dieser Begegnung ein wenig gefürchtet. I am ... Was sollte er jetzt machen? Aber er brauchte nichts zu machen, das Mädelchen setzte sich neben ihn auf die Bank, er bettete den schmerzenden Kopf in ihren Schoß und versuchte zu schlafen. Die Sonne schien kräftig, dabei war sie doch schon erschossen. Ende. Im Gesicht des Mädchens eine scharfe, grausame Linie, ausdruckslos starrt sie auf die Donau, ihre Hand weich in seinem Haar. Mietling dachte, wenn er aufwacht, wird er die Namen vom Zettel in das Heft übertragen, die Namen der Schiffe, die er heute, am 14. August, gesehen hatte: Razelm, Istria, Salvator, Bucureni, Polar, Malnaş, Izer, Mîndra, Costila, Tîrnava, Somes, Caraiman, Topliţa, Polar XI, Cincaş, Snagov, Mizil, Lupeni, Rîureni, Athanassios D, Tîrgu Jiu, Braşov, Vîrsan, Călimăneşti, Gheorgheni, Voiajor, Leopard, Cardon, Cocora, Dorobanţi, Cormoran, Pontica, Căciulata, Grădina, Amurg, Colina, Zheica, Semnal.

Die (nicht) benutzte Fachliteratur:

Antalffy, Gyula: So reisten wir dazumal
Antos — Berényi — Vigh: Kalender für Donauangler
Autrement BP Danube Blues Octobre 1988
Ágai, Adolf: Reisen von Pest nach Budapest, 1843—1907)
Bachmann, Ingeborg: Simultan
Bart, Jean: Europolis
Bedő, Iván: Pirat auf der Donau
Berinkey — Farkas: Fischnahrungsuntersuchungen im Soroksárer Donauarm
Bogdán, István: Alte ungarische Historien
Bokody — Hábl — Susoczky: Wassertouren
Brautigan, Richard: Vom Winde nicht verweht
Canetti, Elias: Die Stimmen von Marrakesch. Aufzeichnungen nach einer Reise
Chandler, Raymond: Die Frau im See
Chatwin, Bruce: The Songlines
Clavel, Ana: Fuera de escena
Cramer, Gabriel: Chaos und Ordnung
Dernschwam, Hans: Siebenbürgen, Neusohl, Türkisches Tagebuch
Die Belagerung von Buda (Ungarisches Archiv, ausgewählt von Katalin Péter)
Donau (Reisebuch-Reihe, Panorama-Verlag)
Enzensberger, Hans Magnus: Ach Europa!
Gault-Millau Guide
Geo Spezial, Budapest: 4/1989
Grillparzer, Franz: Tagebuch auf der Reise nach …
Hegedűs, Hubert: Auf der Donau, auf dem Meer
Heine, Heinrich: Deutschland. Ein Wintermärchen
Herman, Ottó: Fischerleben, Hirtenleben
Höfische Kultur der ungarischen Renaissance (herausgegeben von Ágnes R. Várkonyi)

Istrati, Panait: Die Disteln des Baragan
Kis J., Botond: Das Delta-Buch (aus der Bibliothek von Júlia Sigmond)
Kolumbus, Schiffstagebuch
Kőrösi, József: Das Grün der Hauptstadt
Kőváry, László: Landschaftsbilder in Reisezeichnungen
Kundera, Milan: L'art du roman
Lázár, István: Weltreisende — Weltsehende
Magris, Claudio: Donau
Magris, Claudio: Der habsburgische Mythos
Márquez, Gabriel García: Die Liebe in den Zeiten der Cholera
Dr. Mátéka, Béla: Preiswerter Budapest-Führer
du Maurier, Daphne: Rebekka
Medriczky, Andor: Budapests alte Bäder
Ottlik, Géza: Schule an der Grenze
Ottlik, Géza: Prosa
Palotás — Balázs: Allgemeiner Brückenbau (Hochschullehrbuch)
Pastior, Oskar: Der Krimgotische Fächer
Ransmayr, Christoph: Die letzte Welt
Rexa, Dezső: Ferienorte an der Donau
Roid, Nat (Tandori, Dezső): Tot sieht sie zu gut aus
Russische und ukrainische Reisende im alten Ungarn (herausgegeben von Lajos Tardy)
Sterne, Laurence: Eine empfindsame Reise durch Frankreich und Italien
Stoker, Bram: Ausgewählte Schreckenstaten des Grafen Drakula
Systemtheorie (aus der Bibliothek von István Mányoki)
Székely, László: Über meine Reise nach Wien
Szerémi, György: Über den Niedergang Ungarns
Sz. Farkas, Jenő: Die Historie des Woiwoden Drakula
Tardy, Lajos: Unser einstiger Ruf in der Welt
Timár, György: Geheimnisse der Donau

Tolnai, Kálmán: Von der Donau bis zum Nil
Váradi, Antal: Bilder aus der Welt der ungarischen Schriftsteller und Schauspieler
Váradi, Antal: Aus den Erinnerungen an das alte Pest
Verne, Jules: Der Donaulotse
Wind, Edgar: Kunst und Anarchie

PÉTER ESTERHÁZY IM RESIDENZ VERLAG